中公文庫

最後の帝国海軍

軍令部総長の証言

豊 田 副 武

中央公論新社

目次

〔　〕は今回の文庫化に際して編集部で付した註です。

最後の帝国海軍——軍令部総長の証言

第一篇　生い立ちの記

貧乏士族の家に生れて

私は明治十八年五月二十二日、九州の大分県速見《はやみ》郡杵築《きつき》町（現、杵築市）に生れた。今年（昭和二十四年）六十五歳になる。

家柄は、身分の低い貧乏士族といったところ。低い――といっても足軽ではないが、とにかく、維新後の窮迫した貧乏士族の家に生れたので物質的には恵まれず、中学にもやっと入学できる程度の余裕しかなかった。中学はその頃創設されたばかりの大分県立杵築中学校。同期生で世間に名の知れている者はあまり無いが、ただ、一級上に堀悌吉《ほりていきち》（元海軍中将）君がおった。このひとは私にとって海軍の方の先輩にも当るわけだが、当時からずばぬけた秀才だった。入学成績は確か一番か二番だったと思う。堀君と私とは以前から見知っていたし、お互挨拶しあったりすることもあった。しかし学年が一級上だったりしたので、それほど親密に交際していた間柄ではなかった。堀君は杵築中学の第一回生、そして私は第二回生である。

ところでこの杵築中学だが、なにしろ出来たての学校だったから、万事につけて驚くほど貧弱なものだった。教室の不足、その他、設備やら器具の類もなにかと整っておらず、ことに私など、はじめの二年間は大分中学杵築分校の生徒としてお寺で教育されたりしたものだった。教室の不足はともかくとして、教程の遅れるのには実際困った。教員の数も足らず、たとえば一年間というもの英語教師がいないので、われわれの英語の時間には高師出の国語の先生が代講するといった有様だった。歴史などの遅れかたもひどかったものだった。

そんなわけだから、私が兵学校を志願して受験した時は大変だった。まずその頃の兵学校の採用試験について言うと、中学の卒業生は英語、数学、漢文だけでよかったのだが、まだ卒業していない者は、それらに加うるに物理、化学、地理、歴史、図画、作文などをやらなければならなかったものだ。そうした余分の受験課目が数々あったわけだから、在学中に受験する者の負担は、並々ならぬものであった。それに、当時はまだアンチョコだの虎の巻だのといった類の簡便な学習書など全くなく、高専入学試験問題集というのが、われわれにとって唯一の参考書であり、手引きなのだった。兵学校の入学試験は、その頃は夏の初めにあったが、堀君は、一里余りある学校への往復の道々、歩きながら三角術を勉強しておったものである。それは、当時は三角術を五年でやることになっていたからで、堀君は独学で熱心にやっていたわけだったが、何しろ飛びぬけた秀才のこととて、非常に優秀な成績で入学することができたのである。

その翌年私も、この兵学校を受ける気になり、幸いに入学することができた。

私がこの兵学校に入ったのは、堀君のことが大きな刺戟《しげき》になったことは事実だったが、然し単にそれだけが理由だったわけでもない。それは、ひとつには先刻も述べたように家がかなり貧しかったので、普通一般の金のかかる大学にはいる望みがなく、官費の学校――つまり海軍か陸軍の学校にせざるを得なかったわけだったのだ。ところが、海軍か陸軍の学校ということになると、陸軍よりは海軍を選びたいという気持ちが強かったもので……。まあそれはとにかくとして、堀君の入学が大きな動機となったことに間違いはなく、もし堀君がいなかったら私が兵学校にはいったかどうか、また、私が今日のごとき運命になったかどうか疑問だと言えると思う……。

私の家が貧乏で、金のかかる学校にゆく余裕のなかったことと言えば、中学にはいったのも、たまたま私の町に中学が新設されたからなので、そうでもなかったら中学にすら入れなかったのではないかと思う。というのは、それまで大分県には大分中学と中津中学の二校があるばかりで、もし杵築に新らしく中学が建たなかったなら、貧乏な私としては到底遠く離れて大分や中津に下宿し通学するということは不可能で、おそらくどこかの家の書生か丁稚《でっち》にでもやられ、自分で身を立ててゆくよりほかなかったと思う。父が苦労して、とにかく家から通える中学に入れてくれた。それだけに、中学を卒《で》ても、金のかかる学校にゆくことはとても考えられなかった。それで官費の兵学校に入ったというわけだった。

では、なぜ私が陸軍の学校にゆかなかったかというと、中学時代の体操の教官が陸軍の予備将校で、その教官の遣口《やりくち》が形式偏重で、私に理解できないことが少なからずあったということも手伝って、初めから陸軍に対してはまるで関心が持てなかった。しかしそれだからといって、海軍のことを実際具体的に知っておったかというと、そうではない。まるきり知っていなかった。また、これといって憧《あこが》れを懐《いだ》くというようなことも別になかったように思う。

ただ、少年時代から海が好きだったことは事実だった。もともと杵築という土地は、八坂川《やさかがわ》が大分湾〔守江湾《もりえ》〕に注ぐ河口に面しており、海は始終見慣れていたし、従って、ボート遊びや魚釣りなどもしばしばやったということ——それも海軍入りのひとつの動機になったのだと思われる。それ以外には、中学時代に軍艦を見たり、海軍士官に目を留めたというような記憶は全くない。だから、実物からの刺戟によって海軍に入ったとは言えないわけだ。やはり先輩の堀君の兵学校入学が刺戟になったものらしい。

なおこの堀君だが、この人は兵学校を首席で卒業した後、海軍の最も優れた頭脳《ブレイン》のひとりとして順調に要職をすすんでいたのに、不幸なことには、例のロンドン会議以後、世間のいわゆる艦隊派、海軍省派に災いされ、結局終りを完《まっと》うすることが出来ず、海軍を中途で辞《や》めてしまった。惜しい人物だったと思う。しかし、それまでは海軍の中枢人物として存分に活躍したのだから、慰められぬこともないわけではないが……。

堀君の外に杵築中学の同窓生としては、私の次の級に重光葵《しげみつまもる》君がおった。今、巣鴨《すがも》〔巣鴨拘置所。東京裁判の戦争犯罪容疑者が収容された、いわゆるスガモ・プリズン〕にいる――外務大臣だった重光君が……。同君とは多少の接触があるにはあったが、特に親密だということはなかった。自然少年時代の重光君について、改めて語るほどのこともないが、これも堀君同様非常に卓抜した秀才だったことを覚《おぼ》えている。そのほかの人たちについて、いちいち挙げてゆくことは出来ないが、心身の成長期に当って、少年の私を励まし刺戟し、あるいは影響を与え、いろんな意味で援けになるといった友人は、周囲に沢山おった。

要するに私の中学生時代は、ひと口に言って平凡なものであり、糞勉強が嫌いでろくに勉強などせず、従って、成績なんかはまあまあといった程度、首席を争うほどでなかったかわりに、人に較《くら》べて恥しいような劣等な成績のこともなかった、と言える……。

その後の江田島《えたじま》〔海軍兵学校〕での生活については、たいして印象的だった思い出もないが、なにしろ私がここに入る前は、今までに述べたような片田舎の一中学生に過ぎなかったのだから、学力は一般に低い上に遅れており、兵学校入学当座は、その意味で実に苦しい思いをした。兵学校への入学成績は、百八十人中の百二、三十番だったかと思うが、これではいかんと思いなおして第一学年の時に相当努力した甲斐があり、三十何番かに成績が上った。ところが第二学年になると、今度は、兵学校もこれじゃたいしたことはないとすっかり気を許してしまい、それに元来、一夜漬けの棒暗記的な勉強方法が大嫌いだったのでほとんど勉強しなかった結果、たちまち六、七十番に下ってしまったものだ。それで、第三学年に進級した時は、また改めて懸命に努力を続け、その結果、一学期は一番になることが出来た。が、卒業成績は、――兵学校では、一年から三年までの修業成績の合算をもって卒業成績としていた、――第二学年の香しくない成績がたたって、二十五、六番といったところであった……。

忘れ得ぬ家庭の躾《しつ》け

ついでに家庭のことを述べることとするが、私は六人兄弟の五番目で、兄三人、姉一人、それに弟が一人おった。つまり、四男だったわけ。この六人の兄弟のうち、既に三人は歿《な》くなり、現在生き残っているのは、ひとりの兄とひとりの弟と私の、あわせて三人だ。長兄が歿《な》くなってから二十年にもなる……。

海軍々人となったのは、――というより軍人になったのは、私ひとりだった。

それから父のことだが、父は、窮迫時代の、それも身分の低い士分だった。その藩は杵築藩――即ち松平藩であった。その当時どんなことをしておったのか、よくは判《わか》らないのだが、私らが幼なかった頃、父はよその土地に何か勤めを持っておったらしく、私が小学校にゆく以前にはよく家を空《あ》けておったように記憶している。けれども私が小学校に通うようになってからは大体土地を離れることはなかったようだ。健康とは言えなかったように思う。

元来私の家は漢籍の素養のある血筋で、祖父の代、いやさらにその前の代からも、代々漢籍を嗜《たしな》んでおった。父なども、祖父から相当に漢籍を教えこまれていたようで、老後には家にいて塾のようなものを開いており、希望者を五、六人集めて教えたりしておった。そんな関係で私も、中学に入る前頃から漢籍は多少読まされたもので、たとえば、大槻磐《おおつきばん》渓《けい》の『近古史談《きんこしだん》』など、かなり早くから親しんだものだった。初め手ほどきくらいの時には、父が棒を手に持って、それでいちいち返点《かえりてん》や句読点《くとうてん》などを指し示し、それを私が辿《たど》って読んだものだ。中学に入る前には、確かひと通り済ませてしまったように思う。次にやったのは『日本外史』。これは全体通読しなかったようだ。この『日本外史』を父から教わった時は、まず下読みをさせられたもので、不審紙を貼ったり、その箇所を父に質問したり、音読したりしたものだった。この『日本外史』を読まされたのは中学生になってからだったと思う。そのほか『史記』とか、『十八史略』とか、『文章軌範』とかを、ほんの一部分ずつ読んだ。それから、『蒙求《もうぎゅう》』。これはおそろしく難しい書物だった。『論語』や『孟子』なども無論習った。論孟と言えば、こんなことがあった。それは、漢文のある中学に入学する前から、こちらはいささか漢籍を嚙《かじ》った気でおったので、先生が『論語』や『孟子』を講義されても余り熱心に聴かなかったので、その漢文の先生から、酷《ひど》く叱られたことがあった……。

そんなふうに父は、漢籍を愛好していた人だけに、非常に厳格で、私たち兄弟の日常の挙措動作《きょそどうさ》に対しては全く容赦することなく、実にやかましいものだった。だから私たち兄弟は、父に対してまま反感に似たものを持っていたものだった。然し考えてみると親子の縁《えにし》とでもいうのか、かつて反感を抱いた父の性質は何時《いつ》のまにかすっかり私らにも植え付けられてしまっており、それは可笑しいほどだ。とにかく、日々父から叱られ続けたものので、何も彼もやかましかったせいで、これといってことさら記憶している叱られた経験もないほどだ……。

やかましいと言えば、言葉遣いについては特に厳格だったことを覚えている。同じ杵築の城下町であっても、私の家で使う言葉はよその家のとは異《こと》なっておった。たとえば「……です」と言う場合の「です」という言葉を固く止められておった。「……でございます」と言わなければならなかった。また、自分のことを「私」とか「僕」などと言うことも絶対に許されなかった。「副武《そえむ》」と、第一人称は必ず第三人称で自分の名前を言わねばならなかったものだった。「副武はこれこれのことを致しました」とか、「これは副武がやりました」という風に……。もしそう言わぬと、大変なお叱言を頂戴したものだ。

次に母のことだが、母はまあ、仮名の読み書きが出来るといった程度の、教養の高くない女《ひと》で、難しい書物などは全く読んでいなかったように思う。そういったことに関する限りではごく普通の女だったが、ただ人柄は非常に正直で、嘘を吐《つ》くことを何より嫌っておった。私がまだほんの子供だった頃のことだが、母は炬燵《こたつ》にはいって縫物とかボロの整理とかいったような夜なべをしながら、その傍らに潜り込んでいる私に向って、いろんな話をしてくれたものであった。人間はどんな時でも、飽《あ》くまで正直でなければならぬ、とか、お江戸日本橋の真中《まんなか》で立派に腹をタチ割ってみせても恥ないだけの覚悟は常に所持していなければならぬ、とかいったような教訓を、譬《たと》え噺《ばなし》や世間話に織り込んで話してくれたことを今でもはっきり記憶している。慈悲情愛の深いひとで、家は貧しかったが、他人《ひと》に物をわけてあげることが好きで、喰物やその他何か珍しいものが手に入ると、これはあそこ、あれは誰某《たれそれ》に、といったふうに、少しずつ持って届けるように言いつけられたものだった。こうしたことに尽きる母だった。

父も母も明治四十年に歿《な》くなったのだが、父の方は明治三十四年——私が中学の四年生くらいだった頃に中風で仆《たお》れてしまい、その後まる六年間というもの半身不随の状態で寝ついておった。この不自由な親爺を看護しているうち、母の方が一足先きに看病疲れでまいってしまい、四十年の五月に歿《な》くなってしまった。それから百日と経たぬ八月、父も遂《つい》にあの世へ旅立ってしまった。私が少尉に任官した翌《あく》る年のことだった……。

私が父母から受けた教訓らしいものは、前述のように絶えず、嘘を吐いてはならぬ、真すぐに人間の道を邁進《まいしん》しなければならぬ、などと言われたことで、それがいつか身に沁み、やがては身についたのだと私は思っている。それから父母は、たとえば善行を行うにしても、それが偽善であってはならぬことを、絶えず戒めていた。偽善でなく、心底から真心をもってその気持ちになりきってしなければ、どんなに善行めいたことをしたところで何にもならぬ、上《うわ》べだけ良いようにとりつくろうような卑しい真似をしてはならぬ、たとえ結果はどうなろうとも、その動機に不純な下心が潜在するのであってはならぬ、――といった、いわば私の家のモットーがその後の私の行動のうちに始終あって働いていたことだけは、私自身感じていることだ。従って、他人《ひと》に対して、ただ当り障りのないことを言っておいたり、良い加減に体裁をつくろうようなことは、私の主義方針と全く相反するものである。このことは私の一貫した信念だと自信しておる。……これは私が、他人からともすれば頑固者呼ばわりされる理由ともなっていると思うが、それは確かに親譲りのものらしい。私は生来お世辞や愛敬を言うことが嫌いだし、また言えもしない性質なのだが、思うことだけは腹蔵なく言ってしまわなければ気が済まない。正しいと信じれば、飽くまで遠慮会釈なく言ってやる。自然私が頑固者として敬遠されたりしたことは自認する。間違ったことは行いもしないし、言いもしない。そして、皮肉《アイロニイ》を口先で上手につかってみたり、遠廻しにわけの判らぬことを喋《しゃべ》ったりすることは大嫌い。はっきり、率直にものを言えば、理解あるだけの頭のある者ならば必ず判ってくれる――こう、私は信じておる。また、そう信じてやってきた。この親譲りの頑固さは、今度の軍事法廷でも認めてくれたようだ。それも、良い意味で……。

それは、今度の私の裁判のことなのだが、そこで(裁判)私が何の責任を問われたかというと、最高指揮官としての指揮監督の責任問題というのである。つまり、部下の犯した不法行為に命令を下したり、強要したり、あるいは黙認していたかどうかということなので、そのことの如何によって無罪か有罪かが決《きま》るのだが、私は無論、部下にそのような不法行為を命じたこともないし、強要もしない。そのことはすぐに明らかにされた。そして結局残る問題は、部下の不法行為を知りながら、それを改めさせなかったのではないか、ということに帰したわけだったのだ。ところが私は今述べたように非常に頑固だというので有名な人間だ。それで、不法事件があのやかまし屋の豊田の耳に入っていたならば――あの、いやしくも曲ったことに対して徹底的にうるさい豊田がもし耳にしたならば、イージイ・ゴーイングに聞流すはずはない、といった意味のことがインプレスされた。それが、無罪になった大きな力だったことは確かであると、私は思い、信じている。

やかましや、フォルト・ファインダァ、――法廷ではそんなふうに通訳しておったものだ……。

ところが、自分の口から言うのはおかしいが、私は極めて頑固である一方、非常に涙脆《もろ》い性格の持ち主のようだ。この涙脆い性格もやはり、父譲りのものかもしれないが……。

そう言えば、時折り私は、血液型と性格との相関関係について考えてみることがある。両者が一致するかどうかを疑問視している学者の説もあるとのことだが、私にはかなり相関性があるのではないかと思われる。O型は積極性をもち、A型は社交的で人情味に富んでいるといったように、だ。——ところで私の血液型だが、A型なのである。私がA型だと言うと、よく他人《ひと》から、「なんだ貴様がA型？　O型だろう」などと言われるのだが、本当にA型なのである。だからかどうかは判らぬが、たまに芝居を観たり、小説を読んだりする場合、観たり読んだりしながら、私は実際よく涙を流す。どうも私の言動とこの涙脆さとは、ディスクレパンシィがあるようだが、どう仕様もない。それに、いったん熱中しだしたが最後、トコトンまでやらなければ気が済まぬという、言わば、ものに凝《こ》る性分も、私はなかなか強いのである。

トコトンまでやると言えば、こんなことがあった。——私がまだ中尉から大尉にかけての頃のことだが、一時玉撞《たまつ》きに熱中したことがある。当時は全く気狂いのように玉撞きに耽《ふ》けったものだ。日曜日などに、たとえば横須賀軍港などでやった実例なのだが、朝から晩まで一日中、玉ばかり撞いて暮したことがある。朝は八時頃から始め、午食《ひるめし》に丼飯を掻込んでからまたやる。夕方になると、今度は晩食の丼飯を摂って、それからまだまだ続け、とうとう深更十二時過ぎまで玉撞きをやったりしたものだ。そんな具合なので、いったん興味を持ちはじめると大変なことになる。それで、こんなことにばかり頭を浪費していてはならぬと考えなおし、それからというもの、出来るだけ自ら警戒して、興ののりそうな遊び事には一切手を染めまいと決心したわけである。

人生観と宇宙観

この辺で話題を変えて、私が青少年時代に好んで読んだ本とか著者とかのことを述べて見るならば、中学時代、たいして読書家ではなかったが、文学ものなどは割合に好きな方だった。大和田建樹《おおわだたけき》などはよく読んだものだった。小説の方では、当時新聞小説などを盛に書いていた江見水蔭《えみすいいん》。それから、大町桂月《おおまちけいげつ》のものなども愛読した。桂月はあの頃、『中学世界』に執筆しておった。まあいずれにせよ、どの作家、どの作品と特定のものを耽読したといったような記憶はなく、要するに私は読書家ではなかったわけだ。小学校時代には、『八犬伝』とか『弓張月《ゆみはりづき》』とかいった種類のものを読んだようにも思う。

そんな調子で、青少年時代の読書ぶりは不熱心なものだったが、その後中年になってから、夏目漱石《なつめそうせき》のものをかなり身を入れて読みはじめた。この漱石からは、非常に大きな感銘を受けたということが出来ると思う。では、漱石のいかなる点に感銘したかと言うと、結局、漱石の人生観——簡明率直な人生態度というか、決して嘘を吐《つ》かぬ、はっきりした態度に打たれたわけであろう。ともかく漱石からは相当に精神的な影響をうけておる。言うまでもなく漱石というひとは、ユーモアとか皮肉とかいったことの好きなひとだが、（私は本来皮肉を好まぬが）しかしその皮肉は、やはり漱石の深い真面目な人生態度から発しているもので、反感を感じたことはなかった。

　漱石のもので一番初めに読んだのは、例の『吾輩は猫である』だが、あれにもやはり嘘を言わぬ漱石の精神が随処に出ていると思う。『坊ちゃん』、『虞美人草』、『二百十日』、『門』、『三四郎』など、どれからもそれぞれ相当の深い感銘をうけたものだ。たとえば『坊ちゃん』の坊ちゃんやら山嵐の行動も深いものとは思わぬが興味を感じるし、『虞美人草』の甲野さんや宗近さん、『二百十日』の圭さんなども面白い。私がこうしたものを頻《しき》りに読んだのは、中尉から大尉の頃で、これは余談だが、私が海軍大学に入学する前ちっとばかし近眼になったのも、実は漱石の為なのだった。漱石の縮刷版——あの七号活字で組んだやつを寝ながら読んだのがもとで近眼になってしまった。両方の眼で読んでいるつもりでも、実は片眼をつかっていたのだな……。とにかく、漱石のものは片端から読んだものだ。今でも、漱石の晩年の作品を暇があったらゆっくり読返してみたいと思っている。『明暗』とか、『道草』とか、『それから』などを。ただ私は漱石を好みはしたが、しかし元来私の趣味なり傾向なりは、こうした文学にあるのではなく、むしろ理工科関係の方にあったようだ。ことに手先は子供の頃から器用な方で、今でも時折り、エンジニアになっておけばよかったと思ったりすることがある。サイエンスには非常に興味を持っており、今でもなお持ち続けておる。しかし、ただ海軍にはいるということになると、エンジニアでは到底うだつがあがらない。海軍にゆくならばやはり兵学校の方が良いと考えて、機関学校の方は敬遠したわけだった。

科学で思い出すが、私は元来、天文学——というよりも天文について、何より深い関心をもっている。天文学といったところで、ごく初歩のものに過ぎないのだが、兵学校時代に航海術を習得する関係上、多少の基礎知識は持っておった。と言ったところで、公式をひと通り習ってからあとはただもう、機械を覗いて天体を観測し、色々計算したりするだけの話なのだが、それもそうのべつ宇宙を観測しているわけでもないのだが、とにかくその初歩の天文知識に頼った上で、この広大な宇宙というものを考えてみると、実に気がせいせいする。頭がクシャクシャしている時などは、宇宙の無限を想うと、いっぺんに癒されるような気がする。——宇宙の広大さに較べる時、とるに足らぬ微塵《みじん》のような地球上のわれわれが、あれこれすったもんだしているのが実際馬鹿らしくてならぬように思える。昔から、また最近でも巣鴨にいて何か頭がクシャクシャする時には、いつも宇宙の広大さを想うことにしていた。気分がすっかり爽《さわ》やかになる……。

それから、この天文を考えてゆくと結局、相対性原理にぶっつかってゆく。アインシュタインの相対性原理が解らんと、どうしても宇宙の実相を把握することはでき得なくなるのではないかと思う。——その意味では、私など何も批判することは出来ない。このアインシュタインの相対性原理については、私も通俗的な手ほどきを嚙ったこともあるにはあるが、すぐ壁にぶっつかって解らなくなってしまう。あの原理は、つまるところ、哲学と数学から割出されたものなのだろうが、私の持っている哲学の素養や数学力では、到底理解することはできなかった。批判分析どころではない、理解することさえ覚束なかったものだ。

「副武」という名

最後に、私の「副武《そえむ》」という変った名前の意味だが、これには面白い話がある。前にも述べたように、私の家は身分の低い貧乏士族で、当時の生活状態はかなり酷いものだった。終戦後の今日でこそ、代用食とか何とか言うことは社会一般の常態になっておるようだが、私の育った頃の社会情勢は、決して今日のようなものではなかった。そういう時にあって、私の家は全く終戦後の今日以上の逼迫した、苦しい状態にあったものだった。

私の「副武」という名も、このような貧窮状態から生れたものだった。ただこれは、私が父の口から直接聞いたわけではなく、近親の者の話なのだが、つまり、五番目の子として生れた私は、家の経済状態から言って邪魔者だったというわけなのだ。子供がこの上殖《ふ》えることは、決して芽出度《めでた》いことではなかったらしく、それで、五番目の余計な子、というわけで添物といった意味合いで、父がいろいろコジつけた挙句の果、「副武」となったのだということなのである。だから、副武という妙な名は、決して喜ばしいものではないわけになる……。

私の弟の名もこれに似たもので、六番目に生れたので、いよいよ六番目か！　というわけで「弥六」ということになったものである。

とにかく、そんな家に私は生れ、育ったのである。

第二篇　海軍生活

処女航海

兵学校を卒《で》たのは明治三十八年の十一月だった。日露戦争もすみ、東郷《とうごう》〔平八郎《へいはちろう》〕大将の率いる連合艦隊が横浜で凱旋観艦式を行ったので、われわれ兵学校の生徒は全員姉川丸という分捕り船に乗って見学に行ったものだ。それから間もなく卒業して候補生となり、練習艦隊に乗ったわけだが、練習艦隊はその当時三景艦と言われていた「松島《まつしま》」、「厳島《いつくしま》」及び「橋立《はしだて》」で、司令官は島村速雄《しまむらはやお》少将であった。その三艦に候補生が分乗して三ヶ月くらい内地の航海をした上で、外国航海をするのだったが、外国と言ったところで、旅順、上海、香港、マニラ、それから濠洲東岸を経て、メルボルン、シドニー、そこから北上してジャワの北岸をつたわってバタヴィア、シンガポール……と、それだけのことだ。そして翌年の九月に内地へ帰着したが、やがて間もなく艦隊に分乗するということになった。練習艦隊の時私の乗っていたのは「橋立」、そしてその後の艦隊分乗では、日露戦争の時イタリアから買った「日進《にっしん》」という艦に乗った。この年の暮少尉に任官、翌年九月「朝《あさ》露《つゆ》」という駆逐艦に乗組み、四十一年の夏頃までそれにおった。それから普通科学生、——というのは、少尉か中尉の時代には、砲術学校と水雷学校との普通科の教程を受けることになっていたからだ。それで、初級士官の基礎の技術的教育ができることになる。それが済んでから、水雷艇に約一年半ばかり乗っていた。

前述のように、軍艦で外国に行ったのはこの濠洲行きが初めてであり、また、最後でもあった。もともと練習艦隊が欧米に遠洋航海をすることもあるし、また、候補生としての練習艦隊生活が終ってからでも、廻《めぐ》り合わせによっては、練習艦隊勤務ということになって、何回も外地に行く者もいるばかりではなく、いろんな儀礼的外国航海、——たとえば戴冠式だとか何だとかでよく行くものだが、私は一回もそんな機会に恵まれなかった。また、南洋委任統治群島などへは、艦隊に乗ってさえいれば容易に行けるはずなのだが、これまた廻り合わせが悪くて、外地航海にはいっこうやられなかった。結局今日に至るまで私は、南洋群島を知らないばかりか伊豆の大島に上陸したこともなく、小笠原も知らず、海軍士官としては極めて見聞の狭い人間だったわけである。

前述の水雷艇には明治四十三年末まで乗っており、それから、大学校の乙種学生を半歳ばかりやった。これは、航海、砲術、水雷など、次にやる専門技術教育の基礎になることをやるもので、課目も、物理や化学や数学などが多い。四十三年の暮に私は乙種学生になり、四十四年の六月に、砲術学校の高等科学生となった。砲術将校として身を立てようと思ったわけだ。それから四十四年の暮に卒業して大尉になり、同時に「鞍馬《くらま》」〔巡洋戦艦〕分隊長になった。海軍の分隊長というのは、陸軍の中隊長のようなものだ。そこに、二年間おった。それが、私の青年将校時代の海上勤務の終りで、後はずーっと陸上勤務が続いた。少佐の時も海上勤務はなかった。中佐の時には巡洋艦の副長を四ヶ月。大佐の時は六年の内三年間は海上勤務をやった。艦長を二年、潜水隊の司令を一年間やり、少将の時の海上勤務は一年半。晩年には海上勤務が多かったが、青壮年時代は少なかった……。

ところで、話は違うが、日本の大捷《たいしょう》に終った日露戦争当時のことを考えると、戦後に、日本の海軍が驕《おご》って訓練をおろそかにしたということはなかったと思う。

伊集院五郎《いじゅういんごろう》という人が、その当時第一艦隊の司令長官だったが、綿密な性格のやかましい人で、訓練なども非常に精進したものだった。上陸を許さず、休みなしのぶっ続けで連日猛訓練をしたもので、あるいは、あの人ほど訓練を励行した人はいないかも知れない。

こういう例がある。

たとえば、艦隊が港に入るとする。すると普通なら、それが軍港であればほとんど例外なく上陸を許すが、これが地方の港に入った時などには、先《さき》ず軍医官を前に陸上にやって衛生状況を視察させ、流行病もないということが判れば、「地方健康、上陸を許す」という信号が掲《あが》ることとなっている。これは、たった一つの旗のコードでそういう信号になっていた。ところが伊集院さんのは、たびたびネガティヴがつくのだ。否信旗というのを使うのだ。「地方健康なれども、上陸を許さず」というのが出る。

太平洋戦争の時の、あの「月月火水木金金」という標語、——あれは当時大尉くらいだった津留雄三《つるゆうぞう》というユーモア一〇〇パーセントの人が、評判だった伊集院さんの猛訓練を、月月火水木金金と洒落《しゃれ》のめしたのが事の始まりなのである。オリジンは、この津留大佐で、この人は大佐で辞《や》めた。宮崎県の産で、ユーモアに富んでいて、どんな難かしい無愛想な人間でも、津留が行けばたちまち腹をかかえて笑いだすというほどの、薩摩弁まるだしの話術の大家だった。

この伊集院さんは、日露戦争の時は軍令部次長、戦後、艦隊司令長官になり、後には元帥にまでなった。

この、日露戦争後の、日本海軍の仮想敵国はどこだったかというと、アメリカが第一想定敵国で、次がイギリスと考えておったと思う。対ソ関係については、第一、日露戦争後のロシア海軍は相手とするに足りなかったし、赤軍が出来てからは東洋水域に潜水艦を相当充実したようだが、内容実質について信頼できる情報は判らなかった。海軍が独自に対ソ作戦の基本的作戦計画を取り扱ったということは知らない。対米英両面作戦も、真面目には採上げられたことはなかったと思う。私はそういうプランニングのスタッフにいなかったから、作戦計画の具体的内容はよく知らないが、対米英二国となると、あらゆる国際上の政治的理由を考慮に入れたところで、戦争の計算は成立しないと思う。第一、外交的にみて、信頼するに足る中立国も与国も同盟国もなしに、有力敵国に対して戦争するのは危険であり、また、物質的にみても、戦争資源の大半――あるものについては、ほとんどその全部の補給を受けていた米英を、両面同時に仮想敵国とすることは考えられないことだ。それが、今度の世界大戦でこういうことになってしまったのである。当時私は、艦政本部長で、中央のポリシイには直接与《あずか》っていないので、確信のあることは言えないが、米英を対手にしても戦わざるを得ないというのは、独逸の戦勝、つまり英国の没落を必至と考えてのことではないかと思われる。これが、スタートの誤りだった……。

五・五・三比率時代

それから、例の五・五・三の海軍比率問題のことだが、ワシントン条約ができ、山東還附、太平洋防備制限というようになって来た時、イギリスは対米戦争のとき当《あて》にならんということが判って来たことは事実だろう。しかし五・五・三の比率は対一国の問題で、対二国戦争は考慮に入っていなかった。この五・五・三の比率問題でのわが方の主張は、五・五・三ではいかん、五・五・三、五でなくては……というので、結局のところ七割というのが日本の主張だったが、この七割という数字がどうして出たかというと、受けて起《た》つ攻勢防禦作戦――、太平洋の西部に進攻してくる米艦隊を「佚《いっ》をもって労を待つ」作戦として考え、七割でゆけるというのが基本的なアイディアだった。アメリカが、七割では多過ぎる、六割で我慢しろと主張したのは、向うは進攻作戦をやるのだが、その為には慾をいえば、日本の一に対して二にして欲しいところなのだが、少し譲歩して、まあ少くとも日本の六に対して一〇までを必要とする。そうすればアメリカとしては作戦が立つ――こういうわけなのだ。そこで、六か七かということが論議のポイントとなったわけで、つまり計算の考えについては、日本もアメリカも一致していたのである。六・七が、勢力のバランス・ポイント、ということになっていたわけなのだ。

この六か七かの問題が起ったのは第一次大戦後のことだから、飛行機は割合に活躍していたし、空母もあることはあった。たとえば日本には「鳳翔《ほうしょう》」があり、またアメリカも、大きなのは持っていなかったが、とにかく持っていることはいた。第一次大戦の終末期には、飛行機は相当に活躍しており、将来を嘱望《しょくぼう》されておったから、六か七かの問題が起った時には、無論、飛行機のことは考えに入っていたのだ。しかし、飛行機というものが、後年のように発達して、戦争の主兵力となろうとは、その当時誰も考えていなかったことは事実だった……。

話は前に戻るが、大正二年の八月に私は「鞍馬」分隊長となり、その年の暮には、砲術学校の教官になった。教官といっても副官事務で、それを二年余りやった。四年の暮からは、大学校の甲種学生になって二年間、六年の暮には大学を出て、それから軍事参議官の副官というものをやった。これは別段用のないもので、旅行の時随《つ》いてゆくとか、書類の送達とか、俸給を届けるとかいった閑職なので、普通兼職があり、主にその方の仕事をするわけだった。というわけで、私は兼職として軍務局の、戦争に関係のない特定事務を二年間やった。七年の十一月には休戦になったから、結局戦争には何の関係もなかったわけ。それでも大戦後に、論功行賞を受けたものだった。それは結局、大正六年の暮から七年の暮までにわたる一年間の東京勤務時代が、戦争の期間になるので、それでこういうことになったのだが、何も仕事はしなかったもので、それが、軍事参議官副官というのは論功行賞の格がいいんだということを聞かされ、勲章をもらった時は、さすがに極りが悪かったものだった。

大戦後に行われたワシントン軍縮会議の後始末事務には関係したが、その後は海上におったり、または無関係なところにおったので、ロンドン軍縮会議の問題にはタッチしていない。しかしこれは、海軍部内では、世間に伝えられているほど大きなセンセーションではなかったと思う。後《あと》であれほど大きく世間的にかれこれ言われるほどではなかったようだ。ただ、末次信正《すえつぐのぶまさ》が軍令部次長で、相当強硬だったことは事実だった。彼は、軍縮会議に対する不満まで書いたり話したりして懲罰になり、次長を辞《や》めたものだ。その頃から彼はとみに評判になった。先生は、大佐頃までは比較的冷遇されていたのだが、少将になり艦隊司令官をやりだしてから、とにかく識見高邁なものだから、若い者から相当に慕われたのは事実だ。ロンドン会議の時、一派の青年将校たちから憧憬崇拝の的《まと》になったことは争われない。また、海軍のなかに、米内光政《よないみつまさ》や山本五十六《やまもといそろく》などの一派と、向う気の強い末次一派というふうに分れてきたような傾向があったことは、確かに認める。現にロンドン会議の後で、いわゆる海軍省派、——軟弱派とか言われるような人で、自分の意志や周囲の期待に反して現役を退いた人が相当あったのを見ても判る。あの、大将になって間もなく現役をやめた山梨勝之進《やまなしかつのしん》、彼はロンドン会議の時は海軍次官で、財部《たからべ》〔彪《たけし》〕海軍大臣が海軍全権として会議に出張した後の海軍省の元締めをやっていたものだが、軍縮会議最後の提案を呑むか呑まぬかという時、浜口雄幸《はまぐちおさち》〔首相〕が海軍軍令部案に反対したので、軍令部長の加藤寛治《かとうひろはる》が直接陛下に内奏しようとしたところ、それは懼《おそ》れ多いと言って遂に阻止されたので、統帥権干犯《とうすいけんかんぱん》という問題になったもので、山梨次官としては非常に苦労したらしい。政府、海軍省、軍令部の三つの間に入って、あっちにもよく、こっちにもよくしようと苦労したのだが、あとからみれば海軍省派ということになって罷《や》めさせられたわけだ。堀悌吉君もあの時の軍務局長だったのだが、後に、海軍省派、平和主義派、軟弱派だとして指弾が数年つづき、とうとう具合が悪くなって罷めるようなことになってしまった……。

海軍の主義方針

――和平主義の米内内閣が倒れた時、徳富蘇峰《とくとみそほう》が批評を書いて、「珍らしい内閣だ。残しておきたい内閣だ」と述べていたが、当時の私には、徳富がなぜそういうのか判らなかった。しかし、後になって判ってきた。一体、そういう和平主義を海軍全体が支持して、倒閣させないようにすることができなかっただろうか？（発言者・木村毅）

という御質問だが、昔から海軍は、常にそういう和平主義的傾向にあったのであって、米内政策は、海軍に好感をもって迎えられていたと思う。従って、あの時、米内の先輩や友人などで米内内閣擁護の希望を持ち、機会があればそういう精神的援助をしたということがあったかも知れぬが、海軍では、その職にない場合に政治に関与してはならないというのが昔からの伝統だったので、米内擁護の為に具体的な政治活動をした者があったとは考えられない。第一、海軍では、米内総理を海軍の代表者とは考えていなかった。この考え方は、海軍将官の誰が首相となった場合でも同様だった。なお、政治関与については、五・一五事件の時に軍の政治関与の弊害を痛感し、しかもその時は主犯者が海軍側だったので、やかましいお布《ふ》れが出て、再びこの伝統的精神を確認したものだった。後の二・二六事件の時には、事件に関連性があるか乃至は同情を持っているかのように見られる人が数名あった。私は当時軍務局長だったので、誰々と指名したわけではないが、とにかく疑惑の眼でみられる人が部内にいるのは有害だから、何とかなさる必要があるでしょう、と大臣や次官に進言したものだが、大臣も次官も同じ意見で、その結果数名が間もなく予備役になったものだ。

とにかく、軍の政治関与は絶対にいかん、それをやると政治は麻痺《まひ》してしまい、悪くすれば内乱となり、ひいては亡国の因となるというのが海軍の指導者の伝統的信念だった。だから、米内内閣の存続を支援するということをやった者が海軍にあったとは思われない。それにあの時は、デッド・ロックだったからなおさらだ……。

——結果論として見ると、これでは海軍がいやいやながら常に陸軍に引きずられるということになる。即ち、陸軍の方は公然と政治工作をやるのだから。その際そのバランス・オヴ・パワーとして、海軍の方でもこれに対抗し得る政治工作をやる、——これが出来たとしたら、今度の破局は何かの形で避けられたかも知れぬと思うが……?（発言者・柳沢健）〔「後記」参照〕

という御意見、事実その通りと私も思うが、それには山本権兵衛《やまもとごんべえ》のような人がいなければ出来ないことだ。どっちみち偉い指導者がいなければ、ちょっと出来ないのじゃないかと思う。

元来私には、日本は結局のところ明治以来藩閥政治の連続であった、としか考えられない。即ち、日本の海軍は維新直後はまことに微々たるもので、日清戦争当時もまだ、陸軍に比較しては弱勢であり、且《か》つ人物もいなかった。たとえば、海軍大臣の西郷従道《さいごうつぐみち》は、政治的手腕を持っていたにしろ、彼は陸軍中将から海軍中将に転官した人なのだ。これは、そのとき海軍の将官に人物がいなかったという証拠で、西郷に対抗できるほどの政治的手腕を持った人が、海軍にはいなかったわけだ。もし勝海舟《かつかいしゅう》のような人が海軍卿であっておれば、大したものだったが、あの人は忙しくてよそへ行ってしまった……。

ところでこの山本権兵衛だが、私は直接謦咳《けいがい》に接したわけではないが、なんといっても日本海軍の先輩としては、山本権兵衛が最も偉大な人物だったのではないかと思う。

この人は、非常に綿密周到な頭脳の持ち主で、驚くほど頭が冴えており、その上、計画性に富み、勇気と実行力のある果断の人で、自己の信念に従って飽くまで正々堂々、断乎として邁進《まいしん》したものだ。そのためそれが、時には傲岸不遜《ごうがんふそん》のようにとられ、またそれは事実だったかも知れぬが、その短所ともいうべき点が同時にまた反面、山本さんならでは見られない長所ともなっておった。これは『山本権兵衛伝』に述べてあることなのだが、大臣になる前のことで、当時の官房主事、――つまり今日でいう軍務局長時代のこと、山本さんは、元老の山縣有朋《やまがたありとも》さんをつかまえて、「山縣君、山縣君」と「君」呼ばわりしたということで、そんな頓着《とんちゃく》ないところのある人だった。……それはそれとして、日本海軍の建設に尽した山本さんの功績というものは実に大きなものだった。確か日露戦争当時だったと思うが、あの時、陸軍が無軌道に脱線するのを阻止して、わが国策を保導していったのは偏《ひと》えに山本さんの努力によるところが大であったと私は見ている。だから、満洲事変から大東亜戦争へと移行していった今次太平洋戦争に当《あた》って、山本さんのごとき人物がひとりでもいたならば、これほど無意味な見苦しい結果は見ずに済んだのではないか、と私は思う。山本さんは、決して戦争主張者ではなかった……。

ついでに、山本さんのほかに敬愛する先輩としては、斎藤実《さいとうまこと》さんを挙げたい。斎藤さんは極めて緻密な神経の持ち主で、その上、親切で忠実《まめ》なかただった。ああいう人の真似は、私など到底できぬ。斎藤さんとも、私は直接に会ったことなく、ただいろんな噂を綜合した上での判断なのだが……。

それから、親しくしている人としては、やはり米内光政さんなど、実に確《しっ》かりしたかただと思う。岡田啓介《おかだけいすけ》さんも、同様、充分腹の据《すわ》った人だった……。

閑話休題。とにかく、日本は一体これでいいのか？　と深刻に考えだすようになったのは、満洲事変後からだろうと思う。しかしその場合でも海軍のとった態度は、何とかして陸軍を脱線させないようにとだましだましながらレールの上に乗せて行く、というのが精々のところだった。それは、背景というか、——いわゆる地盤的基礎の問題なのである。陸軍は明治年間に山縣、桂《かつら》〔太郎《たろう》〕、寺内《てらうち》〔正毅《まさたけ》〕などが相ついで廟堂《びょうどう》に立っていたし、それでなくとも脈絡が全国に拡がっている。海軍には、そういったファウンデーションがない。もし正面から立ち向えば、結局は正面衝突、喧嘩になってしまう……。岡田さんにしろ、米内さんにしろ、徒手空拳ではなかなか困難だったと思われる。

それに、明治時代は、山縣、山本といったような人物がおって、自分の権勢は揮《ふる》ったかも知れぬが、同時に立派な政治眼を持った人だから、大局をよく知っている。ところが近頃のは、大局を知らずに権勢ばかり、それも猛威を逞《たくま》しゅうするのだから、これはおそろしい。結局、後年の陸軍が真似したのは、山縣の悪い面ばかりで、いいところは何ひとつとして真似しておらぬ。

一例を挙げれば、（私など今でも判らぬのだが）今度の戦争が始まるすこし前のこと、対米交渉で撤兵問題が論議された時の陸軍の主張によれば、彼等は、仏印〔フランス領インドシナ／現、ベトナム・ラオス・カンボジア〕の撤兵はいいとしても中国の撤兵は軍の存立に関するから、国運を賭しても戦わねばならない、――こう言っている。これでは一体、軍と国家とどっちを重んじるというのか？――実際、なぜそういう考えが生れるものやら、今でも理解に苦しむことだ。一事が万事そんなふうだ、だから、海軍が正々堂々と所信を披瀝したならば、国民は味方したかとも思うのだが、なにせ当時は、国民支持の声も圧殺されるような情勢ではあり、結果は何とも申し兼ねる、というのが、私の所感と言える。

支那事変勃発

進み過ぎた話をすこし前に戻して、ロンドン軍縮会議が終り、わが国内外の空気が何か騒然として来る、やがて盧溝橋《ろこうきょう》の砲声、――続いて支那事変ということになったわけだが、この支那事変の初めの頃私は、軍務局長をやっていた。昭和十二年の七月、盧溝橋事件が勃発した時のことだ。

当時の日本の中央部の、少くとも表面的な方針というのは、問題の現地解決、事件の不拡大ということだったのだが、天津、北京、――あの辺の戦況が中央の方針に反して拡がってしまった。陸軍中央部の現地に指令した訓令が、どうしても実施されず、次第に拡大してゆく状況になってしまったわけだ。

海軍としては、事態を極めて憂慮した。当時の海軍大臣は米内光政、次官は山本五十六。それから、軍令部総長は伏見の宮さま〔博恭王《ひろやすおう》〕、同次長は嶋田《しまだ》〔繁太郎《しげたろう》〕中将であった――。

こうした海軍の中央部では、速《すみや》かに事態の収拾を計らなければならんという、はっきりした方針を持っておった。このことに関しては誰ひとり異論がなかった。というのは、もしもあの北支事変が拡大して全支那各地に飛火してしまうと、解決がどうしても困難になる。対支全面作戦ということになると、元来支那には、戦略的乃至《ないし》は政治的要点がどこにもない、つまり急所がなく、サナダ虫みたいに、いくら寸断しても部分部分が生存し発育してる。これは、支那という国を歴史的に概観しても明らかなことだ。そんなわけで、日本が対支全面作戦に突入して国策を遂行するということは、極めて困難なことなのである。のみならず、いったん対支全面作戦を起せば、対手は支那一国というわけにはゆかぬ。その背後には、長年重大な利権を所有しているイギリスがいるし、また極東に大きな希望を懐いているアメリカがあるのだから、全面作戦ひいては対米英戦争ということにならぬとも限らぬ。それで、全力を尽して戦局の拡大するのを防止しなければならぬ――というのが、当時の海軍中央部の根本方針だった。そしてまたそういう見解で、陸軍と始終連絡していた。そして私の知る限りでは、正面的に海軍に反対する陸軍の者はおらなかった。もっともな意向である、ということになっておった。――ところが、どうしても現地の火が鎮まらぬ。どんどん四方に飛火して行く……。

これは当時の私の想像なのだが、表向は成程《なるほど》中央部の訓令通り火を消すのだが、実際はそれだけでは駄目なのだ。何か判らんアンダァ・カァレントがあって、上の方でいくら火消しをしても、下の方ですぐにぼッと燃えあがる。火つけをする者があるとしか思えなかったものだ。

当時の陸軍次官は梅津美治郎《うめづよしじろう》君、軍務局長は後宮淳《うしろくじゅん》君だったが、海軍次官のところに来てもらい、私も加わって、四人《よったり》で話し合ったことがある。その席上でわれわれは海軍側の所見を開陳し、また陸軍側の意見を聞いたのだが、その時は双方とも、事態は極めて危険な状態にある故、事件を一日も速かに収拾して、対支全面作戦に突入することを極力防止しなければならぬということに、意見が一致したものであった。

しかしその後も事態は一向に改善されない。そこで私は考えたのだが――これじゃあ到底いかん。何とかして中央方針が確実に実行され得る手段《て》を考えなければならぬ。それにはひとつ、陛下のおちからに縋《すが》るよりほかはない……。

ところが当時、平田昇《ひらたのぼる》（元中将）君が海軍の先任侍従武官をやっておったが、彼がほとんど毎日海軍省に来る。情報連絡に来る。そこで私は彼に言ったものだ。このような情勢では、どうしても陛下のおちからに縋るよりほかない。それには従来のような形式的なものではなく、本当のフリイ・トーキングで御前会議を開いていただき、陛下の御裁断を仰いで、大策を断乎として御指示願うのが最も有効適切だと思われる。ついては、この御前会議開催の可能性があるかどうか、とにかく瀬踏《せぶ》みをしてもらえまいか。ひとつ平田君から、当時の内大臣湯浅倉平《ゆあさくらへい》さんに連絡して、その可能性の有無をきくようにと頼んだものだった。それで同君は、早速湯浅さんに話をしたらしいが、湯浅さんはなかなかうんと言わない。理由は、私の想像に過ぎないが、例の二・二六事件のあった翌年のことで、いわゆる奸臣が袞龍《こんりょう》の袖に隠れて云々などというような非難がしきりと言われておった当時だから、湯浅さんもそういったことに神経過敏になっていたんではなかろうか。ともかく御前会議はなかなか実現しそうもない。

事態はこうして延《の》び延びになっているうちに、例の二箇師団派兵問題がおこってしまった。事態は急激に進展して、とうとう長蛇《ちょうだ》を逸してしまった……。今ひと押し押してみればよかったのだが、しかし、たとえひと押ししたところで、果して成功したかどうか、それは疑問だった……。

この二箇師団派遣問題が枢密院にかかり、審査委員会でだいぶ問題があった。その審査委員会で、副議長の原嘉道《はらよしみち》さんが辛辣な質問を杉山元《すぎやまはじめ》陸相にしたという話がある。それは、杉山さんが、二箇師団派兵の必要を論じて、「……これ以上増派する必要はない。二箇師団派遣すれば事件は容易に治ってしまう。全支那に戦雲を波及させることはせぬ。保定の線で喰止めて、より南には行かない。それに、一度叩けば支那は、――蔣介石はへこみます」と言ったのに対して、原さんが、「叩くというが、一体どこに急所があるのか？」と質問したということなのだ……。

もちろん、当時われわれは、外務省とも始終密接に連絡して、種々協議を重ねたものだが、その時の東亜局長は石射猪太郎《いしいいたろう》君で、同君もわれわれと同じ意見だった。いかなることがあっても、一刻も速く戦局の拡大を防止せねばならぬという同君の意見を、海軍としてはバックしていた。

そういえばある時石射君に話したことがあった。「こんな情勢では、外務大臣がうんと確《しっか》りやらなければ困る。外交的な活動をもっと力強く推進して、外相は、その見解を関係者方面に強調する必要がある。広田《ひろた》（弘毅《こうき》）大臣は元来、自他ともに国士をもって任じており、しかも前には総理もやっておるし、経歴貫禄ともに充分のはずだ。ひとつ確《しっか》りやって貰《もら》わなければ――」と言ったところ、石射君は、「いや、広田というひとは世間から買い被《かぶ》られているので、もともとそう気概のある人じゃないんだ」という返事なので、私はいささか意外に感じる一方、成程と思われる節もあった。支那事変勃発当初の広田さんの態度は、われわれからみるとどうも少し歯痒《はがゆ》いものがあった。国際軍事裁判で広田に対する断罪が重かったのは、やはりそういった煮えきらなさといったことも、ひとつのエレメント（要素）になっていたのではないかと、私には思われる……。

ともかくこうして、北支で起った事件は遂に現地解決が出来ず、三箇師団増派となり、対支全面作戦は不可避の情勢となったので、在留邦人の引き揚げまたは安全地域への避難を実施することとなった。海軍の担任は、長江筋及び沿海地区だが、先ず第一番に、重慶から下流の長江筋各地におる居留民を上海方面に集結させた。これは大体八月上旬までに完了したと記憶している。沿海地区で最も重大であったのは青島《チンタオ》だったが、これは少し遅れて九月終頃になったと思う。一万数千にのぼる人員を一人残らず内地もしくは関東州に引き揚げさせたのだが、これはなかなかの大作業だった。引き揚げ当時の青島特別市長は陳鴻烈。この陳というひとは、もと支那の艦隊長官で、日本の海軍とは関係が深く、日本海軍に修業に来て、海軍大学を卒業した男だ。大学当時末次信正さんに教わったということだった。割合に、日本海軍に対して好感情を持っておったようだ。

青島というところは、第一次大戦の際、陸軍が、占領後そこに軍政を布いて管理しておったのを、ワシントン条約で支那に還附し、その後はかなり海軍との関係は良好だった。市長も今述べたように好意的で、恐らく支那各地を通じて、居留民引き揚げに際して事故も起らず、静穏無事に完了したのは、青島が第一だったと思う。

事変に対する海軍の態度

八月中旬にはいって、とうとう上海で事件が発生してしまった。大山事件がそうだ。海軍陸戦隊の大山《おおやま》〔勇夫《いさお》〕大尉が、支那の保安隊の兵隊に狙撃され、殺されたのが誘因となって、遂に戦火は各地に飛火することになってしまったわけだ……。

それから後のことは、御承知の通り、対支作戦の主力は中支方面に指向されることになった。上海陸戦隊の悲愴な奮戦。渡洋爆撃……。

戦火はとうとう、全支那全地域に波及することになってしまったのだった。

海軍の方の作戦としては、だいたい上海の確保とか、内陸方面の主要地点に対する爆撃、あるいは支那沿岸の封鎖といったようなものが、主なものだった。当時の海軍最高指揮官は、第三艦隊司令長官の長谷川《はせがわ》清《きよし》中将で、旗艦「出雲《いずも》」に坐乗して上海におった。外海の方は第三艦隊麾下《きか》部隊の外に、連合艦隊からも援助していたが、何しろあの長い支那沿岸の封鎖だから、指揮統一の上でいろいろ具合の悪いことなども生じ、どうもうまくゆかない。それで、封鎖作戦だけを統一指揮する艦隊司令部が必要だということになって、十月に第四艦隊が編成され、同時に、第三及び第四艦隊をもって支那方面艦隊を編成し、長谷川中将がその長官に就任し、その麾下に第四艦隊司令長官として私が出ていったわけだ。

この第四艦隊司令長官になったのが、昭和十二年の十月二十日だが、第四艦隊が編成されてから間もなく新作戦が行われた。それが杭州湾上陸である。それは、当時上海方面の戦線が膠着《こうちゃく》して掃蕩《そうとう》意のごとくならないので、裏面から上海を衝くということになり、杭州湾上陸作戦が行われたわけなのだが、その時の陸軍部隊は柳川平助《やながわへいすけ》中将の率いる柳川兵団。私は第四艦隊の司令長官として、その護衛並びに上陸援護をした。かくて十一月五日、杭州湾上陸作戦は決行された。

杭州湾上陸作戦は、計画当初から相当の困難を予想しておったものだ。……何しろあの杭州湾という所は、潮の流れが早く、干満の差が実に大きい。小舟艇の運航は特に難しい。が、幸いなことには上陸作戦は無事に成功した。私の任務は一週間ばかりで終ったのだった。

それから、次は南支方面の作戦に従事した。バイアス湾敵前上陸——その計画準備に従事しておった。ところが、台湾方面に進出して、十二月中旬、いざ決行という実施間際に、突然作戦が中止されてしまった。それは、南京が十二月十二日に陥落した際に、例のパナイ号事件とレイバード号事件が起ったからだ。何でも長谷川長官が意見を具申したとのことで、米・英、——特にアメリカの対日空気が険悪になりつつある際ではあり、引き続いて南支方面の上陸作戦を実施することは対外関係を一層危険に陥れるおそれがあるから、上陸作戦実施をしばらく見合わせた方が良くはないかという意見で、それが採択されたとのことだった。着手一、二日前になって急に中止と決《きま》り、私は北支に行けと言われて、北支に行くことになったのだった。

その当時、北支方面の封鎖作戦は、連合艦隊から派遣された第二艦隊（司令長官は吉田《よしだ》善吾《ぜんご》）が担当しておった。私は、吉田長官から任務を引き継いで、爾後《じご》はもっぱら北支方面で封鎖作戦を実施していた。ところが間もなく、十二月下旬になると、北支方面の戦線は拡大の一途を辿ったものだ。陸軍は、保定より南へさがり、やがて戦雲は北支全域に瀰《び》漫《まん》してしまった。それで、青島在住の市民たちは非常に不安を感じたものらしい。不穏な状態となり、たとえば青島にある日本の紡績工場なんぞは、火をつけて焼かれてしまった（この青島紡績工場の規模とか施設は相当なもので、上海よりは幾分少いかもしれぬが、私が当時耳にしていたところでは会社が四つか五つあり、全施設を併わせると六十万錘は持っておったとのことだった)。その上、市内各処に放火はするし、掠奪はするといった有様だった。ところが青島在留の邦人は、引き揚げに際してはただ身廻品だけで、家財はそのまま支那側に保管を依頼して出掛けたわけだから、このまま放っとけば総て烏有《うゆう》に帰してしまう惧《おそ》れも多分にある、——というわけで、中央から、青島上陸作戦を実施せよ、との指令があり、私は、その準備を始めたわけだ。

当時、支那側の守備兵力は大したことはないという情報が入っておったし、海軍側の考えとしては、中央でも現地でも、別に陸軍兵力を必要とせず海軍だけで充分だという肚であった。そんなわけで、われわれは着々と作戦準備を進めて兵力を整頓し、十三年一月十日に上陸作戦を実施することに決定した。そこで私は、旅順の東方にあたる裏長山列島に作戦部隊を集め、事前の上陸演習を、部分的なものではあったけれど一度やり、それからさらに作戦の研究打合せなどをやったわけだ。その打合会の席上で私は、最後に訓示をしたが、その際こんな意味のことを附加えた。「青島上陸に決して占領ではなく、ひとつの警備任務の作戦だ。われわれの目的は警備任務を遂行することにある。つまり、在留邦人の利権擁護が第一の目的だ。たとえばこの作戦を狩猟に譬えるとすると、われわれの目的は、鉄砲で鳥や獣《けもの》を射殺するのではなく、網を張ってそれらを生捕りにし、育て、繁殖させ、そして成長させることにあるのだ。それに、支那の一般民衆は決してわれわれの敵ではない。だから、向うから攻撃を加えたり、または不法に敵対行動に出るのでない限り、兵器の使用は一切これを禁ずる。もちろん、建物や器物の破壊及び放火も絶対にまかりならん」――これが無血上陸の根本方針なのだが、まあそんな訓示をしたものである。そして予定通り一月十日早暁に上陸したのだが、私の言ったことは実によく実行された……。

それからまた、伝単を準備した。それには、「日本軍は在留邦人の利権擁護のために上陸するのであって、決して支那民衆を敵とするものではない。敵意を抱いて抵抗したり、悪意の妨害をしない限り、われわれは絶対に危害を加えるようなことはせん。安心して生業に就《つ》け！」――そういった意味のことを書いた。それから今ひとつ、在留外人に対する伝単も用意した。というのは、在留外人がかなりおったことは、情報によって判っていたからだ。当時支那の市政府要人たちは、市長はじめ悉く逃げてしまって、治安は乱れる一方、非常に不安な無政府状態になっていたものだから、在留外人たちは自警団を組織して、身辺護衛のために努めているという情報があったから、その伝単も準備したわけだった。この方の伝単は、さっき言ったような支那人に対するものに附言して、不測の事故を予防するために、在留外人は灰泉角（青島東北端の郊外にある公園地）方面に集合されたい、といったもの。

その伝単を準備する時のことだが、私のところへ幕僚が伝単の文案を持ってきた、――それを見ると、こう書いてある。“Foreigners are requested.....”（「外国人は何々すべし」）と。私はそれをなおしたものだ。“Foreigners are kindly advised”（「外国人は何々せられんことを望む」）と。「リクエスト」にすると、万一何か間違いがあった場合に、こちらが強要したからこうなったんじゃないか、などと尻拭いをせねばならぬ。それが、「カインドリイ・アドヴァイスト」となれば、第一耳触《みみざわ》りがよいばかりでなく、こちらの負担が軽くなると、多少打算的な考えもあって、その字句をなおしてそれをバラ撒《ま》いたことがあった……。

作戦は非常に順調にすすんだ。結果から言うと、支那側の死傷者は皆無。こちら側は戦死者一名、——といってもこれは敵弾に当って死んだわけではなく、上陸する時に心臓麻痺をおこして頓死したのだった。その時の敵の守備兵力は極めて劣弱で、上陸の気配を察知していち早く逃走してしまった後だったから、交戦には至らなかった。要するに陸戦隊は、小拳銃一発も撃たなかった。戦火、掠奪、その他一切無し。ただ、上陸開始の時に、仮装砲艦が一隻、海岸に威嚇《いかく》砲撃を加えたが、その砲艦は裏長山列島で打合せをやった際に来ていなかったので、知らずにそれをやったのだったが、ただちに信号して止めさせた。それと今ひとつ、航空母艦から進発した飛行機が、青島北東方の嶗山《ろうざん》という無人の山の山頂に威嚇爆撃をやったが、その空母の指揮官もやはり、裏長山列島の打合会に来なかった為の手違いで、これもすぐに信号で中止させた……。まあこの二つが事故と言えば事故だった。

とにかくそんな有様で、全くの無血上陸だった。その日の夕刻には、部隊をそれぞれ警備配置につけ、市内は極めて穏かに治まった。

ところがその翌十一日のことだが、済南から陸軍部隊がやってきた。ことの起りはこうだ、——作戦開始直前になって急に、海軍が青島作戦をやるならば、陸軍もそれに加えて欲しい、海陸の協同作戦でやりたいと、参謀本部から軍令部へ希望を陳《の》べて来たのだそうだ。もっともこれは単に陸軍の意向を伝えて来ただけの話で、協同作戦をやれという命令ではない。協同作戦を実施するには、中央で協定をして、これを正式に両軍の現地部隊に命令しなければならない。ところがこれは命令ではない。得体の知れぬ情報に過ぎない。もともと私は、軍令部の計画に基いて初めから海軍の独力によって遂行する心組みであったし、まさにスタートをきるという直前になって陸軍が協同作戦をやりたがっていると聞いたところで間に合うものではない。目下のところ青島は無政府状態で、治安は極度に紊乱しておる。市内では、其処此処《そここ》に火災も発生しているようだし、今に日本人家屋の焼打ちが始まるかもしれぬ。在留外人などは既に自警団を組織するといった有様で、極めて危険な境目にある。こういった時に当って、何の彼のと言って荏苒《じんぜん》日を虚しゅうするわけにはゆかぬ。一日放っておけば被害はそれだけ増大する心配があるので、私はその旨を軍令部に報告し、協同作戦を断わった。

ところが陸軍部隊は、翌日、急行列車に乗って済南から青島に乗込んできたものだ。それは第五師団、——板垣征四郎《いたがきせいしろう》君の部隊で、参謀本部からの指令に依《よ》ったものと見える。

作戦のスタートがそういったふうだったから、その後、海軍と陸軍は万事につけてどうもうまくゆかぬ。ちょうどこの陸軍部隊がやってきたその日市内の路上で陸海軍の小部隊が出会った時、敬礼の仕方が悪いとか何とかいうことが因《もと》だったらしいのだが、陸軍は機関銃を据えたりして、まるで戦闘のような真似をやったものだ。これは、海軍には海軍式の敬礼というものがあり、こちらとしては違法でも何でもないのだが、それを陸軍流の敬礼を楯にとってつまらぬ言掛《いいがか》りをつけたもので、とにかく大変な騒ぎになったものだった。爾来いろいろな問題について数多くの摩擦相剋があり、非常に苦労したものだ。

そのように紛議の頻発した理由のひとつは、陸軍側で海陸協同作戦をやりたいと希望しておるのに、出先で豊田がひとり勝手に事を処したという偏見があったのだと私は思う。とにかく嫌なことが多かった。しかしそれだからと言って、板垣君がどうのこうのというわけではない。板垣君とは訪問交歓もやっておった。もともと青島警備上の諸事は、板垣君の第五師団が自主的にやるのではなく、第五師団は済南に駐在しておった第二軍の司令部（司令官は西尾寿造《にしおとしぞう》さん）の出す命令に従って行動するだけのことなので、根本のポリシイは、第二軍の司令部でやることなのだから……。また、第二軍の司令部といっても、西尾という人は非常に立派な人物で、そんなことをするような人ではない。要するに、第二軍司令部の幕僚の中に強者《したたか》がいて、それが勝手に横車を押して仕様がない、というわけなのだ。名前を挙げるのは憚るが、とにかくその男が頑張っていて邪魔をする。どうにもならんので、私は済南の西尾司令官のところへ行って、直接懇談しようとすると、長官と司令官が会って直接話をするような事態にはなっていないと言って、これを阻止する。要するに西尾さんは何にも知らないのだ。私にはよく判っている。あれにはどうも困った。こんなことがやがて、あとあとまで、豊田はアンチ・アーミーだという評判を立てられ、天下に宣伝された理由のひとつらしい……。

そういえば、これは今度の東京裁判の法廷でのことだが、ある証人が私の全く知らぬ事実を証言した。それは私が軍務局長から第四艦隊司令長官に転出した経緯《いきさつ》についての話なので、その証人の証言によると、支那事変が始まって以来の私のやり方は、ひとつひとつ陸軍の忌諱《きい》に触れていて、豊田があったのでは陸海軍の協調がしっくりゆかぬということから、旁々《かたがた》外に追い出してしまえというわけで、第四艦隊司令長官に任命されたというのだった。成程そういうことだったかも知れんと思ったものだ。灯台下《もと》暗し、御存知ないのは当人ばかり、――というやつだ。

そういったことでゴタゴタしているので私は、昭和十三年の春、長い手紙を山本五十六次官に送り、当時の青島における一般状況やら所見やら、態度、観察、及び陸軍との交渉経過、それらの問題解決の為の方策といった事柄を書いて持たしてやったものだ。これに対する直接の返事はもらえなかったが、とにかく私の見るところでは、青島の実状はすこしも大兵力を必要としておらず、海軍の三千余の兵隊だけで充分警備可能であるという確信を持っており、内陸作戦は当然陸軍が担当すべきだが、青島市内及び市の外縁に関する限り、海軍は独力で結構やってゆけるのだから、大処高所から見て、中央の方で話し合ってくれれば何とでもなる。また陸軍にしても、戦乱が全支那に波及してしまった現在、兵力に余裕のあるわけがないから、市内に関する限り海軍に委してみたらどうだろう、というような手紙を書いたわけだ。それが容れられたからなのかどうかは判らぬが、四月中旬か下旬に、板垣君の第五師団は中支方面に転戦して行くことになり、青島市内の陸軍は、ほんの運輸通信関係と特務機関の者だけを残し、ほとんど全部外に行ってしまうこととなった。それから、市内は海軍兵力だけで警備をし、陸軍は市の周辺から内陸方面にかけて、ということに分担が決められ、あとは至極平静だった。私はこうして昭和十三年十一月までの彼是一年間青島を基地として中支以北の沿岸に作戦していたわけなのだが、その間市内では一発の銃声も聞かず、火事なども起らなかった。

ところが、私が青島を去る少し前に、一寸いやなことがあった。もともと私は、青島の市政に干渉する権限は与えられておらず、ただ直接間接にアドヴァイスをするだけのことだったのだが、陸軍の手先の特務機関が暗躍をやる。関係のむきに連絡も相談もせず、頻りと裏面工作をする。あれは昭和十三年十月頃のことだが、漢口陥落の時に、青島全市の支那人を動員して戦勝祝賀会を強制してやらせたことがある。まるで対手の感情も心理も無視し切ったことを平気でやるのだ。

またこれとは反対な話なのだが、こんなことがあった。それは、内地転任の内命をうけたので、帰る前に戦歿者の合同慰霊祭をやることにしたのだった。ところが支那側でそれを聞きつけて、自分たちも是非参加したい、学校生徒を参列させていただきたいと申出てきた。これは私の推察だが、おそらく、海軍の若い者が勝手に内面指導をやったか、あるいはまた支那側の媚態外交だと思ったので、「御厚意は誠に有難いが、合同慰霊祭は海軍だけの内輪の行事で、支那側には全く関係のないことだから、多勢参列されることは固くお断りする。但し、代表者でも是非にということならば、それまでもお断りするのは失礼なことだと思うから、目立たぬようにごく少数の人にしてもらいたい」と、こう言わせたものだ。その合同慰霊祭はなかなかの盛儀だったが、支那側の参会者はほとんど目立たぬ程だった。

とにかく私は、一貫してそういう考えをもって支那事変に対処してきた。こちらの真意は向うに充分理解されたことと私は思っている……。

それで、第四艦隊司令長官を辞《や》め、第二艦隊司令長官として一年間在職した。その間、艦隊以外のことで特に私の関心を唆《そそ》るような事件は無かったように思う。

第三篇　太平洋上の暗雲

艦政本部長時代

前述のように私は、十三年末から十四年末まで第二艦隊の司令長官をしていたのだが、後《あと》で聞いたところによれば、ちょうどその頃三国同盟の前奏曲が始まっておったということ。これが何時頃《いつ》から始まったのか、私にはよく判らないが……。もっともその頃はまだ三国同盟とは呼んでおらず、日独防共協定を基礎にして日独提携を強化するというラインに沿って工作が行われていたわけだ。当時の海軍大臣は米内光政、次官は山本五十六。海軍としては、大臣も次官も三国同盟には断乎反対しておった。ところが、その議論が行われている最中、つまりその年の八月に、突然独ソ不可侵条約が結ばれ、平沼《ひらぬま》〔騏一郎《きいちろう》〕内閣が例の「複雑怪奇」呼《よば》わりを残して辞職した。その時、米内も山本も辞職したのだが、当時連合艦隊の司令長官だった吉田善吾が新内閣に入閣し、その代りとして山本が八月末長官になった。そして私も、十一月に艦政本部長になった。

私は、山本君が連合艦隊司令長官になった時意外に感じたものだった。というのは、私としては、米内の後任には当然山本が就任するものだと考えていたからだ。その後米内さんに訊《き》いてみた。——「どうして山本を後任に推薦しなかったのか？　山本が大臣になっておったならば、太平洋戦争の問題も結果が違っていたろうに……」と。すると米内さんは、「ううん、それは一つの案だったんだが、山本が遠慮したんだよ。吉田と同じ級《クラス》なんだが、吉田の方が席次が上だからね……」と答えたものだ。しかし私は、これは本当ではないと思ったので、次の機会に同じことを質問してみた。すると米内さんは「いや実はねえ、山本がよかったかも知れんが、あの時もし山本が大臣になってたら、命がなかったろうよ……」と述懐していた。そうした空気のあったろうことは容易に肯ける。あの時は三国同盟（当時は、日独軍事同盟と言っておったが）に反対するのは山本が首謀者だという評判を、陸軍や右翼方面でもっぱらたてていたからだ……。

ところで私は、十四年十一月に艦政本部に行ったのだが、十六年の九月に呉《くれ》に鎮守府《ちんじゅふ》長官として赴任するまで、この艦政本部での二年間は、直接には、中央のハイ・ポリシイに関与する権限も機会も与えられなかった。

艦政本部というところは、航空本部と同じようなところで、航空本部が扱う航空機以外の、艦船とか兵器類の計画、製造、修理、研究などが主要任務だった。どういう軍艦をどれだけ製造するかとか、どんな装備を施すかといったことを、軍令部から海軍省に要望して、ここで纏《まとま》ったところで、大臣から指示が出る、その指示を実行するのが艦政本部の業務なのだから、要するに請負業といったところ。ただ、軍令部にも海軍省にも、専門の技術官はいないので、下相談はあるが、しかし、根本方針を発案提議する権限は艦政本部には与えられていない。けれども、現実には、首脳部の意中が如何なるものであるかといったことは私らの耳に入る。つまり、ポリシイそのものを掣肘《せいちゅう》する権限はないが、国際情勢の変動などは解るのだ。それで、十五年、支那事変が泥沼の深みに足を突込んで抜差しならなくなり、外交上のエポックのある毎に追加予算や軍備促進が論議されたりしたのに対して、私は軍備の現実とポリシイとがその行方を誤らぬよう始終見守ってはいたものである。そんなわけで、当時機会あるたびに私が言ったことは、国策と軍備とが分離してはならぬということだった。戦争の危険性は、対手国の軍備とこちらの軍備とを比較した場合、そこに大きな差があればまずまず大丈夫で、外交によってもカタがつくが、両者がほとんどおつかつだと非常に危いものなのである。ところが、事実両者がおつかつだというのならばまだしもで、たとえば、アメリカの軍備が日本のそれを遥かに上廻る優勢さを持っていることが明白であればともかく、表向はさして優劣がなさそうに見えながら、事実は日本の軍備内容がずっと劣等だとすれば非常に危険なわけだ。そしてそれが日米海軍々備の偽わらざる現実だったので、私は、表向の主張としては一応海軍々備の充実を強調しなければならなかったものの、本心はその裏を言っているのであって、そう無闇に国策が先走るのは危険ではないか——ということを事あるごとに口にしたものなのであった。

たまたま十五年九月に、最初の仏印進駐問題が起り、追加予算（それは極めて貧弱なものだったが）を審議したことがあった。この仏印進駐というのはなかなか重大問題で、表向の名目はただ単に支那へのルート遮断《しゃだん》なのだけれども、実際は南方進出の第一歩であり、それだけの事を決行するからには余程軍備の充実を考えなければならぬのに、その点それにしては非常に消極的のものだった。その時の次官の説明は、「これは念のためで、戦争になるなどということは全く念頭においていない。全く念のためにやるのだ」と、こう言うので、それに対して、その時航空本部長をしていた豊田貞次郎《とよだていじろう》と私とは、真正面から反対をした。「念のためにやるというような、申訳《もうしわけ》みたいな軍備をするのは危険だ」とて、仏印進駐という大事を、現在のような軍備状態で決行するのは危険極るという含意の警告をやったのだったが、残念ながら表立って発言する立場にいなかったから、その程度だけのことしか言えなかった。当時から遺憾に思っていたことだ。

それから、これは十五年の七月、第二次近衛《このえ》〔文麿《ふみまろ》〕内閣成立の時の話だが、近衛さんの組閣ぶりは非常に慎重で、松岡洋右《まつおかようすけ》（外相候補）と東條英機《とうじょうひでき》（陸相候補）と、海相を留任することになった吉田善吾君に近衛さんの四人《よったり》が集って、組閣の基本方針を鳩首《きゅうしゅ》協議し、そのため組閣完了までに数日かかったことがある。その時、吉田君から私に、「何か言うことはないか?」といって来たので(これは、新大臣就任の時に関係各部局からそれぞれ進言することが慣例になっている)、私は、艦政本部に関する限りの軍備の現状を詳細説明した上で、「海軍の実状を、総理はじめ関係者の耳によく入れてもらいたい」旨、希望した。吉田君はそのくらいの事情はよく呑み込んでいるので、「よく解った」と言って会議に臨んだのだが、あとできくと吉田君は、その話を持ち出しはしたらしいのだが、会議の席上では、松岡がひとりで喋舌りまくって大言壮語し、たとえば「そんなことは到底《とうてい》出来はしないではないか」という説が出ると松岡は、それに対して、「今すぐは出来ぬとしても、理論としてはこうなのだ」と言ったような調子だったという。だからその時吉田君が、国策のみが先走りすることは危いというインプレッションを充分に与え得たかどうかは、疑問だと思う。

それはとにかく、やがて近衛内閣が成立すると間もなく三国同盟の話が持ち上り、九月にはスターマーがやって来る。吉田君は、その前月の八月に病気になる。——世間にはその時、吉田君のことを軟弱呼わりして攻撃する者もあったが、私は同情していた。同君は、三国同盟に反対しておったひとだが、組閣に際して関係閣僚に充分インプレスし得なかったことに懊悩して、その結果、病気になったのだと思う……。まあそんなことで吉田君は辞職し、八月末に及川《おいかわ》〔古志郎《こしろう》〕君が大臣となった。及川君は、横鎮〔横須賀鎮守府〕長官をしておったのだったと思う。そして、及川君が大臣に就任して間もなく、三国同盟が出来あがってしまったというわけだ。

三国同盟のことは、その頃、海軍省の食堂での茶話の種によくなっていたものだ。「バスに乗遅《のりおく》れる」という言葉の流行していた頃で、ドイツはイギリスをダンケルクから追落してしまったから、余勢をかって明日にも英本土上陸作戦を決行するかも知れぬ。だから早くドイツと手を握らんと、切符を買い損ねてバスに乗り遅れるぞ、という取り沙汰がその折の茶話だった。が、私はドイツの対英上陸作戦は疑問だと思っておった。というわけは、航空部隊を集中すれば、たとえ大艦隊を擁していないドイツでも、進入上陸は可能であろうが、その後を一体どうするのか？　ヨーロッパ大陸の占領地の食糧問題だけでもドイツは困っておるのに、貧弱な海軍と船舶とをもってイギリスを占領して、攻略軍に対する常続補給と、イギリス四千万の人口を養い維持するということが、果して出来るものかどうか？　イギリスという国が、食糧自給国であるならばまだしも、食糧の六割乃至七割を海外――それも遠方から仰いでいる貧しい処なのだ。そうみてくると、ドイツの対英上陸作戦論は成立つまい。それに、たとえイングランド、スコットランドがドイツ軍に占領されたとしても、そこでイギリスが手を挙げるとは限らないし、またそんなことよりも、対英本土上陸作戦が出来る状態に全般がなったとすれば、何もわざわざ上陸作戦なんぞやらずとも、イギリスはその前に手を挙げているだろう。――こういったことを私は、特に研究したわけではないが、漠然とした直観をもって感じとり、上陸作戦は出来ないと思っていた。

まあそんなことで十五年は暮れ、十六年を迎えたのだが、艦政本部としては、軍備の促進ということ以外、取り立てて言うべきこともなかった。しかし、大局的な見地からみれば、海軍の軍備といったところで結局は国力の問題だ。企画院に連絡があるので、物資動員計画は始終眼にはいるが、これを見て私は非常な不安を感じたものだ。というのは、この計画では、あっちも足らんこっちも足らんでいろいろ修正をするのだが、その時一方を減らして一方を盛上げるならまだしも、是非これだけは必要だというと、総ての条件を最も有利に判定して無理に計数を整える。つまり数字上の計算は希望観測的なものに過ぎず、実際とはかけ離れている。計画通りにいったことがない。喰い込みばかりなのだ。それで私は、非常に不安に思っていたものだった。

まず第一に資材だが、たとえば鉄鋼についてみると、普通鋼々材は年産六百万とか五百万とかいう計画を立てるのだが、実績はその八割そこそこだった。……とにかく、物資生産計画というのは非常に難しい。目に見えぬ有機的な関係があらゆる面にあるのだから、机上で出来ると思っていることでも、いざやって見ると、思いも及ばぬ詰《つま》らぬところに引っ掛りが生じたりする。なかなかどうも簡単にはまいらぬ……。食糧がこの関係の重大なエレメントであることもあるし、また、鉄が出来ぬのは電気が無いから、電気が駄目なのは石炭が不足してるから、石炭が出ないのは地下足袋《じかたび》が足りぬからだ、いや綿花が無い、ゴムが無い――こういったふうに、小が大を制するといった関係が無数にある……。もともと物が不足しているのだから無理な話で、物さえあれば大概のことは出来る。といって、アメリカとは所詮比較になるまいが……。

要するに、日本の軍需生産のネックは物資にあったと、結論的に言っても差支えあるまい。

戦艦「大和」建造秘話

物さえあれば何でも出来るということの一例なのだが、――戦艦「大和《やまと》」及び「武蔵《むさし》」の建造は、私が軍務局長だった時代に計画が決定し、ついで艦政本部長になった時には、建造は著々進行しておった。

十五年の秋、三国同盟成立から対外関係が危険性を帯びて来て、そのために建造を急いだわけなのだが、この「大和」「武蔵」という戦艦は、非常に画期的な計画で、それまであった「長門《ながと》」「陸奥《むつ》」はもとより、アメリカの新鋭戦艦と比較しても比較にならぬ戦闘力を持っているもので、技術的にも充分自信はあった。しかしもし万一の場合戦列に参加出来ぬようなことでは困る。国際情勢緊迫の折柄、二隻の完成の有無は極めて重要なことだ。この二隻は大きな威力を加えるものであるから、一日も早く完成しなければならぬ。ところが、もともとの計画では、「大和」は十七年の六月末、「武蔵」の方はそれから約半年遅れて完成する予定だった。しかるに、十五年秋以来の国際情勢は険悪の度を深める一方で、一日も速かに完成を急がなければならぬと考えられるに至ったわけだった。それで私は、三国同盟が成立した時、呉の工廠長（「大和」は呉で建造していた）に、「大和」の建造を最大限どのくらい繰上げられるか研究調査せよと、命じたわけだ。すると工廠長の答えは、半月なら繰上げ可能とのこと。しかし、半月では問題にならぬ。何しろ、その時から完成予定日までには一年七、八ヶ月もあるのだから……。「そんなことでは問題にならん」と言うと、「いやもうギリギリの計画でスケジュールが組んであって、日にちとか月とかの問題ではなく、時間が問題になるだけです」という答え。そこでその時は、さらに再考を求めただけに止め、艦政本部でも色々研究した上、次の機会に出なおして、「とにかくまだ一年半以上ある。半月とか何とかいうことでは問題にならん。半年繰上げることはできないか？」と言うと、工廠長はしばらく呆気にとられていた。私は、十六年末までにどうしてもやってもらいたかった。「無理だということは無論私にも判っている。しかし、事態はそれを絶対必要としている。無理と知りつつ私は命ずる。繰上げの有無《うむ》如何が問題ではない、半年繰上げることを命令するのだ。それを基にして、新たに計画を樹てなおせ」と、絶対命令を出したものだ。そしたら工廠長は、官給品を工廠の要望通り交附して貰いたいという註文《ちゅうもん》を出した。官給品云々ということの意味はこうなのだ。軍艦の建造という仕事は綜合工業であって、建造は呉でやっているといっても、兵器、機関などの部分品の大半は全国の官民工場に生産配当をするので、あらゆる機関が直接間接に関係している。そしてその統制は、艦政本部がやることになっておった。そこでそういった註文をしてきたわけなので、私は、工廠長の希望通りにしてやるからと約束したところ、間もなく新計画を持って来た。そこで私は、官給品が遅れぬよう諸般の措置を講ずると同時に、改めてさらに工廠長に対して註文をつけた。その註文というのは、マージン（予備日）をとってはいかんということ、マージンというのは、建造工程において、たとえば造船工事が一段落つくと造機工事が始まる。その次に電気だ、やれ何だと各種の工事で連接するものが沢山ある、この場合、あるファクトリイに要する日数というものは、実際の期間のほかに幾日かのマージン（予備日）を余分にとってあるわけで、そのマージンなのである。それで私は、マージンを禁じ、「そうせんと、予備日のために次の工事がそのステージから始まることになり、どうしても仕事が遅れる。絶対不可抗力で遅延するのは止むを得ぬものとして咎めはせんが、予備日はやめなければいかん。そして、予定より早くあがったなら、次の工事が始められるように準備しておけ」――と、こう註文したわけだった。

やがて半年余りも進行ぶりを見たところでは、大体予定通りに工事は進捗している。この調子なら年内には出来そうだと思ったので、八月頃だったかにまた工廠長を呼んで、

「十二月三十一日引き渡しというのでは、大晦日で具合が悪い、もう一ヶ月繰上げられないか？」と註文したものだが、これはいささか無理で、結局十二月十六日引き渡しということに結着した。それから私は、艦政本部から、鎮守府長官として当の呉に行くことになった。そしてまた現地で督励促進したりして、あの開戦当日の十二月八日には試運転も済み、引き渡し準備完了の状態になったものだ。まあそういった具合で、物資さえあれば仕事を促進することは出来るものだ。しかし何しろ、日本の軍備はびっこだったから……。

今次大戦の危険は奈辺にありしや？――ということになると、何度も言うようだが、やはり「物」だったということ、結局はそこに落着くことになると思わざるを得ない。戦用資材についてみても、その主なものはほとんどが米・英両国から買入れていたものだったのである。

たとえばわが国の製鉄業についてみると、支那事変が始まってから鉱石法が盛になったものの、それまでの日本の製鉄業の大半は、スクラップ（屑鉄）を平炉で溶かしておった。しかもそのスクラップは、米国から来ていたのである。石油また然りで、蘭印（オランダ領インドシナ／現、インドネシア）からも入ってはいたが、大部分はアメリカから輸入しておった。ゴム然り、錫《すず》また然り。その本国を対手どって戦おうというのだから、随分危険な話だ。それで一方では、南方を抑えれば、資源は豊富なのだから、それをどしどし開発してゆけば戦争の自給自足態勢が出来る、と強がっていたのだが、資源というものは、地の底からすぐ出てくるものではなく、それを物資になおすのには非常に手が掛る。それなのに、統帥方面におる人の、そういった面に対する知識というか認識というか、極めて不充分だったと私は思う。陸軍の方でも同様だったのではないかと思うが、海軍では、軍令部の要職に配置する人は軍令部の経歴を必要とし、作戦課長とか部長などは軍令部の参謀といった経歴がなければ任命しないことになっており、従って、軍政系統と軍令系統とは配置が分れてい、交流が非常に稀れだ。で、私は前々から、軍政・軍令二系統の人事交流を活潑にしなければ、やがては頭がデヴィエートされてしまう、基礎観念が欠けて判断に大間違いを惹起する危険があると、機会あるごとに所見を述べていたものなのだが、どういうものか人事交流が適切に行われなかった憾みがあるようだった。

その一例だが、こんなことがあった。それは艦政本部長をしていた当時のことだが、支那事変に関連してアメリカの対日感情が悪化し、資産凍結、重要物資の輸出制限をやった時で、その折初めに禁止したのは、製油機械、高圧反応筒などだった。この資産凍結は、十五年の夏頃だったが、その頃はまだ石油もスクラップも禁止されておらず、ただ、製油機械の次にはスクラップが禁止されるのではないかと、艦政本部では重大な関心をもって見守っておったものだった。当時スクラップは、年額約二百万トンほどアメリカから輸入しておったのだが。その話を食堂で持ち出したところ、軍令部の方では、「いや、アメリカではスクラップは製鉄に使用してはおらん。だからもし日本に輸出しないことには、スクラップ業者はたちまち職を失ってしまう。従って、スクラップを禁止することは、アメリカ自身にとって重大な問題だから、そう軽々しく禁止などはせんよ」と、こう言う者がいたものだ。しかし私は、それは大変な見当違いだと思ったので早速、もとニューヨークで三井の金物《かなもの》部長をして、スクラップ輸入を取り扱っていた人に来てもらい、向うのスクラップ事情を半日詳しく訊いて見たものだ。それによると、軍令部の者の言ったアメリカのスクラップ事情はとんでもない謬見《びゅうけん》であることがはっきり判った。それというのは、元来スクラップなるものは嵩《かさ》ばっているので輸送が厄介《やっかい》だ。だから、遠距離から製鉄所まで汽車で運ぶと、コスト（原価）よりも運賃の方が余計にかかる。アメリカのスチール・センターはペンシルヴァニア州のピッツバーグだが、ニュー・イングランド辺りの海岸地方からピッツバーグまで運ぶのでは到底算盤が合わない。それで、その分だけが廉い船賃の海外輸出に振向けられるので、あとのスクラップはスチール・センターに行くということが判った。年産二、三千万トンだから、輸出向のスクラップは多くて二割、せいぜい一割程度に過ぎない。アメリカのスクラップ輸入国は、日本とベルギー、それにイタリア。日本に禁止したところで、二百万トンくらいのものはアメリカ政府が買い上げても大したことはない。日本のアメリカに対する関係の向うの経済上の観測は、少くともスクラップ禁止に関する限り大変な間違いだったわけだ。そういうことを思うと、向うの事情を碌に知りもせずに戦争を指導し、作戦計画を立てることは非常に危険だと言えるわけだ……。

結局、「彼を知り己を知れば、百戦殆《あやう》からず」と言うが、日本は全くその逆を行ったわけで……。実際、どうも……。

敗戦は一朝一夕に非ず、その由って来るところは深く且つ遠い、と私は今さらに思う……。

巨砲大艦の是非

――戦艦「大和」のお話が出たついでだが、当時ある一部の者の間に、日本は「大和」のような大きい軍艦をつくるよりも、小さな軍艦を二十隻か三十隻造った方が実際にはよいのではないか？　というような意見を言う者がいたが、海軍の方ではどうだったのか？（発言者・木村毅）

そういう意見は、海軍部内でもあった。相当にあったものである。

軍艦「大和」「武蔵」建造のだいたいの計画だが、あれは、昭和五年にロンドン軍縮会議があり、その時に主力艦の改装、艦齢延長、補助艦の兵力制限などが取り決められたが、それは昭和十一年に条約期限が満了することになっていた。海軍としては、ワシントン条約並びにロンドン条約無効の後に、そのまま同様の拘束を受けることは到底耐えられぬ。もっと自主的な立場で軍備計画を樹てなければという方針でおった。従って、次の主力艦をどうするかということは早くから不断に研究しておったようだ。

私が軍務局長になったのは昭和十年末だが、その時は既に「大和」級の概略の基本計画は出来ておったたし、技術会議の審議も済んでいた。計画には、艦型に応じて一、二、三、四、五と言った番号が附けられているのだが、「大和」級の計画番号はA四〇だったかと思う。主力艦だけで、四十種類以上の艦型を計画議案したというわけだった。

「大和」級のような超大型艦の建造となると、いろいろな準備が必要となる。たとえば、軍港要港の施設の拡張（――艦が大きくなればどうしても船渠《ドック》の新設、岸壁の改築、港内浚渫などを必要とするから）、工場施設その他広汎にわたる準備が進められる。

前に述べた通り、私が本省に戻った頃には既に基本計画は済んでおり、建造に伴う施設改善も計画をすすめていた。しかし、基本計画審議の状況をきいて見ると、いろいろディスカッションが活潑であったようだ。

少数の大艦巨砲主義は危険だ。いわゆる〝ツウ・メニー・エッグス・イン・ア・バスケット〟だ。それに対手は生産力が日本と比較にならぬ程大きなアメリカなのだから、こっちで一隻や二隻建造したところで、すぐに追越されてしまいはせぬか。軍備の競争となると耐えられぬことだ。また、巨砲大艦一隻の喪失は、全戦闘力の低下率が大きい。如何に防禦力を強化しても、絶対不死身の堅艦は出来ない。建造のために巨額の施設費を余分に必要とする。……そんな見地から、「大和」「武蔵」クラスの大艦を建造することは不適当なのではないか、――という議論が相当出たらしい。

が結局、軍令部の主張は、日本はアメリカと量をもって競争することは到底出来ぬ。どうしても質で行くよりほかはない、そして質で行くというのは、軍備に特質を持たせること、即ち、アメリカが造るよりも前に大きな軍艦を建造し、射程の長い砲を装備して、アウトレンジして、敵が決戦距離に入る前に戦勝の端緒を開くといった考えだった。結局そういった考えの方が勝を制して、そのラインで進むということになったものなのである。

私は、軍務局長として軍備一般のことに関与していたわけだから、当然考えたことなのだが、軍令部では、「量より質」といって向うと対抗しよう考えているが、果して希望通りにうまく実現するかどうか。小兵器ならまだしも、図体《ずうたい》の大きな軍艦を建造するのには、ほとんど全国のあらゆる工場で部分品を分担生産しなければならぬし、建造年数もウンと掛るのだから、機密が外部に絶対に洩れぬように、機密保持することが可能かどうか、この点甚だ疑問だ。いくら取り締っても、これは容易なことではない。それに、もし洩れてしまった場合には当然アメリカ側はただちに対応処置を講ずるだろうが、そうなれば、質において優位を持しつつ敵をサプライズするアイディアは至極簡単に破れてしまうのではなかろうか……？　また先程も申したように、一般論として、少数有力艦が戦場で何か事故を起した場合に生ずる急速な戦力の低下ということも考えなければならぬ。これは是非考えなおす必要がある……。

私は当時、右に述べたような理由から直感的に「大和」「武蔵」の建造には不賛成だった。それで、もっと突込んで研究して見た。あの計画の前にもいろんな艦型があるのだが、概略の基本計画はみな一通りたっていた。そのうちから適当と思われるもの数種、即ち、大体ワシントン条約で規定されている要目に似たものを建造した場合における諸般の利害を考えて見、部下にも研究をさせた。また、軍令部の作戦課長に、軍令部では何故大艦巨砲を主張するのか？　大艦巨砲が兵術上有利だという確かな論拠は何か？　と改めてきくと、作戦課長は〈N二乗〉の法則や、建造のプログラム、また日米主力艦勢力、比率の消長などを色々説明して、既定計画支持の主張を述べたが、どうも私にはこじつけのように思われてならなかった。それで私は、大臣（永野修身《ながのおさみ》）のところに行って、軍令部次長の嶋田君にも来てもらい、私の所見を述べて再考を求めたのだが、結局、今からこの計画を捨ててさらに新らしい計画を樹てることになると、どうしてもその建造が遅れてしまう。とすると、軍備計画に大穴があくことになる。それでは困る。――というわけで、遂に私のサジェスチョンは容れられなかった。泣寝入りという恰好で……。

それにしても、「大和」「武蔵」の建造費は一億三千万程度で、大きな額だった。一隻でそれほど掛ったのだった……。

和戦択一

前述のように、日一日と太平洋上の雲影が暗憺たる色を帯びるようになってきた十六年の九月末に、私は呉鎮守府の長官に任ぜられて東京を離れることになったが、その月の五日まだ艦政本部にいた時に、連絡会議（それは御前会議であった）が開かれ、対米交渉の結果についての審議が行われ、その会議の結果、艦政本部としても、対米英関係が緊迫の度を加えて来て、何時《いつ》重大決意をせねばならぬ時機を迎えるかしれんから、その積《つも》りで軍備を促進すべき旨、指示を受けた。従って私は、その準備をやって間もなく呉に赴任したわけだ。しかし呉鎮守府は、もちろん出先の機関に過ぎぬから、中央で行われているハイ・ポリシイはまるで判らず、ただ一般の空気が非常に緊迫しており、軍備促進、防備施設の整備、作戦準備といったふうに各機関は活潑に活動しておったものだ。

それにしても、私の東京及び呉での仕事は、ただ首脳部からあれをやれこれをやれと言われてそれを受け身でやるだけで、真の目途や海軍の決意は判らなかったものだ。あの当時（九、十月頃）の海軍首脳部には、強固な信念と責任感が欠けておったと言われても致方がなかったと思う。

第一、一番判らぬのは東條内閣が出来た経緯《いきさつ》で、これについては後で詳しく述べるが、当時私は呉軍港から東京に呼ばれ、及川海軍大臣から、支那における日本の利権、仏印と支那からの撤兵、三国同盟脱退などの問題に対して、陸軍大臣の東條は、他の方はとにかくとして支那からの撤兵は絶対にいかんというので、それで近衛内閣は倒れてしまったということを説明されたものだ。しかし、撤兵するとしても、何も即事というのではなし、事実また支那における日本の権益ということは決定的な実績なのだから、海軍としてはさらに米国と話し合いをする可能性があるのではないかという考え方で、それで海軍は、この際何とかして話を纏めるようにした方がよいということなのだが、及川大臣は、海軍は和戦の決定を総理に一任したというのだ。それが判らない。海軍としては戦争に反対だ、ということを何故言えないのか？――これは後で人に聞いたのだが、海軍は長年大きな予算を貰って、機会あるごとに、「海の護りは鉄壁だ。西部太平洋の防守は引き受けた」と言っている手前、今となって俄《にわ》かに自信がないなどとは、どうしても言えない――と、こういうのだ。私には、これが不可解でならぬ。海軍の軍備というのは、世界中束《たば》になって矢でも鉄砲でも持ってこい、と言っているのではなく、可能性の多い想定敵国に対する国防計画に立脚するものであって、ああいった異常な環境になってきたとき、戦争の能否は、海軍の軍備の問題だけではなくてもっぱら国力の問題であり、国力の問題は海軍の責任ではないわけなのだ。だから、こっちから起《た》ち上って、世界を対手に何年でもやってみせるということは出来ぬ、と海軍が言うのは何の差支えもないはず。この点が一番判らん。当時有効なブレーキをかけ得るものは、海軍以外にはない。その海軍がハンドルを遣りっぱなしたのだから、責任の重大性を自覚しての行動とは何としても考えられない。

噂によると、及川が総理に和戦を一任したというのは、及川は普段機会あるたびに海軍のことを総理に話しておった、従って総理は当然、海軍が何とかして話を纏めたいと思っていることも、海軍の肚も、また和平論であることも何もかも万々承知のはずだから……という言い分だというのだが、いったい総理に内緒話をするのと閣議で発言するのとは、大変な違いではないか。私が巣鴨に入ってからのこと、「……あの時海軍大臣が何故一言《ひとこと》言ってくれなかったのか。海軍大臣が一言口を切ったなら、他の大臣だって、言いたいことが一杯あったんだから……。実は内心ウズウズしていたのだが、なにせこと軍事に関する限り、他の文官大臣はイニシアティヴは執《と》れなかったからね……」と言っておった人がいたが、正に、さもありなんと思う。

大臣室の密談

呉に着任して半月ほど経った十月十六日の夕刻だった。ちょうど官舎に帰っておったところへ、東京から電話です、と言う。出てみると、人事局長から直接かかって来た電話で、「大臣の命令だが、至急上京して欲しい」というのだ。用件は言わずに、ただ勲章と長剣を持って来いというので、私はそれが何の意味かすぐ判った。早速その夜呉を発《た》ち、翌日大臣官邸に行った。呉を発つ前に、近衛さんが内閣の断末魔を新聞やラジオが報じ、対米交渉がデッド・ロックにぶつかって、近衛さんが内閣を投げ出したということは知っておった。この近衛内閣総辞職の報道を聞いて私は、これは一体どうなるのか、とにかく後継の首班次第だが、今度は命がけでやらねばなるまい、と思っていたことは事実だ……。

官邸には、及川大臣と沢本《さわもと》〔頼雄《よりお》〕次官、それに岡《おか》〔敬純《たかずみ》〕軍務局長がおった。及川君は私にむかって、「いよいよ総辞職することになったが、就いては後任大臣として君を推薦したい」と言い出した。「首班は誰か?」ときくと、「まだはっきりは判らんが、有力なのは現役の陸軍将官だ」という。沢本が横から、「いろいろ噂があるのですが、及川内閣という下馬評もあるんですよ」と言ったが、私は何も言わなかった。及川君は、対米交渉の概況や、陸軍の態度、海軍の見解を述べた。それはさっき述べたように、陸軍は支那の撤兵は絶対にいかんと言い、海軍としては、撤兵といっても時期は漸次《ぜんじ》にやるという余地もあるのだから、この際何とか纏めた方がいいと思うのだが、このままずるずる交渉に手間どって、数ヶ月も経ってからすぐ始めろと言われては困る。和戦の決定は総理に一任するが、やるなら十一月末頃までにしないと作戦が困難になる。従ってやるかやらんかを決《き》めて、時期を延ばさぬように、――とこういう註文だとのことだった。沢本は何とも言わなかったが、岡は、対米交渉のディテールにわたったことを話した。そんなことで三十分ほど話しているうちに、外から、「大命東條に下る。海軍大臣お召し」という報告が入ってきたので、及川君はすぐ参内した。

その後《のち》私は一人で応接間にいて、煙草を吸いながら、直面した問題を考えたのだが、いろいろの疑問がある。第一、大命東條に下るというのは、どういうものだろうか。とにかく和平主義の近衛内閣を倒壊させた東條にというのは、一体誰が推薦したのか？　重臣会議の決定か？　陛下のお思召《ぼしめし》か？　東條をもって行くとなれば、どうしても戦争に突入するより他はない。東條は陸軍大臣としては対米交渉に反対したが、総理になって考え方が変《かわ》るということはあり得まい。総理になって陸軍を抑えることも考えられない。その逆ならあり得るが……。そうなると、東條としてはどうしても今までの主張を固執するより外に途《みち》はないじゃないか、と私は考えた。それと今ひとつ。それは私自身、東條とは全く恩怨の関係なく、喧嘩したことも議論したこともないが、決して東條の陸軍大臣としてのポリシイに共鳴したり、同感したりしたことなく、また性格的にも東條と手をつなぐことは出来ない、ということ。その次の疑問は、和戦の決を総理に一任するという海軍の態度で、これが判らん。何故そういう態度をとるのか？　日米戦争といえば戦場は太平洋で、大半は海軍の戦争だ。それを当の責任者の海軍大臣が、戦争をしてもよいし、しなくてもよい、ということが、どうしたって言えるはずがない。及川君がそういう血迷ったことを考えるはずはないから、そう言わざるを得ない理由があるのではないか？　海軍の上層または中層の一部に、陸軍の急進派と一脈通ずる思想を持っている者があって、及川を強圧し、及川はその間にはさまって、自分の肚を直截《ちょくせつ》に披瀝する決断を欠いたのではなかろうか？　そうなるともし私が海軍大臣となれば、私は外部に対するよりも先ず海軍部内のそういう急進派にぶつかって、海軍の足並を揃えねばならない。これはむずかしい。しかし是非ともやらねばならない緊急第一事である……。

そういういくつもの理由で、これは自分の出る幕でない、真平御免《まっぴらごめん》という肚をきめて見たが、また考えたのは、果して自分はそういう態度でいいのかどうか？　ことは積極的でなくてはいけないのではないのか？　東條にぶつかって、海軍の所信を堂々と述べることが、自分の取るべき態度でないか？……こうも思ったが、たとえ海軍部内の足並をそろえたとしても、その案を東條に持ってゆけば話は決裂するに決っている。私が頑張れば、東條は引っ込むかも知れない。そうすれば、一たん大命を拝した東條の組閣を遅らせ、悪くすれば阻止したことになる。これは既に海軍大臣となっていれば自己の職責としてやらねばならぬことだが、アウト・サイダーが組閣をぶちこわすような行動を執ることは、出過ぎた越権行為ではないか？　こういう考えもあって、ひとりで応接室にいるうちに結局辞退の肚を決めたものであった。

それから三四十分たってから、及川君は帰って来たが、隣りの室で相談している気配だった。「ははあ、何か悶着があったな……」と思っていると、十五分くらいしてから応接室に現れて私に言うには、「わざわざ呉から来て貰ったけれど……」と言いはじめたので、「判りました。やめて下さい。私は海軍大臣になる気持ちはありません。しかし大臣、この戦争は出来ませんよ」と言って、それきりビジネスの話は止め、それから夕飯をともにしてからこの世田谷の自宅に帰った。

　すると翌日、十八日の午前に沢本次官から電話で、「大臣の命でこれから伺いますが、よろしいですか？」と言うので、「そんな儀礼的なことは止めてもらいたいが……」と答えると、「いや、大臣が是非行けと言うから……」と重ねて言うので、「是非、というならお待ちします」と答えたが、間もなくやって来た。そして、「大臣が言うのには、折角《せっかく》呉からやって来られてお気の毒だが、もし世間に発表するときは、豊田が辞退したことにするから」と言うので、「私は誰にも何も言う積りはない、君の方で御自由に……」と答えたものだ。つづいて「昨日宮中で及川と東條とどういう話があったか知らぬが、東條に豊田という話をしたのだろう？」と言ったところ、沢本は、「それは非公式に一寸」と答えたので、「宮中で非公式ということはないだろう。ま、それはいいが、今まで海軍大臣の推薦の前例というものを君もよく知っているだろう。私は、今度のような例を知らん。それは全く反対の生きた例ならば知っている。それは林《はやし》〔銑十郎《せんじゅうろう》〕内閣が出来る時、海軍大臣は永野修身だったが、林総理が海軍大臣の官邸に挨拶に来て、後任として末次大将を推薦して貰いたいという注文を出したという、永野は私一存ではいけません、宮様の御意向を伺い、首脳部とも謀《はか》った上でなくては御返事しかねますと、突っぱねたものだ。その前に海軍では、後任は米内大将に決めていたのだ。で、林さんは末次を要望していたが、海軍は米内を出した。こうした生きた前例もあるのだが、今までに例のないことだ。海軍のプレスティージに関するじゃないか？」——こう言ったら沢本は黙っていた。及川は、私が東條と手を握ってゆけないことを前々から、万々承知しているのだから、何も私の名を出さなくとも、その場は「未だ決っていないから……」と言ってくれればよかったのに、私が曝者《さらしもの》になったという意味でなく、海軍の品位を下げ、ひいては大戦中海軍の発言権が弱化したことは争えない事実だと思う。

終戦後に、異った場所で、別々の二人（及川君の話を直接聞いた）から聞いたことなのだが、及川君が宮中から帰ってきて私のおった隣の部屋で次官や軍務局長に話したことは、宮中で東條に、「海軍大臣としては豊田を推薦したい」と言ったところ、東條は、「それは困る。豊田ではどうしても困る」と答えたので、及川に、「豊田はアンチ・アーミー（反陸軍）で有名な男で、そのことは今まで陸軍でも海軍でも取り沙汰されていたものだが、こういう情勢になってくれれば、陸軍は陸軍、海軍は海軍などと言ってはおられない。手を取り携えてやってゆくに違いない」と主張したけれど、東條は、「海軍が豊田を強硬に主張するなら、自分は大命を拝辞する外ない」と言ったということであった……。

第四篇（その一）　十二月八日前後

開戦前夜の機密

日本がいよいよ開戦を決意し、第一歩を踏み出したことが判ったのは十一月だった。前に述べたように、十月に近衛内閣が倒れて東條が後継内閣を組閣した時、私は東京に呼ばれ、それから呉に帰って来て十日ばかりすると、今度は軍令部総長から各鎮守府及び警備府長官に対しての東京召集があった。十一月五日のことで、その時は軍令部総長から、対米・英・和戦争が万一起った場合の作戦命令について、指示を受けた。しかしそれは飽くまで予令であって、どんどんその通り発動するわけのものではなかった。その内容は、大体十二月八日に発令された「大海令第一号」と同じものだが、鎮守府、警備府としては、担任防備区域の防備を完整せよ、という命令なのであった。その時はただ命令受領だけで、作戦計画に関しての意見を徴されるとか、戦争についての相談を受けるとかいったことは全くなかった。ただ命令を受領し、命令に従って、万端の措置を講ずるというだけのことだった。

当時はまだ日米交渉は続行中で、戦争が始まると決ったわけではなし、単なる予令で、その予令を受けて呉に帰った私がやらねばならなかったことは、諸般の作戦準備促進で、なかんずくただちに着手しなければならなかったのは機雷敷設だった。豊後水道とか関門海峡とか紀淡海峡とかの防備施設の完備、これが主なる当面の緊急作業だった。ことに豊後水道などに機雷を敷設するということは重大なる意志表示なので、部外に対しては、航路や漁区の制限をしただけで、発表などはしなかった。万一知らせれば、それがもとで戦争決意が洩れて、大変なことになるから……。ハワイ空襲計画も、事前に判ってしまったなら取り返しがつかぬ。海軍としては、何よりも機密保持に注意を払っていたわけだ。

そんなわけで、私は呉に帰っても、参謀長と首席参謀だけにこのことを話した。もちろん、口頭で。「書きとることはならん」と言って、すぐ命令を金庫に蔵《おさ》めさせた。

それから、それを基にして出す命令も、書いたものは絶対に発《だ》さぬよう、固く戒めた。関係各部隊長を呼んで、万一の場合に即応するためにこれこれの準備をせよ、と、口頭で指示したものであった。——だから、十二月八日の午前、江田島から兵学校長が緒戦のお祝いにやってきて、「とうとうやりましたね。私はちっとも知りませんでした」と言ったものだ。兵学校長と言うものは、作戦には直接タッチしておらぬのだから無理がないとも言えるのだが、万事はそういった具合で、機密保持は厳重に励行されておった。

もう一つ機密保持の話だが、十二月初旬に、主力部隊、——当時、司令長官の山本（五十六）の率いる連合艦隊は、広島湾の西方に停泊していたが、間もなく支援部隊として西部太平洋に出動した。それが出てゆく前に、連合艦隊作戦命令第一号が発令され、それは鎮守府にもきた。ところが、出港直後に連合艦隊から来電があって、ある運送船に、誤って重要機密書類を送達したことが発見された。その船は呉に入港するはずだからただちに押えてくれという話なのだ。それで待ち構えていてすぐ乗込み、書類を押収してみると、これが連合艦隊作戦命令第一号なので、船長はちょっと見たら大変なことが書いてあるのでよく見ずに早速金庫に入れてしまったというのだ。事務上の錯誤だったわけだ。が、その船には開戦まで番兵を附けて、陸上との交通を遮断したものだった。

そういった具合に、機密保持ということには極度に注意を払っていたから、外部にはほとんど洩れなかったと思う。

また、

——ハワイ作戦の時、醤油樽を持ってゆくとそれを海上に捨てることになるので、何かあるということが対手に判るとて、それを持ってゆくことを禁じた、とかいう話を聞いたことが

ある。（発言者・木村毅）

　ということだが、それは、ハワイ攻撃作戦の場合に限らず、いかなる場合でも、艦《ふね》では水に浮くものは一切、絶対に海には捨てさせない。ずっと前からそうだ。たとえば塵芥《じんかい》すらも捨ててはいかん。ちゃんと艦《ふね》には塵芥焼却釜という釜が備えてあり、それでゴミは焼いておった。とにかく、浮くものは禁物だ、沈むものでなければならぬ。また、あのビルジの処理も容易でない。艦《ふね》の汚水、――ビルジは油が混っておるから、海上に流すと、ずっと跡がついて、船の通った跡がはっきり判ってしまう。だから気をつけなければならぬ。

　ただ、彼我《ひが》入り乱れて戦闘するような場合には、そんな必要はないが、部隊が独立行動をする場合には、みんな、こうした細心の注意を払っておった。これは海軍のコンモン・センス――言わば、エチケットなのだ。

　船に積むために納める沢庵漬を塩辛くすると、船の行く方向が北か南か判ると言うようなこともよく言われるが、これは、気をつければ大勢は判るかも知れぬが、しかし漬物屋から船が直接買うわけではなく、海軍の軍需部を通じて供給されるのだから、どの船がどの方面に行くかはちょっと判るまい……。

　……それはとにかくとして、今度の開戦の場合は、非常な努力で機密保持が注意されたおかげで、漏洩はほとんど全く無いといってよかった。そしてそれに較べると、ミッドウエイ作戦の時は迂闊千万《うかつせんばん》だった。あれは実際ひどかった。向うが待構えているところに、飛んで火に入る夏の虫、といった恰好だったのだから、あれは確かに失態だったと思う。緒戦の戦果に酔って、思い上っていたのだ。

ハワイ空襲計画

さて、開戦の時日のことだが、はじめ私が東京に行って受けた指令では、十二月一日となっておった。実際は周知の通り十二月八日だったのだが、最初の予定では十二月一日ということだった。ハワイの、日曜日の早朝を狙ったわけだ。それが都合で一週間延期され、八日になったわけ。だから、私は、十二月八日に戦争が始まることは事前に知っていたのだが、ハワイであのような大きな戦果を挙げ得るとは全く予想していなかった。連合艦隊の一部兵力をもってハワイを攻撃するということは命令の中にも記載されてあったが、その内容とか、使用兵力とか、部隊の行動計画とかいったことに関しては、われわれには全然判っておらなかった。

あの時、ハワイ空襲と同時にマニラもやったが、火蓋を初めに切ったのは、確か、上海だったと思う……。英国砲艦と、アメリカの砲艦「ウェイキ」に降伏勧告をしたが、あれはまだ早暁暗いうちのことだったから、真珠湾攻撃とどちらが早かったか……？

マニラには台湾から空襲を決行しているし、コタバル上陸も、大体同じ時刻に行われたのだと思う。

日米開戦の場合にフィリピンが一番先に攻撃を受けるだろうということは、向うでも予測していたろうが、ハワイを真先に空襲されるとは考えていなかったらしい。アメリカ側では、誰も想像していなかったのではないかと私は思う。現に、日米交渉が危なくなった時、アメリカ本国からハワイの真珠湾の司令官に宛てて、警戒の要あることを訓電してあったにもかかわらず、結局、それほど準備をしていなかった。油断をしておったようだ。そう言えば、あの後で、海軍司令長官キンメルはただちに辞《や》めさせられ、後任にキングが米艦隊長官になったのだった……。

ところで、この真珠湾攻撃前後の経緯《いきさつ》についてだが、この問題が国際軍事裁判所に持ち出された時の判決文は、あまり詳しくは読んでおらぬのでよくは知らぬのだが、向うの検察官側の言分は、結局こういうことになるのではなかろうか。即ち、日本の外務大臣は、真珠湾攻撃開始前に届くようにアメリカに打電したのだが、その日はたまたま日曜だったため、ワシントンの日本大使館ではタイピストなんか出勤しておらず、それに暗号解訳の書記官が不慣れなので解訳に暇どり、それをぽつぽつタイプライティングするうちに予定より一時間も多くかかってしまい、野村《のむら》〔吉三郎《きちさぶろう》〕大使がハル国務長官に通告を手渡したのは攻撃開始後三十分であった。つまり、三十分前に手渡す予定のところが、三十分遅れてしまったのだ。――というように日本の外務側や海軍側あたりでは説明するが、なあに、はじめっからその計画だったんじゃないか？――こういうのが、先方の言分らしい。「タイピストがどうのこうのなどということは言訳に過ぎん。最初から、国交断絶の通告前に攻撃する予定だったのではないか」――こういうのがアメリカの裁判官、検察官の主張なのだろう。だから結論としては、仮りに向うの言分が成り立たぬとすれば、こちらは、侵略戦争にはなるかも知れぬが、条約違反にはならないわけだ、ということも言えないわけではないのだと思う。通告はしたが、ただ、手違いがあったに過ぎぬということになる……。

――ところが、他方こんな話もある。あの通告が、野村、来栖《くるす》〔三郎《さぶろう》〕両大使から米国のハル長官に通達される以前に、暗号は既にアメリカ側に解読されておった。ハル長官は、日本の大使に逢う前に、チャンと読んで知っておったという……。（発言者・柳沢健）

そういう話も聞いたことはある。しかし、私は、それは根拠のないことだと思う。というのは、そういうことであれば、アメリカだって当然、ハワイその他にもっと本格的な戦闘準備があって然るべきだからだ。だから、かりに読んでおったとしても、それは全文のなかのごく一部分であって、全部は読まなかったのではないか？　それあ、長い電報が来ているということになれば、その様子で、電文の内容が如何なるものであるかくらいは、ある程度想像がつくわけだろうが、事前に向うが全文を解読しておったということは、私にはちょっと信じられない。

それから、

——真珠湾攻撃が、予定の十二月一日より遅れて八日に延びたのは、日本の潜水艦がサンフランシスコの近海で、アメリカ海軍に発見されたからだという話をきいた……。（発言者・木村毅）

ということだが、攻撃が遅れた理由は、私はよく知らないし、また詮索もしなかった。しかし何か、部隊行動乃至は準備上の都合があったからなのではなかろうか……。それに、一日のところが遅れて八日になったのは、なにも数日前にさし迫ってから、急に八日に変更されたのではない。というのは、ハワイ攻撃部隊が千島の前進基地を出航したのは十一月二十六日だ。例のハル・ノートと同日だった。海上で一週間も時日を空費するなどということは危険極ることだ。そんなことはあり得ない。北海道を進発した時には既に、八日に延期と決《きま》っていたわけで、それは出航時の十一月二十六日以前のことになる。十二月一日に攻撃をやるのなら、十九日には出なければならぬが、二十六日に出ているのだから、延期に決定したのは十九日以前になると思う。

——外交的に見ると、この二十六日出発で、日本側は大変損したと言える。——というのは、アメリカ側の最後通牒とも言えるハル・ノート、——すべてがそれで決《きま》った、と東條が法廷で大見得を切って、その時のショックは永久に忘れ得ないと獅子吼《ししく》したその対日通牒が出たのは、同じこの二十六日なのだから、もし艦隊の千島出航がこの二十六日から一、二日だけでも遅れたとでもしたら、著しく日本の道徳上の立場がよくなったと思う……。（発言者・柳沢健）

それは確かに、そうすれば対外的には有利になったろう。現に検察官側は、二十六日最後通牒がゆく前に、日本は攻撃に出てるのではないか、と言っている。

――私がこのことを持ち出したのは、当時こんな話もきいているからだ。それは、太平洋戦争開始でグルー米大使とクレーギー英大使のふたりが軟禁され、翌年の春捕虜交換船で帰国のため日本を去る時に、わが外務省から、この両大使に挨拶の為、非公式にある人を訪問させたものだ。その時、クレーギー英大使はこの男に言ったそうだ。「私はあの二十六日のハル・ノートなるものを英字新聞で読んだが、あんなものを本当に米国が日本に送ったとは信じられない。だってあれは完全な最後通牒ではないか。そして、あんな性質の通牒をうけて平気で済ます国があろうとは思えない。あれで戦争になったのなら当然のことと思う。そんなことを米国がするはずがない。あれは日本側が作りあげた謀略じゃないかね？」と、こう言ったというのだ。そのくらい、あの二十六日の対日ノートは重要な意義をもつものとなっている。それだけに、真珠湾攻撃がこのノートを受領した後に準備されたとしたら、対外的にも、道徳的にも、日本の立場はグンとよくなっていたろうと考えられる……。（発言者・柳沢健）

確かにその通りだと私も思う。しかし何しろ、一体日米交渉がどうなるのかなかなか判定がつかないので、こちらもいろいろと苦労したものと思う。だから、艦隊は、たとえ出発はしても、いつでも引き返すことが出来るようにしていたわけだった。然し、三百浬《かいり》以内に踏み込んだら危険だ。三百浬以外ならばいつでも引き返えせる。ところが、真珠湾攻撃は、二百浬くらいのところから実施したのだ。三百浬の航空攻撃圏内で敵に発見されたら、こちらとしては弁解のしようがない……。

まあそれにしても、途中長い航海中、よくも敵に発見されずにハワイまで着いたものと思うが、それは実際、天佑《てんゆう》というか奇蹟というか、艦隊が航行中には天候が不思議に悪く曇り勝ちで、視界が極めて狭小だったそうだ。それに、攻撃部隊はもちろんのこと、日本海軍全体が非常な警戒をしていたから……。

まずかったわが戦略

——真珠湾攻撃の後、海軍は、陸軍二箇師団を上陸させたい意向だったが、陸軍の方でそれを断ったという話がある。(発言者・木村毅)

ということだが、それは知らない。真珠湾攻撃は、私は別に与《かかわ》らなかったから。しかし、軍令部がそんなことを要求したということは聞いていない。それはちょっと信じられない。

第一、真珠湾空襲は山本長官の強硬な要望に基くもので、当初軍令部がこれに賛成しなかったという事実からしても、今の噂はちょっと信じられない。

アメリカ側ではよく、なぜあの時上陸作戦を続行しなかったかと訊くようだが、日本海軍がそんな意向を持っていたとは信じられない。なぜかと言えば、私は、ハワイ上陸作戦は到底不可能だったと思うからだ。一時の上陸は出来ようが、オアフ島だけを占領したところで無益なことだ。ところが、ハワイ群島を全部占領すると容易なことじゃない。それに、アメリカのあの豊富な物資と強大な作業力とをもってすれば、たちまち取り返されるに決っている。たとえば、飛行場の建設にしても、日本が一年かかるところを一ヶ月かそこらで仕上げてしまうといったように、アメリカの物力は日本とはちょっと桁《けた》が違うようだ。

だから、ハワイ群島空襲後、攻略を続行したならば、僅《わず》かの兵力で成功したのではないか？——ということを、終戦後にアメリカからやって来た爆撃調査団が私に質問したものだが、ハワイ攻略は困難だったと思う、と私は答えたものだ。それはなにも、戦略の常道という意味ではないので、それが絶対に必要だということになれば出来ないこともないが、それには先ず、攻略に必要なだけの兵力、即ち、攻略部隊、それに輸送船の船腹を考慮しなければならない。ところがこれは大変なものだ。だから南方作戦を同時にやるとなれば、とてもハワイ攻略に手を出せるはずがない。この戦争の第一目的は南方資源地域の戡定で、ハワイ攻撃はその助攻作戦ともいうべきもので、且つまたハワイを攻略したところで米国が手を挙げることはあり得ない。この第二義的作戦のために、主作戦を犠牲にしてまで兵力や船腹を割《さ》くなどということは忍び得ないことだと思う。現に、ハワイ空襲部隊の空母は、山本長官の強い要望によって、軍令部は、南方作戦用に予定してあったものまで割いて優秀艦全部をこれに充当したときいている。

　また、当時日本の船腹は六百万トンくらいとして、そのうちから陸海軍で必要なだけ取ってしまうと、民間用として残るのは僅かに百万トンあるかなしかだった。ハワイ攻略の余裕などは、とてもあるものではない。その上、ハワイを攻略したとしても、それを維持するとなると大変な兵力と船腹が必要になる。また、地理的条件や距離について考えてみても、アメリカ西海岸からハワイまでは二千三百浬なのに対して、東京湾からは三千三百浬もある。日本からは、アメリカ西海岸からの一倍半になる勘定だ。これでは、たとえ一時攻略は出来たとしても、その後を一体どうして維持してゆくか？　また、敵の反攻に対して、作戦の算が立つかどうか……？

　例のガダルカナルの失敗も、結局のところは、補給のつかないのが主因だ。兵力の増強、救援、戦闘資材の供給といった広義の補給がつかなかったからだ。そしてその原因は、作戦線が延び過ぎたということに決着すると思う。それに、ガダルカナルは失敗に終ったが、もしこれが維持出来たとしたら、またガダルカナルで満足せず、さらに足をのばしてニューカレドニアだとかフィジー列島だとか、あるいは濠洲までもということになる。涯《は》てしがないことになるものだ。どこまで追っていっても、結局涯てしがない。

ここが戦争計画の根本なのではないかと思う。

私は、爆撃調査団に、ミッドウェイ作戦の目的を訊《き》かれた時に言ったものだ。「私には判らない。ミッドウェイを取ったところで、日本にそう大きな利益があるというわけのものではないし、放置しておいたところで、大した脅威にはならぬ。強《し》いて想像するならば、緒戦の戦果に酔うて、第二次作戦としてハワイ攻略の夢を描き、その飛石としてミッドウェイに手を出したのではないかと思う。ミッドウェイ作戦に限らず、太平洋戦争において日本は、その兵力と比較して戦線が余りに広地域に亙りすぎた。南方の資源を確保する持久態勢を確立するためには、周辺に強固な防衛線を構成することももちろん必要だが、それかと言って、次々に戦線を拡げた日にはきりがない。要するに、作戦線をもっとコンパクトにして、不充分な兵力や戦用資材を重点的に活用するように計ればよかったのだと思う」と。しかしこれは、直観的にそう思って答えただけのことで、別に、具体的に研究したわけではない。

ともかく私から見れば、アリューシャン作戦も間違いだったし、ミッドウェイ作戦も誤りだった。

要するに、北は千島の線で耐えて、千島列島を防備する。それから、日本本土、南方諸島を経て、南は、マリアナ、トラックに取りつき、トラック以東のカロリン、マーシャルなどは余り防備に力を入れず、見張程度に留めておく、——つまり、敵が来攻すれば歩々撤収できる程度にしておく。それから、カロリンの西方に行ってニューギニアの西端に取りつく。それからさらに、ジャワ、スマトラ、マレー、仏印——そういった程度の防衛線をあらかじめ形成しておく。第一線は無論のこと、内線要地の防備に力を注いでおったならば、沖縄や硫黄島などよりも余程強靱な防禦反撃が出来たのだろうと思う。それにしたところで、日本が完勝するという確信はないが、戦局はかなり有利に展開しておったのではないかと思われる。

……ところが、戦線はむやみと拡大する一方で、孫子のいわゆる「備えざるなければ、薄からざる所」で、いくらあっても足らないのに、少い兵力と資材とを大遠距離の広正面に注ぎ込んだのだから、その効率は著《いちじる》しく低下せざるを得ないわけで、敵の進攻作戦が始まると、第一線も弱いが、米軍独特の桂馬《けいま》飛び躍進にかかって内線にとび込まれてしまうと、こっちはまるで無防備に等しい状態なのだ。サイパン然り、フィリピン然り、沖縄、台湾、と、米軍の戦力に比較すればほとんど無防備に近い状態で、進攻必至という時になって慌てて足もとから鳥が立つように押《お》っとり刀でたち向っても、無けなしの資材は最前線に注ぎ込んでしまってあるのだから、結局始終やすやすと突破されてしまったわけなのだ。結局、力と物が足りないのに加えて、世帯を拡げ過ぎたということが、惨敗の大きな原因だと言えるだろう。

第四篇（その二）　ミッドウェイ大海戦

敗戦第一歩

私が呉鎮守府長官をしておった当時は、連合艦隊がまだ外戦部隊として南方方面その他各地で活躍していた時代だった。当時内線では、四月十八日にドゥリットルの東京空襲があった以外には敵の空襲も蒙《こうむ》らず、ただ沿岸近海にアメリカ潜水艦がぽつぽつ出没していた程度だった。それに対する沿岸防備乃至は対潜警戒といったものに、鎮守府としては相当の活躍をしておったわけだが、戦争中期以後に比べれば、その当時の状況はまだそれ程深刻というわけではなかった。従って、呉の長官として最も重大だと思った自分の任務は、軍需生産の促進とか、予備役の者の召集、あるいは、新規の兵隊を召集してどしどし訓練をやっていたので、その方の教育といったようなことだった。それから、南方方面で戦闘の結果損傷した艦船が帰って来て、その修理といったようなものも、十七年の夏以後は相当頻繁になって来、工廠の作業としては、損傷艦船の修理復旧を超スピードでいつもやるので、大いに張切って作業に従事しておったという状況であった。

私が呉で山本連合艦隊司令長官と会ったのは、はっきり回数は覚えていないが、連合艦隊の旗艦というものは作戦の時には作戦地方面に出て行くけれど、それが一段落つくと整備や連絡のために必ず帰ってくるのが慣例だったから、開戦から呉における間に、三回か四回くらいは会ったように思う。しかし呉としては、外戦部隊の作戦に直接関係を持っていないし、私と山本長官とが直接連合艦隊の作戦について、専門的に具体的な話し合いをするというようなことは滅多になかった。ただ、戦況や戦果などについて、雑談的な話をしただけだった……。

今、山本長官の話で記憶に残っておるのは、ツラギ夜戦の時のことだ。十七年の八月だったろう。このツラギの夜戦は割合にうまくいった。奇襲によって相当の損害を敵に加えたのだが、その夜襲部隊が、敵に一撃を喰《くら》わした後サーッと後方に引き上げてしまった。その時に山本長官が、あのツラギ方面に敵が上陸して飛行基地を完成し、あそこに根を張るというとあとの作戦が非常に困るのだが――ということを述懐しておったのを記憶しているが、実際の作戦経過は長官の心配しておった通りで、こちらが引き上げたあとすぐアメリカは相当大きな兵力をもって上陸作戦をやり、とうとうあそこに蟠踞してしまったのだった。それが因になって、あとのガダルカナルの激戦、撤収という、作戦が左前になるような端緒が開かれたのである。その当時は、日本の海軍としても作戦は非常に困難となり、頽勢を挽回してゆくのはなかなか困難だという印象が、主観的にも客観的にも感ぜられるようになったものだ。

それというのは、ミッドウェイが結局、戦局転換のポイントになったわけで、あれから下り坂ということになっている。

ミッドウェイ作戦は、十七年の六月上旬に始まったのだが、呉としては作戦計画そのものには何ら関係しておらなかったからよくは判らなかったけれど、ただ、連合艦隊に随伴して行くタンカーだとか、その他艦隊附属の補給艦船といったようなものが、呉を根拠地にしていろいろ整備をして出て行ったりするので、こういう作戦があるということは判っていた。しかし、当時私は、何のためにミッドウェイ作戦をやるかということは、はっきりした理解を持っていなかった。それは、一通りのことは判っておっても、作戦の細い狙いとか動機とかいったようなものは、われわれの耳に入らぬので、よく判断は出来なかったのだが、私は、どうもこれは考えものじゃないかというような一抹の疑問、不安を感ぜざるを得なかったものだった。

そしてそれよりも、私が当時、これはどうかしたら大変なことになりはせんかと思って心配したのは、機密の保持が極めて粗略であったという点だった。それは、開戦の時には、この前述べたように、各方面とも非常に厳重な機密保持をやり、必要な範囲以外には一切判らなかったのが、ミッドウェイ作戦の時にはまるで違う。たとえば、オイル・タンカーの監督官とかいうような人が、われわれのところに挨拶に来ていろいろ話すのだが、何日に出て行って作戦は何日から始まるといったような作戦の方面や期日のこと、あるいは作戦の大凡《おおよそ》の規模といったようなものを大体知っておるような状況だったのだ。しかも、私のところあたりまでやって来て、尋《たず》ねもせぬのにべらべら喋舌るくらいなのだから、相当広い範囲に、事前に知れ渡っておっただろうと思われる。これはあとになっての話だが、アメリカ側ではちゃんと日本の作戦部隊の行動を予知しておって、待ち受けておった。だから、すっかりわないにかかってしまったような恰好だったわけだ。終戦後よく、電探――レーダーで偵知したのだというようなことを言うが、レーダーではない。前からの機密の漏洩で、作戦の内容から期日から、すっかり判っておったというのが事実だろうと思う……。

それから、中には随分迂闊なことをやった者もあった。これは私が戦争中に聞いた話だが、作戦部隊の行動、――これは作戦部隊に限らず、海軍の部隊が行動する時には郵便物の送達先を決めて、それを各関係各部に通知することになっているわけだが、それをやるのには、各部隊から部隊行動を海軍省の副官に報告すると、その部隊に対する郵便物の送達先を海軍公報で海軍全般に知らせるというような慣例になっておった。ところが、ある航空部隊で、普通の平文有線電報か何かで、「某部隊何月何日以後郵便物宛先ミッドウェイ」なぞという通信をした者もあったという話で、どこの部隊かそれは知らぬが、そんな例で想像されるように、全般が非常にタガが緩《ゆる》んでおった。これは全く、緒戦の戦果に酔ってしまい、すっかり敵を甘く見ていたからで、ミッドウェイ作戦の失敗の一因だと思う。

それだからとて、こちら側に敵のスパイがいたとか、第五列が活動したとかいうことは、私の耳には入っていなかった。あるいはあったのかもしれぬけれど……。憲兵、――軍港地の憲兵隊は鎮守府長官の指揮を受けるようになっておるが、そうした憲兵の報告とかその外軍法会議とか、法務官あたりの報告とかでこういう方面のことを、私は一度も聞いたことはなかった。また、そういう不安も持ってはいなかったけれども、あんな風では巧妙なスパイとか第五列の活動がなくても、機密が敵側に洩れるのは不思議ではないと思う。

むしろそれよりも私が、不安というか、どうも満足できなかったのは、緒戦で戦果が挙《あが》った、その緒戦の戦果を何ヶ月経っても、機会のあるたびに報道機関が（ことに海軍の報道機関が）利用して、いつまでも、半年も一年も前のことを囃《はや》し立てて酔っておる、それが非常に、作戦部隊、それに国民全般を慢心させる、――その心配だった。

それに対比して、余程あとになるが、駐日大使のグルーがアメリカに帰ってから、国内各地を旅行し講演して国民を激励したという話。そうしたグルーの講演が外国電報で日本に来たのを、好きなところだけを日本側で再録したのかも知れないが、日本の戦意とか戦力とか、国民性とかいったものを、非常に高く評価して、われわれが聞いても何だか擽《くすぐ》ったいような褒《ほ》め方をして、日本怖るべしと説いていたという事柄だ。それをまた日本の報道機関が正札通りにとって、どうもアメリカは弱音を吐いておる。日本の戦力は無敵だといったようなことを言って、国民をますます盲目にしてしまう。こういったことをやるのが、私は実に慨嘆に堪《た》えない気がしたものだ。結局あれでグルー大使は、アメリカ国民を大いに激励すると同時に、日本の報道陣の取り扱い方が間違ったために、日本の国民の慢心を助成するという、二重の効果を挙げたわけだ。それで私は、大本営から戦果の発表があって、部外の人などが盛んに喜んで祝賀に来てくれると、いつもこれに答えて言ったものだ。「まあこれだけの戦果があることは誠にお芽出度いには違いないが、しかしこの大戦は、局部的な一戦果ぐらいで大局が決定するわけのものではない。非常に根深い性質のものだから、どうかひとつ底力を養うように、国民一般もしっかり肚を決《き》めて貫いたい」と。

　私は呉におる間、自分の警備区内にあるいろいろな部隊作戦機関といったものの視察はちょいちょいやったが、自分の管区から外に出ることは一遍もなかった。ずっと呉の管区内ばかりにおった。その間東京に呼ばれたことは、この前述べたように、開戦の前に二度だけ。開戦後は一遍も行かなかった。それは、私が行かなかったというだけでなく、中央の方針が、各鎮守府、警備府はそれぞれ担任の重要な作戦任務を持っておるので、任地を離れて東京あたりに長官が来るということは適当でないということだったので、長官の召集というようなことも、戦争中にはほとんどなかった。

ミッドウェイ海戦

さてここで、前にもちょっと触れたミッドウェイ海戦のことを、今すこし述べてみたい……。

ミッドウェイの前に、珊瑚《さんご》海の海戦がある。

第一段の作戦としては真珠湾その他、南方、つまりフィリピン以南の南洋方面各地の作戦がずっとあり、この第一段作戦が一通り済んで第二段になったのだが、この第二段というのは外廓《がいかく》の新作戦で、この第二段の作戦で、四月から五月にかけて珊瑚海作戦がある、続いて六月に、ミッドウェイ、アリューシャンの作戦というのがある。それから八月にはいって、ガダルカナルの争奪戦が始まり、このガダルカナルの争奪戦に関連して、南太平洋海戦とか、ソロモン方面の海戦とかが起ったのだが、鎮守府には直接の関係がなかったので、作戦の経緯については、当時私は詳細には知らなかった。

こういう連合艦隊の作戦は、中央と連合艦隊との通信連絡で実施されるので、大本営や連合艦隊の通信は、鎮守府に関係のあるものについては鎮守府宛に通報があるけれども、無関係のものは鎮守府には電報はこないわけだ。

通信のことで話はそれたが、どうもミッドウェイ作戦は、あれが戦局を転換したエポックになってしまったのだが、事後においてはもちろんのこと、事前においても、私にはどうも不可解で、あの作戦をやったこと自体が失敗であったと考えざるを得ない。

最近刊行された高木惣吉《たかぎそうきち》少将の書いた『太平洋海戦史』を見ると、ミッドウェイ作戦はドゥリットルの東京空襲に刺戟されて、日本本土の東方警戒線を前進させるという意味で、山本連合艦隊司令長官がもっぱら主張したのであって、軍令部は利害が相償わぬという理由でそれに賛成しなかったのだが、山本長官の一言は、当時としてはなかなか重きをなしておったので、遂にその要望を容れてあの作戦を実施したのだ、というように書いてあるが、私はその経緯は知らぬものの、果して山本長官があれを非常に強硬に主張し、また充分の確算を持っておったかどうかは疑問だと思う。私は、一時こういう想像をしたこともある。それは、緒戦で非常に戦争がうまくいったものだから、すっかり思い上ってしまい、どんどん羽が伸ばせる、ハワイ攻略作戦までもやる可能性があるかも知れぬ、——そういうことになれば、その飛石としてミッドウェイが必要なのだ、といったような考えが一部にあったのではないかという気がする。ただ、日本本土の防空対策としてその哨戒線前進の意味でミッドウェイを攻略するということは、私はどうもおかしいと思う。ミッドウェイ一つ持ったところで、ハワイと日本との間をミッドウェイとアリューシャン、南がウェーキだが、それからマーシャルあるいはカロリンという方面に繋《つな》いだところで、間を抜ける穴はいくらでもあるわけで、陸だけの粗散な要地で哨戒線を構成するということは、到底出来るものではない。しかもミッドウェイは、東京から二千マイル以上もある。ハワイからは千マイル程だから、大体向うから一、こちらからは二の距離にあるので、あの孤島を維持するということは、たいへんな兵力が要るわけだ。たとえミッドウェイを一時攻略できたにせよ、あとずっと有効にこれを維持し、しかも戦力を発揮するということは非常に困難なことだろうと思う。だから、この『太平洋海戦史』では、山本長官が一人で主張し、軍令部は嫌々ながら引き摺《ず》られたというようなことを言っておるが、やはり生きておる者は口を拭《ぬぐ》い、死人に何するというような関係があるのではないかと思う。山本長官がハワイ攻略を主張したということは間違いないらしいが、ミッドウェイを山本長官たった一人で強硬に主張したという話は、ほかに私は聞いたことはない。

この本に依ると、哨戒線を前進するということと、早期の艦隊対艦隊の決戦促進ということが出ている。こういう観測だというのだが、果してミッドウェイを突《つ》ついただけで、向うの機動部隊を主体にしたアメリカの主力艦隊が出て来て決戦になるかどうかということは、どうも考え方としてはちょっと一人相撲だと思う。ミッドウェイを取られたところで、アメリカとしてはそう痛くはない、艦隊がじっとしておれないというような問題ではないのだから……。ミッドウェイを突ついただけで、向うの艦隊が出て来るということは、ちょっと考えられない気がする。

それからアリューシャン。これは事後判断のようになるけれども、それまでのずっと長い間の作戦研究や平時からの研究によってみても、アメリカの渡洋作戦のルートとしては、大体、北方航路、中央、南方とこの三つに分けられるが、このうち北方航路は距離的には最も近いが、千島からアリューシャン、――あの方面にかけては、冬は無論いけないし、春先から夏にかけても、霧が非常に多くて天気がよくない。この悪天候で作戦するというのは、夜戦と同様、優勢部隊が正々堂々とする作戦には損なのだ。非常にギャンブリング的なエレメントが入ってくるから、非常に大きなちからで正攻法をもって押して来る部隊は、そういう危険性のある作戦は採《と》らない。ことに飛行機が非常に発達し、最重要な戦力となっているのが近代戦の特色だ。ところが、飛行機の行動というものは言うまでもなく天候に非常に左右されるので、従って、北方が渡洋進攻作戦の主ルートになるという可能性は少いという研究は、前からずっと出来ていて、大体それが結論になっておったような次第だった。ことに当時の状況は、ミッドウェイ作戦が開始される以前に、既に、珊瑚海々戦が五月にあったのだし、向うはやはり南の方に手をつけておるのだから、アメリカ機動部隊のメーン・ボディたる艦隊主力が北方よりに進攻作戦をやるということは、ちょっと考えられないと思う。

それはそれとして、ミッドウェイを衝いて、日本とアメリカとの艦隊のメーン・ボディが早期の決戦をやるという可能性は、私としては、ちょっと起らないのではないかという気がする。私は、山本贔屓《びいき》で言うのではないが、軍令部は反対だった、山本案には絶対に同意できなかったというのは、どうも怪しいと思う。山本長官があるいはそういうことを主張したのかも知れぬが、また違った意味で、その主張に共鳴同調するようなアイディアが、やはり中央の方にあったのではないかという気がする……。

——しかし、真珠湾ではアメリカがやられ、数ヶ月後にミッドウェイでは日本がやられた、——これで勝負は五分々々で、これからが本当の戦いと見ることはできなかったものだろうか？（発言者・柳沢健）

という御意見——それは、ミッドウェイで日本として一番痛かったのは、最も優秀な航空母艦四隻を失い、同時に艦載機の優秀な搭乗員を大部分失《な》くしてしまったということだ……。

航空母艦の搭乗員は、離艦することは大して難しいことはないが、着艦行動が難しい。何しろ動いておる母艦から出発して敵を攻撃し、さらに、出たところとは全然異ったところに動いておる母艦に帰って来るというのだから、なかなか容易じゃない。

これがやれるのは、普通の操縦、偵察といった陸上機の訓練を済ましてから、海上訓練を少くとも一年くらいミッチリやらないと一人前にはなれぬものだ。それも、訓練用の艦船飛行機その他の器材とかが非常に豊富で、また教官も優秀なのが充分いて、それで訓練をやれば割合に早くできるが、物が足りなくなると自然、訓練部隊の艦船も飛行機も教官も器材も、何もかも不充分ということになるから、訓練――急速練習ということがますます困難になってくるわけだ。だから、戦争中期以後は、優秀な艦載機搭乗員が極めて少なかったと言ってもよかった。

ミッドウェイのあとはガダルカナル作戦、このガダルカナルの争奪を中心としてソロモン方面の海戦が第三次まであったのだが、いずれも、私が呉におった一年間の出来事だった。

山本五十六提督戦死す！

――世間では、山本大将が戦死されたのは、ミッドウェイ海戦に非常な責任を感じて、死場所を選んでいたという噂が立ったが……？（発言者・木村毅）

あれは、私が呉を去って軍事参議官をしていた時のことだった……。

山本君の戦死後に発見された手帳などによると、ハワイ海戦のとき、例の特別潜航艇か、ああしたもので、若い者にほとんど万死に一生を期し難いような困難な任務を授けたりしたことから、大いに責任を感じておったらしいし、また死所を選んでおったということも間違いないと思う。しかし、南方に進出してああいった行動をしたということは、何も死を急いでやったという意味ではないと思う。ガダルカナルの撤収頃までには母艦の艦載機には消耗が多くて、母艦も損害をおこしたりして、有力な機動部隊の維持ができなくなって来た、それであの方面の作戦を遂行するために、航空母艦を使わずに、今まで母艦にあった飛行機を陸上に上げ、陸上基地の航空部隊として作戦をやるというので、十八年の四月頃から、そういう作戦が始まったものである。その航空戦を指導し、激励するために、山本長官はトラックから飛行機で、ビスマーク群島方面に出て行き、その行動中にあいう悲運に遭ったわけなのだ。これもはっきりしたことは判らぬが、わが方の通信の粗漏で、暗号通信を敵に読まれるかして、山本長官の行動が向うに判っておったらしい。あのときは、司令部の連中が中型攻撃機二機に分乗して、それに戦闘機九機が護衛していたのだが、向うの戦闘機は三十機だった。

ちゃんと網を張っておったわけだ。それで、瞬《また》く間にやられてしまった。ブーゲンヴィルのブインに行くときのことだ。何んでも、どっかの航空部隊が、山本長官があの辺の戦線を視察するという通信を聞いて、ごく簡単な暗号通信で、是非当隊にも来て貰いたいという電報をうった。それがすぐと向うに判ったらしいという話を私は聞いた……。

山本長官の戦死したのは四月十八日で、五月二十日に発表があった。私が知ったのは、その前日の十九日だった。海軍でもごく一部の……連合艦隊の幹部は無論知っていただろうが、中央でも極めて局限された範囲の者だけしか知っていなかったらしい。私は当時東京におったが、いっこうに知らなかった。

ただ、どうもおかしいぞと思ったのは、四月下旬のことだった。四月中、下旬に靖国神社の臨時大祭があった。戦歿者の合祀祭だが、これは春秋二季にある。春は海軍の軍事参議官が大祭委員長をやり、秋は陸軍側が委員長をやるという慣例になっていた。私は、十八年の春の靖国神社の祭典委員長を勤め、四月二十三、四日頃終えて、それから今度は佐世保の合同葬儀に大臣代理で行ってくれというので、佐世保に行った。ところが佐世保で、何かの通信で見たのかよくは憶えてないけれど、横須賀の鎮守府長官代理ができておることを知った。

おかしいなあ、古賀《こが》〔峯一《みねいち》〕長官は一体どうしたのか？　代理ができておるのはどういうわけかなあ？　と不審に思っていた。それから四月末に帰京して、前からの計画だった私の南方戦線視察を早速実行しようと、いろいろその準備を温めておったところ、海軍次官が、しばらく戦線視察を見合わして欲しいという。理由は、塩沢《しおざわ》〔幸一《こういち》〕大将がこの春行ったばかりだから、そう続けて行って貰うよりも、ちょいちょいと合間をおいて次の人が行く方がいいから……というようなことなのだ。おかしなことを言う。海軍省ではかねがね、軍事参議官は暇があったら出来るだけ戦線を視察して、激励してもらいたいと非常に積極的にすすめていたのに、今さら次官のところでそういうことを言うのは腑に落ちない。で私は、そんなことを言うなら行かんでもよいと言って、止めてしまっておったものだ……。

そうすると、ちょうど五月十九日、大臣から呼ばれて、そこで初めて山本長官の戦死を知らされたのだった。

そして、あとの人事異動として、古賀が横須賀から連合艦隊に行き、私は古賀に代って横須賀に行くことになったわけだ。

第五篇　偽れる軍艦マーチ

軍事参議官

一年ほど在勤した呉から引き上げて、私は軍事参議官に任命され、半年おったわけだが、この軍事参議官というものはほとんど名誉職みたいなものだった。そのくせ、軍事参議院の官制を見ると、重要な軍事に関する天皇の最高諮詢《しじゅん》機関であるというようなことが書いてある。ところが、諮詢機関だから、陛下から御諮詢がなければ、軍事参議官という者は何にも職能を発揮することができない。自発的に意見を出すとか、大臣、総長などの相談にあずかるというようなことはない。私が知っておる限りでは、軍事参議院に重要軍事の諮詢があったという例は具体的にはほとんどなかった。平時には、特命検閲があるときの特命検閲使に対する訓令とか、検閲が済んだあとで検閲使が奉答を伏奏するときに召集されるが、伏奏文の内容の披露、――これは御諮詢ではなく、御諮詢は、特命検閲使に対する御沙汰書、これだけ。これなども、軍事参議官に諮詢をする必要も何もないものだが、年一遍くらいそういう催しでもないと、全く空位になってしまうわけで、陸軍も海軍も、申訳みたいにそういうことをやっておったらしい。従ってこの戦争に関連しても、和戦の決をどうするかということや、作戦計画をいかにするかということで軍事参議院に御諮詢になったということはひとつもない。連絡会議とか御前会議というものにも、軍事参議院は何にも関係はない。従って、戦争中の軍事参議官は何をするかと言うと、一週間に一遍か二遍くらい海軍省に集まって、軍令部の作戦関係の人から作戦の経過概要とか戦況などの話を聞く。話を聞くと言っても、非常に機密程度の高い、デリケートな問題を聞くわけではない。新聞発表よりはいくらか詳しい戦闘報告の要約の、数日間分を纏めたものの話を聞くといったぐらいのところ。日々の作戦通信を見るのに較《くら》べれば、ずっと簡略なものだ。それから、戦況が大して変りないとなると、海軍省あるいは軍令部の者から、軍事に関係した重要な問題で現状の話を聞く。飛行機生産がどうだとか、原料の関係はどうなっておるとか、物動計画はどうだとか、まあそういった話を聞くというのが、主な任務だ。書類としては、海軍から出る公報類、外国情報、軍令部の情報、――そういうものはくれるが、重要な作戦事項の報告とか命令とかいったものは、軍事参議官には配布してくれない……。

こういう状況で、私は十八年の五月までこの軍事参議院におったわけだが、戦争中は各軍港で戦歿者の合同葬儀がほとんど毎月ある、それには大臣が参列する建前だが、忙がしいので、横須賀あたりは別として、たいがい大臣代理を出す。それも成るべく古参の人に行って貰ったがよいというので、軍事参議官が大抵その合同葬儀に参列するのが常例で、私もそれに狩り出された。ところが軍港は、横須賀、呉、佐世保、舞鶴《まいづる》とあるから、毎月一回ずつあっても軍事参議官が四人毎月行かなければならん。そのついでに附近の海軍の部隊とか、海軍の施設、その他民間の軍需生産の状況などを視察して所見があれば大臣その外関係の人にそれを披露する……。

そういうふうで、軍事参議官というのは大体隠居役で、作戦の機微に直接に関与してはおらない。発言権も持っていない。この機密のことを知らないというのは、私が軍事参議官でありながら、山本大将の戦死を一ヶ月知らなかったということでも判る。しかも、山本大将の戦死によって後任に古賀が行き、さらに古賀のあとに私が行ったのだから、私の身上には山本大将の戦死が直接の影響を持っておったわけ。それなのに当の私が、一ヶ月知らないという状況だった……。

対潜対空

横須賀時代も、呉と大した違いはなかった。鎮守府としての機構も任務も呉と大体同じだった。

しかし私の行ったときの戦勢は、呉を出てから半年過ぎておったのだが、呉と横須賀とは警備区域の地理的関係が違うからでもあるが、ひとつにはアメリカの進攻作戦がだんだん本調子になって来た関係もあり、戦争に対するわれわれの感覚というものは、呉よりももっと戦場が近くなったというような傾向が明らかだった。

その著例としては、横須賀鎮守府管区は、北は岩手県の北端からずっと太平洋沿岸を伝わって紀伊半島までにわたっておるが、この沿岸にアメリカの潜水艦が盛んに出没して、艦船（海軍艦艇もあれば、一般の商船もあった）が、潜水艦の襲撃を受けるのがほとんど連日で、この潜水艦掃蕩《そうとう》には随分苦労したものだった。

固《もと》より当時としては、前線に対する飛行機その他重要兵力の補給を優先的にやるものだから、内戦部隊に対する戦力の補給が思うようにいかぬ。たとえば、潜水艦の掃蕩にしたところで、正規の駆潜艇というような優秀なものはほとんどない。漁船——鰹船《かつおぶね》みたいなものに兵隊を乗せ、機銃や爆雷を積んでこっとりこっとりやるというのが主体だった。

飛行機も充分の兵力がないから、徹底的な掃蕩ができず、非常に歯痒いような状況を始終体験したものだ。

また防空態勢としては、いわゆる戦争の被害をだんだん身近かに感ずるような情勢になったので、――これは横須賀だけでなく国内全般だが、防空機関の整備、防衛作戦の計画、訓練というふうなことが、呉におった時代に較べると余程活潑になり、対空訓練のごときは部内だけでなく、部外をうって一丸とした訓練をたびたびやったものだ。しかし外国のいろいろな防空機関とか、制度とか訓練などに較べると、どうも婦女子がモンペをはいてバケツを提げてやる防空では、これはとてもいかんと痛感したが何とも差当り仕方がなかったのだ。

防空に限らず、当時盛んに呼号された「必勝の信念」というやつ。それから、一部の将軍連中が、なあに兵器がなくたって竹槍が何百万本かありさえすれば、負けやしない……という竹槍戦術。現に地方では、民軍というか、自衛団のようなものが、竹槍を持って行列して歩いた。竹槍戦術のあの考えで指導しておったのでは、どうにもならない。そうかと言って、そのとき考えなおしても遅すぎた……。

ともかく、兵器というものは絶対だ。日本の戦国時代だって、銃器が戦場に出るようになってからは戦術が変った。いくら剣道の達人でも、鉄砲にはかなわない。種ケ島でもそうだ。兵理は永久不変だが、兵術は時々進化発展する。兵理と兵術を混同するから、頭が化石するものと見える……。

——……話が飛ぶようだが、リッデル・ハートという軍事批評家がイギリスにおる。この男の書いた本を見ると、どこの国もこういう傾向があるだろうが、イギリスの軍首脳部は頭が固くて、近代戦とか近代兵器とかいうものに対して一向理解がない。依然としてナポレオン戦術、それとも大軍大兵主義だ。が現代に必要なのは、少数の熟練せる機動部隊なのだが、これがどうしても軍の上層部には理解ができない。一例がタンクを戦争で使えと言ったロイド・ジョージだ。これは彼の『大戦回想録』にも書いてあるが、当時のイギリスの軍の指導者は、素人のくせに何を言うといった調子で、彼の説をふり向きもしない。それが採用されたのは結局、戦争の末期だったが、ロイド・ジョージは、もし自分の進言を玄人達が容れてくれたら、世界戦争は無論連合国の完勝で、三年は短縮できたろう、と言っている……。（発言者・柳沢健）

海軍に関する限りは、そう頑固な思想を持った人はないと思う。大体は真っすぐに見ておったと私は思うが、しかし戦争末期になり、また終戦後になってから、若い者あたりがよく憤慨するのには、この戦争で航空機が戦争の主兵になって来ておる、あとはすべてその航空作戦を遂行するための補助兵力に過ぎない、昔に較べると主客顚倒しておるのだ。にもかかわらず、今でもやはり日露戦争や第一次大戦のような戦争を夢に見て、軍艦が戦列を組んで正々堂々と両軍相対峙して、主砲あるいは魚雷で勝負を決するというような夢を描いておる。そのために、航空兵力の充実に力を尽すことが足りず、こんなことになったのだ……というような批判をしている。結局、首脳部が航空ということをひとつも知らない。航空を無視したが故に戦争に負けたのだ……そういう非難なのだが、それは私は間違っておると思う。決してそうではない。航空は満洲事変後から急に発達したのだが、それからというものは、海軍々備予算は航空第一主義で、それは他と比較にならぬ程大きな金を注ぎ込んでいたわけだ。そのために航空も発達したのだが、たとえば海軍省の予算会議などで予算の審議をやるとき、私は教育局におったことがあるが、この教育局関係の予算では多過ぎるから一万円削れとか、二万円入れろとか、単位が万、少いときは千円ぐらい。ところがだんだん審議が進んで艦政本部、航空本部となると、単位が百万円、千万円くらいになってしまう。まるで、爪で拾って箕でこぼすという具合で、何の為に口角泡を飛ばして何千円を入れろ入れないと議論したか判らなくなるという有様。しまい頃になると、何百万円、何千万円が右に行ったり左に行ったりしておるような状況で、航空の方は第一義的に優先権を持たして注ぎ込んだものだ。その副産物とも言うべき一つの例としては、方々に航空隊ができる。航空部隊の設備費というと相当大きなものだが、それは飛行場を作ったりいろいろな施設に金がかかるのはもちろんのことだが、搭乗員の宿舎、ことに士官宿舎など、なかにはまるでカフェかバーじゃないかと思われるようなハイカラなコンクリート作りの建物ができたりした。一方、学校、海兵団とか航空以外の施設となると木造の粗末なもので済ましておるという状況で、それだけ予算は航空には沢山注ぎ込んだものだった。

それで客観的に航空第一にどうしてならなかったかと言うと、結局国内の生産機関、研究機関の弱体ということになる。航空というものは新興工業なのだから、いくら金を注ぎ込んでも、資材と技術と施設というものが三拍子揃わなければ、良い飛行機は沢山できないわけだ。だから、航空第一主義でどんどん金を注ぎ込んで行ったのだから、具体的に主兵になるべきはずなのに充分満足の程度まで行かなかったというのは、頭の方ではなしに、やはり物的欠陥があった、それだけ賄い切れなかったというのが、私の観察だ。航空をもっと殖やしたかったが、外の方に金を取られた為にできなかったということは、私はなかったと考えておる。

それに、飛行機工業の顕著な特異性というのは、平時と戦時の需要がまるで桁違いに違うということ、これが一番困る。あとの軍需工業はそういう傾向はあるにしても程度が違うが……。

開戦前の話だが、航空部隊の充実計画を立てて、官業民業両方の施設を拡充して戦備をやって行く。それをフルに動かして行くとして、平時になると何十分の一も要らない。そこで、どう転換するかという問題になると、外の軍需工業、たとえば造船、機械その他のものは転換が比較的容易だが、飛行機工業の主要部分は精密工業で、普通の産業にあれだけの高度の技術は必要としない。アメリカでは戦後飛行機工場を自動車工場に転換しておるようだが、結局宝の持ち腐《ぐさ》れとまでは行かずとも、やはりもったいないような気がする。問題はこの無闇に拡充した生産施設を、平時態勢に一体どう転換してゆくかということだ。戦争中に民業を大部分官業に吸収した。詳しいことは知らぬが、戦前においては、まだ国家が補償してやるというはっきりした制度が確立していなかった。そこで民間業者は先のことを考えると、どうしても手放しで研究とか施設の拡充をすることに二の足を踏むということにならざるを得なかったわけだ。一例として、ワシントン会議の結果、軍艦の建造中止をやったが、そのとき補償を多少出してはおるものの、そんなものでは追付かない。かなり大きな打撃を受けておる。

偽れる軍艦マーチ

横須賀時代私が特に感じたのは、この前もちょっと述べたが、日本の政府、その他の報道陣の、民衆に対する指導乃至宣伝啓発――これは、初めから不満を持っておったが、横須賀に来た当時特にそれを痛切に感じた。どういうわけか、本当のことは（日本側のことも敵側のことも）民衆に教えず、自国を過大評価し、敵の力を軽侮するといったような行き方が、非常に顕著であったようだ。これでは到底、国民が本当に真剣にならんのではないかという気が非常にした。その当時の海軍の報道部長は栗原《くりはら》〔悦蔵《えつぞう》〕君で、あの人とは前に一緒に勤務したこともあるし、横須賀におる時代にもちょいちょい会う機会があり、いろいろの話をしたものだ。栗原君は非常に中正穏健な思想を持っており、また熱意のある人だし、彼のいろんな主張は私等の考えておるところによくぴったり合うので、彼によく私の考えも言い、大いにその奮闘を望んだことがあった。

その当時、栗原君が言っておったことがある。それは、毎日新聞に竹槍戦術を批判した社説が出たことがあるが、あれは何でも栗原君が毎日の記者〔新名丈夫《しんみょうたけお》。この事件で陸軍に懲罰召集される〕に書かしたのだということだった。ところがそれが当局の忌諱《きい》に触れて、大変な問題になった。

栗原君はそういう態度でおるものだから、いわゆる右翼団体とか、わいわい連とかが彼にいろいろな議論をしに来る、そして彼に向って、「あなたには、必勝の信念というものが少しもない。あなたの主張はみんな、必敗の信念だ」と言うので、栗原はその人に向って、「あなたは将棋をさしますか?」「少しはさすが」「それでは、あなたが必勝の信念を持っておるなら、木村《きむら》〔義雄《よしお》〕名人と一局指《さ》して勝つ自信はありますか?」と言うと、「将棋は違う」と答えた。また今度は、「あなたは剣道をやるか?」「剣道は少しやる」「それでは、中山博道《なかやまひろみち》と真剣で太刀打ちができるか?」と言ったら、勝つとは言わなかったけれども、何んとかいい加減なことを言って誤魔化《ごまか》しておった——と言っていたことがある。

要するに栗原君は、必勝の信念だけでは駄目だ。必勝の信念というものは、必勝の信念を起すような態勢を作りあげ、これ以上には準備の仕様も方法もない、これで行くより外に道がないとき、例を作戦にとるならば、作戦部隊としては、兵力を貰った、任務も貰った、訓練も充分にやった、これ以上やることはない、やるのはあとは必勝の信念を持つだけだ、――こういう時の必勝の信念ならよいが、やるべきこともやらずにただ必勝の信念、必勝の信念と言っても、それは駄目だ、必勝の信念の出て来る根本を立てなければ、必勝の信念というものは出て来ないのだ、と言っておったが、これは当り前の話で常識なのだが、そういう態勢で彼は大いにやっておった。どうも、緒戦の戦果に酔っていつまで経《た》っても軍艦マーチでハワイ空襲の夢物語などしておっては駄目だと、盛んに言っていたものだ。しかしそれも遅すぎたので、どうも……。

報道関係のことで、ちょっと話が横道になるが、終戦後に国内でも非常に非難され、敵側ことにアメリカあたりでも、日本の戦果発表に関する報道が出鱈目《でたらめ》だ、滅茶苦茶《めちゃくちゃ》だと言ってるが、私は終戦直前までは、中央にいなかったので、大本営から発表する戦果の経緯についてはよく知らないが、必ずしも世論のようには思わない。作り事をやったのではないと思う。結局、混乱の戦場での戦果確認ということが非常に困難。ことに、多くは飛行機の戦果が大半を占めておるわけで、これは多勢が一緒に見ておるのではなく、飛行機が多くても一隊とか、数機とか、あるいは一機くらいが見たものを報告するのだから、誤認もあろうし、自隊の挙げた戦果を過小評価するよりは、やはり故意でなくても善意あるいは希望的観測で、如何《いか》にも大きな戦果が挙《あが》ったような報告をする。それが作戦部隊から中央に報告される。作戦部隊でも相当それを審査はするのだけれど、とにかく速報として出すということになると、搭乗員が、あれは俺が撃沈したと実証を掲げて言えば、反証のない限りやはり撃沈の報告を出さなければならないというので中央に報告をする。中央ではなるべく早く戦果を発表して、大いに国民の士気昂揚に寄与したいというので、やはり早く出すものだから、それが結局事実と違った、非常に大きいものが出て来ることがあるというのが事実だったと思う。連合艦隊におった時代私は、大本営発表をそのまま本当のものとして作戦の基礎になる勘定には決して入れなかった。始終別に胸算用していて、大体半分以下に考えておったものだ。しかしあとになって調べて見ると、半分に勘定しても過大であったように思う。

——その点アメリカでも同じだ。アメリカの戦果発表も、あの通りに日本の船が沈んでおったら、それこそ天文的数字だ……。（発言者・木村毅）

私が巣鴨に入ってから、米国の報道機関、——宣伝機関だが、対敵宣伝機関のパーティーが来て、われわれ主《おも》だった者を呼び、戦争中のアメリカの対日放送が、戦争遂行にどういう影響を及ぼしたか？　というようなことで意見を求めたことがある。そのときに、「日本の報道は滅茶苦茶だ。あれではアメリカの艦隊は五遍ぐらい全滅したことになるじゃないか」というようなことを言うので私は、「それはそうじゃない。大本営の発表というものは、今私が述べたように、作戦部隊から来た速報を取り纏めて出すので、自然そういう結果になる。故意に戦果を作為したという事例を私は知らない。またわれわれ作戦に従事する者は、それを本当だとは思っていない。本当と勘定しておると大変な間違いになる」ということを話したことがある。アメリカも、戦果発表はどんどん活潑にやっておったが、随分出鱈目がある。駆逐艦と巡洋艦とを間違えて、駆逐艦が沈没したのを向うでは巡洋艦を撃沈したと発表したり、巡洋艦を戦艦と取り違えたり、あるいはオイル・タンカーを航空母艦と間違えたり……そんなのが随分ある。それから向うは、日米両軍で確認している自分の方の被害を、長い間発表しない。そういったようなことで、彼我《ひが》いずれも戦果発表には大きな喰い違いがある。決して日本だけのことではない。もっとも、敵の損害については故意の作為はなかったと思うが、自分の被害については、敵に隠しおおせると思われる部分は口を拭って知らん顔をしていたことがしばしばある。割り引して、半分以下あるいは三分の一ぐらいに発表したというのもある。

元来嘘を一遍言うと、その嘘を隠すためにまた嘘を言わなければならん。それでだんだん嘘が大きくなるのが通例のことだ。それなのである。ミッドウェイ作戦までは嘘はなかったと思う。ハワイ、マレー沖海戦のときに発表された味方飛行機の喪失、損害というのは、ひとつも嘘はない。その通りに発表している。ところが、ミッドウェイでは航空母艦が四隻と重巡が一隻沈んでおる。それをどう発表したかというと、巡洋艦一隻軽微な損害とか何とか発表した。航空母艦が四隻、主兵力全部を失ってしまって、——あれが嘘の始まりだった。

暗号について

ついでに、戦争に極めて重要な、通信のことを述べよう。

海軍の通信は、作戦の機密保持と、通信量の節約の両見地から厳重な規制がある。もし手放しに許せば対信受信量が非常に殖え、通信が錯綜して、その結果重要通信の遅延あるいは不達、さらに通信の混乱というようなことが起るから、できるだけ発信も制限する、無用の電報は打たない、電文はできるだけ簡潔にする、それから必要のないところに打ってはならぬ、宛ててはいかんということになっている。これは単に戦時だけではなく、平時でもやかましい取り締りがあり、それを励行するようやかましく言っておった。それでもなかなか通信の規制というものはうまくいかぬもので、非常に重要な通信が敏活にゆかずに、そのため作戦に齟齬が起るというようなことが少なからずあった。私が連合艦隊におったときも、そういう例が再三あった。たとえば、ちょっとした電報でもそれを連合艦隊の一部に打つような場合、これを連合艦隊全体が知っておった方がよかろうというような心持ちでうっかり宛先を連合艦隊全隊にでもしようものなら、大変なことになる。それが先ず固有の通信系を通って中枢艦所に行き、それからずーっと艦隊が散在しておる末端まで行くのだから、その間には幾多の通信系を通らなければならぬので、たった一本の電報でもうっかりは打てない。それ程重要でないのに連合艦隊宛てに打つ者が頻々あるものなら、非常な通信の混乱を来すことになるわけだ。従って、通信はできるだけ節約するよう、是非必要でないところには打ってはならぬ、また自分のところに関係のない通信は受けてはならぬということに規定されておった。

また海軍で使う暗号には、種類がいろいろあった。機密の程度の高いもの、低いもの……。そのうち機密の程度の低いものは、暗号の寿命が短かいから、頻繁《ひんぱん》に変えてゆかなければならぬわけ。私も暗号書には随分苦労した。戦争の初期にはそれほどでもなかったが、中期以後になって来ると、戦勢が受け身になり、敵側がどんどん進攻作戦をやって来る、従って外廓《がいかく》の各要地が奪回せられる、部隊が潰滅する。そういうようなときに一番にやる仕事はまず暗号書を焼くことだが、果してあの部厚い丈夫な暗号書が、危急の際に、完全に焼却できるどうか、疑問だと思う。仮りに一部分焼残りがあったとしたら、次に作った暗号書の方式が前のと根本的に違うものではないので、敵側にとってはやはり何かの材料になるだろうと思う。それに、その前の電報を向うで傍受しておるのを、焼残りの暗号書に照し合せでもして見れば、前に解読できなかったものが解読できることになる。

――こうした場合の他に、最も機密の度の高い海軍暗号なんぞが敵側に傍受されて解読されていた、というような事例はなかったか知《し》ら？　そして大きな作戦の齟齬を来したというような……。

この点、外交電報なぞは、常識と言ってもいいくらいに盗読される。どんなに苦心した暗号でも、この危険からは免れられない。だからヨーロッパの諸国のように隣接している所では、大事な通信はクーリエ（使用便）、そうでないものは暗号電報というようなことになっている。ワシントンの海軍々縮会議で日本側の機密電報が底抜けにアメリカ側に読まれていたことは、例のヤードレーの本に書いてある通りだが、今度の戦争前後の日本の外交電報も、同じような目に会っていたと思う……。（発言者・柳沢健）

私は、海軍の秘密電報が敵側に解読されていたというハッキリした情報は、きいたことがない。それに現実問題として、日本の暗号機械を使った電報を解読することは、なかなか困難だと思う。またそれが解読できたとして、実用に間に合ったかどうか……。

それはともかく、海軍の作戦部隊としては、重要な暗号通信が読まれたということは、私は知らない。が、軽度のものは、読まれたものもあるだろう。たとえば、飛行機の暗号書、――これなどは、機上で使うのだから、とても面倒な暗号は使えない、ルールがごく簡単だ、解くことは比較的易《やさ》しい。従って、飛行機の暗号書は最も頻繁に変えなければならぬ。ことに、前に述べたように、要地が攻略を受け、部隊が潰滅したような場合などは、暗号書が敵手に渡っておるかも知れぬ。それから、飛行機が落される、どこで落されて、どうして暗号書が敵の手に渡っておるか判らぬから、始終変えなければならぬ。だから、航空部隊が移動するときのいろいろな器材の中で、暗号書というものは重大なエレメントだ。随分大きな量になる。いろいろな種類があるし、それを飛行機にみんな持たせてやり、それがまた、どんどん消耗するものだから……。それから、だんだん敵の進攻作戦が進んで来て、こちらの防衛戦が内方に引っ込んで来る、外廓に孤立したような要地が沢山できて来る。たとえば、ウェーキとか、戦争中期以後のラバウル方面、ニューギニアの各地、といったところに孤立した要地ができ、しかもそことの交通がほとんど断絶してしまい、艦船による交通は絶対にできぬ。飛行機も稀《まれ》には往復できるにしても、確実には行かない。潜水艦による交通だけというような状態になって来た。ところがこの潜水艦の輸送連絡すら被害続出で、なかなか思うようにゆかぬ。従って、重要な兵器とか糧食といったものの輸送が困難になったのはもちろんだが、暗号書を送ることができないようになり、孤立した部隊と全然通信ができなくなってしまう。ニューギニア北岸のウェワク附近にカイリル島というのがあるが、それは私が連合艦隊に行く直前、十九年の四月のことだが、米軍がニューギニア北岸に上陸作戦をやり、その方面にあった艦隊司令部が潰滅してしまったものだ。ところが、あと残存部隊があった。が、その残存部隊の状況というのは、終戦に到るまで一つも連絡がなくて、全然判らなかった。戦争が済んで初めて、こんな者がまだ残っておったということが判った。そういったような状況で、通信連絡には非常に苦労した。

第六篇　最後の連合艦隊司令長官

山本司令長官

山本大将とは、開戦の直前には会う機会はなかったが、開戦後私が呉におった当時、連合艦隊旗艦が内海西部にちょいちょい入って来たので、その機会に同大将と数回呉で会ったことがある。しかし当時は、戦争がどんどん進行しておったので、開戦の経緯とか、それに対する山本大将の所見などを、二人の間で話し合う機会はなかった。従って私がお話しする太平洋戦争決意に対する山本大将の所見というものは、私の単なる想像に過ぎないので、直接同大将から聞き、あるいはその外の人から山本大将の言として聞いたのではないものだが、私の観たところ、同大将は決して太平洋戦争の開始に賛成であったとは考えられない。全くその反対であったと思う。もっとも同大将は、十四年の九月から連合艦隊長官になっており、開戦のときにはすでに二年余を経過しておったわけなので、その間日支事変はますます深みに入って行くし、対外関係も険悪になって、いろいろなことが起るかも知れんというので、同大将としては、連合艦隊が万一の場合に即応することができるように戦力の充実、艦隊の訓練に一生懸命精進しておったことは事実だ。そんな次第だから、開戦前に直接中央部から意見を徴せられたかどうかは知らないが、徴せられたとしても、連合艦隊の長官としては、この対米英に対する戦争遂行には反対だといったような戦争否認の言動をとることはできぬ立場にあったろうと思う。それは、近衛手記に出ておる例でもわかる。

それで同大将としては、心中には平和的の国交調整に固い希望を持っておっただろうが、立場からしてはその意思を直接に表明して、それを強硬に他に反映させるということができにくい。従って私は、開戦の場合のハワイ攻撃の問題をそれに結び付けて想像するのだが、山本大将がハワイ攻撃を言い出し、軍令部は、それは非常な大投機で、もし失敗すれば万事おじゃんになってしまうと、氏の希望を容れるのになかなか難色があったということ、それに対して同大将は、もしハワイ攻撃を許さぬならば自分は艦隊長官として責任を持って作戦に従事することはできないと、職を賭してハワイ攻撃を主張したと、こういうことになっておるのだが、私はこれをこういうふうに解釈する。即ち、山本大将だって、ハワイ攻撃が非常に危険で、うまく行けば戦局が有利に展開して行くことはもちろんだが、一歩間違えば元も子もなくなってしまうことは、百も承知だったと思う。それで同大将としては、もしどうしても戦争すると言うならば、それぐらいの危険を侵《おか》す覚悟がなければ始められん、というような警告の意味で、このハワイ攻撃を主張したのではないかというふうに想像する。真珠湾作戦の兵術的の意義価値というものを考えて見ると、もしどうしても対米戦争をやらなければならんとなれば、アメリカ艦隊の活動力を一時封殺して、日本の狙っておる南方作戦を遂行するということが、どうしても根本条件になると私も思う。だから私は、兵術的に見てハワイ攻撃は危険ではあるが必要なもので、従って山本大将の主張に間違いはない。――というのは、対米戦争というものはそれ程非常に危険なものだが、その危険を侵さなければ到底その目的を達することはできないという、そうした根本的素質を持っておると思うからである。山本大将の主張は間違いはない。それを軍令部が反対したというのは、ただハワイ作戦がうまく行かなかった場合の結果から考えて用心をした、この用心という点からそれに反対した、こう思うのである。しかし軍令部としては同大将が一番大事な作戦部隊の最高指揮官をしておるので、その進言を無視することができず、それを容れることになったのだと、私は観測している。

ハワイ攻撃は、ああいうように予想以上の戦果を挙げたのだが、あれが非常に大きなギャンブリング（博奕《ばくち》）だということは、事前でも事後でも間違いないことで、同じような作戦をさらに繰返してやって一体どのくらいの成功率があるか、おそらく半分あるかないかで、私は、決して大きな成功のプロバビリティーはあり得ず、やはり危険なものと考える……。

——山本大将は、その時になってもなお、日米開戦を止めさせようと思ったのだろうか?
(発言者・木村毅)

そこまで考えたかどうかは分らぬが、多少そういう気持ちがあったのじゃないかとも思う。それはともかくとして、作戦上純理論的にそれを主張した。それはハワイの艦隊がそのまま健在でおっては、南方作戦は到底できない、一週間か二週間の余裕はあるかも知れないが、やがて南方あたりにどんどんでてくるということ……。

一方このハワイ奇襲を山本大将の博奕癖のせいに帰する人もあるようだ。事実先生は、非常なギャンブリングの天才で、ブリッジをやるし、博奕場に行ってルーレットもやるし、この方面のいろんな逸話がある。しかし、いくら奕才に富んでいても、国家の死命に関する大戦争に、一かばちかやって見ようというような考え方を持ってやったとは、ちょっと考えられない。

もともとハワイの先制攻撃というような作戦計画は、図上演習などでは余り考えてはおらなかったものだ。大体ハワイまでは手を出さん、向うの進攻作戦をハワイ以西の西部太平洋で邀撃《ようげき》する、——こういうのが一応作戦の根本の樹《た》て方であったように思う。日米間の決戦だけならばそれでよいわけで、ハワイをやらなくてもよいのだ。

今次の戦争の目的というのは、まず南方を戡定して、そこの資源を抑えて、戦争遂行の持久態勢を確立しようというのにあった。まず南方戡定をやらなくてはならんということ、――これは、今までの作戦計画や図上演習では、太平洋戦争の空気が濃厚になるまでは、必至のこととは考えていなかったものと思う。

古賀司令長官

古賀君が横須賀鎮守府の長官から連合艦隊に行き、その代りに私が軍事参議官から横鎮長官になったことは前に述べた通りだが、この古賀君が前任者の山本長官の後を追うように太平洋の上空でまた惨死した。それで私は、またぞろ古賀君に代って連合艦隊司令長官になることになる運命を辿らされることとなったのだが、ここでは先ず古賀君のことから述べて行こう。

古賀君は、兵学校は私の次のクラスだが、兵学校卒業後の学生生活では大学校の二年間が一緒だった。一緒に勤務したことはそれだけ。後年――昭和八年秋、私が軍令部の二班長から連合艦隊参謀長に転出したときに、同君が私の後任に来た。それからあと同君は軍令部系統が多くて、軍令部二班長二年の外に、支那事変が始まってから間もなく嶋田君のあとに軍令部次長を約二年やった。その後私が二艦隊長官を十四年の暮に去って艦政本部に行ったとき、同君がさらに後任となって二艦隊長官になって来たのだ。そういう関係は相当深かったが、一緒に勤務したこととてはなかった。若いときは、軍務局や大臣官房に勤務、軍政系統の経歴が多かったが、晩年は軍令部系統の閲歴が段々多くなったようだ。大変真面目な、緻密な頭脳を持った男で、非常な勉強家だった。

――山本大将が、今度の太平洋戦争は初めは俺のように暴れ廻る奴がよいが、戦争がある程度まで行ったら、今度は艦隊を成るべく失わないように、熱い湯に入ったようにじっとそれを守る人がやらなければいかん、それをなし得るのは海軍では古賀が一番適任だと言って、山本大将は古賀大将を初めから意中に持っていたという話があるが……。（発言者・木村毅）

それはそうかも知れぬが、私自身それは聞いたことはない。

――それから、アメリカの二世部隊がヨーロッパへ行って戦争したものを読むと、古賀さんが逝《な》くなったときに、日本の海軍の作戦の書類がアメリカに取られた。それでアメリカがそれを二世に読ませた。それで、日本海軍がどういう作戦をしておるかが分り、それから対日作戦がやりよくなったということが書いてある。（発言者・木村毅）

そうかも知れない。同君の死んだ場所はどこであったか、終戦まではっきりしたことは分らなかったが、終戦後進駐軍が日本に来てから、フィリピンのどこだかでその残骸を

――落ちたのを、発見したという情報を、ちらっと巣鴨で聞いたことがある。が、どこで発見されたのか、それからどういうものが残っておったか、そういう具体的なことは何も

知らない。

当時の通信諜報によると、十九年の三月三十一日、古賀君がパラオからダバオに飛んだ際、天気が悪くて着水できずにとうとう山にぶつかるか不時着して、その飛行機が潰滅してしまった。ところが、その晩にフィリピンの内部から異常に沢山電波が出たそうで、微勢力なものだが、敵信を始終傍受しておるので、それが判った。私は、連合艦隊に行って間もなくそうした話を聞いた。もっとも、あのとき飛行艇二機でパラオを発ってダバオに行ったわけだが、参謀長の乗った方の飛行艇がセブの近所で不時着して、一部の者は死んだが、一部は助かった。これに反して古賀長官の乗った方の飛行艇は、どこに不時着したのか日本側には判っておらぬ。ただ、その晩盛んに電波がどこかフィリピン群島内部から出たので、古賀君の飛行機の不時着を見てすぐにその情報が出たと見るのが至当のようだ。もともとフィリピンの中では、ゲリラ部隊と言うが、アメリカの兵隊や士官も沢山入っており、通信機もちゃんと持って、始終外部と連絡していたものだ。そして、とうとう終までフィリピン内部の掃蕩はできなかったのだ。

古賀君のおった一年間は、作戦としては、ガタルカナルの撤収からあとはすっかり受身の作戦になってしまい、十八年の三月に中央では第三段作戦として防衛線をずっと縮小して、全く作戦の立て方が専守防禦に転換し、自主的な進攻作戦を全然止めてしまったもので、従って、古賀君の行ったときにはずっと左前になっておったわけだった。

なお古賀君とは、前任後任とはいうものの、事務引き継ぎも何もやらなかったことは前に述べた通り。四月十八日に山本君が戦死して、それから数日経って古賀君は南方に行ってしまったので、鎮守府は留守になり、そのため当時航海学校長であった三川《みかわ》〔軍一《ぐんいち》〕中将が横須賀長官代理をやっておった。その代理というのも海軍部内一般には発表していなかったようで、一般の者には、長官代理ができたというのでそれを不思議がる者もいたし、また外部の者から長官はどうしたかと聞かれて、「南方に行った」「何用で行った？」どうも詳しいことは判らないというふうで、ごまかすのに困ったというようなことをきいたものだ。ただ私が同君に会ったのは十八年の八月だったか九月だったか暑いときのことで、旗艦はたしか「武蔵」だったと思うが、南方から帰って東京湾に来たことがある、その時だった。当時陛下が、初めて「大和」「武蔵」クラスを御覧になるというので、連合艦隊に行幸になった。私は横須賀にいて警衛の関係もあるし、陛下のお供をして「武蔵」に行ったので、そのときにちょっと古賀君に会った。それから鎮守府にも挨拶に見えたが、何せ戦況が左前になっておるので、非常に沈痛な顔をしておったものだった。

長官に就任す

こんなわけで古賀君が死んだので、私が後任として連合艦隊に行くことになったのだが、何故そうなったかということになると、自分には判らない。もし先任順というのなら、その前年古賀君が連合艦隊に行くときに、私の方がそこに行くのが順番であったかも知れぬ。しかし、山本君が戦死したあとで私がそれに推されても、自分としては決して適任者である、俺が順番だというふうには私は考えなかっただろうと思う。従って、古賀戦死のあとに私が呼ばれたときも、とうとうお鉢《はち》が廻って来たという感じはしたが、私は適任じゃないというように考えていたものだ。それは四月の三日のことだった。その晩横須賀の官舎で寝ているところに、通信隊の士官が親展電報を持って来た。それは海軍次官からの電報で、古賀君が行衛不明になった経緯を述べてあっただけだったが、さてあとどうなるか、どうかすると貧乏籤《びんぼうくじ》が私に廻って来ぬものでもないという、一抹の不安がなくはなかった。が、翌朝まで何とも言って来ないので、これでは行かなくて済む、外に適任者があるのだと思っていたところ、朝十一時だったか海軍省から電話が来て、今日午後海軍省に来てくれと言って来たので、とうとう来たかと思ったものだった。それで私は東京に行ったのだが、そのときも車の中で考えて、嶋田君（その当時大臣と軍令部総長と両方を兼任しておった）に対する応酬の肚を決め、その上で同君に会ったわけだ。ところが、予想した通りのことを切り出されたので、私は、第一に戦争始まって以来私はずっと内戦部隊に勤務しており、外戦部隊の作戦に直接関与していないこと、また戦争の始まったときの経緯についても私は関係していないこと、したがって今作戦の最高指揮官としてその責任の地位に就っくということは、自分自身適任でない、外に適任者がある。また戦争はすっかり防衛態勢になって、どんどん進攻して来る敵を抑止することができずに、一歩々々さがるような状況になって来ておるし、戦争遂行の全般のちからというものも下り坂になっておるので、戦勢は非常に悲観的である。だから重責を自分が引き受けてもこの難局を打開する確算は自分には到底立たぬ。だから、このお話は真っ平《ぴら》御免蒙《こう》むると、切《せつ》に嶋田君に述べたものだ。ところが嶋田君は、それは判っておる。誰が出たって、この戦局に善処して盛り返して見せるという確信のある者は一人だってありはせぬ。しかし、誰かが引き受けなければならん。従ってこの問題は、別に君に相談するのではない。意見を聞くのでもない、ただ念のために通告するだけのことなので、事柄はすでに伏見の宮様の御承認を得ており、万事は決定しておるのだから……ということで、問答無用、論議を許さず、——こういった態度だった。それに、「実は君の人事について内奏するために今これから参内することになっているのだ」というようなことを言う。そんなことを押問答しておるうちに、とうとう説得されて引き受けなければならないような羽目になったわけだ。その当時においても、またその後においても、あの前後の戦況というものは、御承知の通りどうにもこうにも仕様がないような有様だった……。

そのとき私が、連合艦隊の長官として意中にあった人と言えば、それは人によって観方も違うだろうが、航空に経験を持った人、作戦の推移にずっとフォローしておる人、——

そういう人が、資格として一番適任ではないか、その点南雲《なぐも》〔忠一《ちゅういち》〕辺りがよいのではないか。もっと若い人にもあるにはあるが、そう若い人にすると、今度は全般をひっくり返さなければならぬようなことになって来る。当時連合艦隊に艦隊長官というのが二十人ぐらいはいたであろうから、余り若い人を持って行くと、非常に大きなひっくり返しをしなければならぬ。急流で馬を全部替えなければならぬというふうなことになっては大変。それが南雲ならそういう心配はない。南雲の上に高須四郎《たかすしろう》がスラバヤにいたが、彼は二年余りも勤務していたので、もう替わって休養してもよい時期になっていた。従って、高須君一人を替えれば南雲を持って行ける。――と、こういう気がしたものだった。南雲の外の意中としては、小沢治三郎《おざわじさぶろう》という人。この人は戦《いく》さ上手で、立派な将軍だが、少し若過ぎた。彼より先任の人が当時連合艦隊にまだ二、三人おったようだ。だから、小沢君を持って行くと大分大きな異動をやらなければならぬ。それでなければ、嶋田君が自分で戦さを始めたのだから、先生が乗り出してやるのも一案だなという気もした……。

――しかし南雲さんは、ミッドウェイ作戦の責任が大分あると思うが……。（発言者・木村毅）

責任がある。だから、これは南雲個人の問題だが、彼の立場から言っても、ミッドウェイの失敗を償うために一つ乗り出すといったような考え方もあり得る訳だ。ミッドウェイの直後に南雲はどういうことを考えていたかは知らないけれど、あの時の参謀長の草鹿《くさか》龍之介《りゅうのすけ》がある所に書いたところによると、南雲はあのときに自分が率いておる母艦四隻を失ってしまい、非常に大きな責任を感じて、もしかしたら思いつめた処置にでも出はせぬかと草鹿が心配して、南雲に進言しておる。大事な時だから、軽率なことをしてはいけません、ということで南雲を引っ張って戦場から退っておる。そうだとすれば南雲としては、そのあと無為で過したのでは意味がないことになってしまう、責任が重大なだけに何か償うような積極的な行動に出るのが、彼としては出処進退の常道だろうと思う。その意味から言って、私は彼が連合艦隊に行っても、決して行き方が間違いだと見る必要はない、と思ったのだ。

しかし、南雲君が適任だということは前々研究したわけでもなし、私自身非常な確信を持っていたというわけではなかったが、適任者は私より外にまだあったという気はしたものだった。それに私は、航空方面に全然関係を持ったことがない。なるほど艦隊長官として、自分の部下に航空部隊を持ったことはあるが、その外の勤務で航空重点の職務に就いたことはないし、事実航空のことも知らないのだから、この際何と言っても、航空に体験を持った者の方がずっとよい。その点南雲は、ハワイ海戦のときからの航空部隊の最高指揮官をやっておったのだから、適任だと思ったわけだ……。

最後の連合艦隊

それはそれとして、私が連合艦隊に行く少し前の三月連合艦隊内の編成替えがあって、機動艦隊というものができた。この機動艦隊というのは、ちょうどアメリカのタスク・フォースとアイディアは同じで、航空母艦の艦隊（第三艦隊）を根幹にし、それに戦艦部隊、それから巡洋艦、駆逐艦等の補助部隊からなる艦隊（第二艦隊）を併せて作った大艦隊で、この艦隊が一指揮官の下に統一指揮されて水上部隊の作戦に当る訳だ。そして連合艦隊司令長官は独立旗艦に乗って機動艦隊の外におり、連合艦隊全隊の作戦指揮に当るのだ。そして機動艦隊が戦闘をするときには、連合艦隊司令長官は戦況に応じて、戦場に入って直接戦闘に参加することも出来るし、また他にあって作戦全般を指導することもある。こういうアイディアが機動艦隊編成の目的だった。

ところが、古賀は「武蔵」に乗っていたが、二月（十八年）のことだがトラックで空襲を受け、どんどん敵の進攻部隊がカロリン群島の内部に進入して来たので、それまでトラックを連合艦隊の前進基地としておったが、そこにおれなくなって、パラオまで引き退がった。ところが、三月の下旬に、パラオが敵の機動部隊に空襲され、パラオにもおれなくなり、艦隊はもっと下《くだ》って、マレーの南端、――マレーとスマトラとの間にあるリンガ泊地に退却してしまった。そこで、連合艦隊司令長官があすこまで引っ込んだのでは全般の作戦指揮ができない、中央とも連絡が充分に行かないというので、取り敢えず陸上に基地を移すというアイディアで、三月末に旗艦から司令部だけ下りて、まずダバオに行きそのあとは通信施設（連合艦隊司令部のためには相当大きな通信施設を必要とする）を急速に設営してサイパンに移る。そして、大体防衛前線の一角に占拠して作戦全般を指揮しよう、——こういう腹案であったとのことだ。ところが、司令部がダバオ移転で全滅してしまい、そのあとに私が行くことになったのである。

それからもう一つは、主力部隊の戦艦を独立旗艦に取って、機動艦隊の作戦指揮下から離すことにすると、大きな戦闘力の要素を一つ抜くことになるので、独立旗艦なら戦艦でなくても巡洋艦でもよいではないかということになり、十九年の初め頃から「大淀《おおよど》」という巡洋艦（これは潜水戦隊の旗艦用として建造したもの）を連合艦隊長官の旗艦にするために、改装に著手しておった。それが私が五月の初めに着任する直前に完成したので、取り敢えずこれを私の旗艦に定めた。ところが、サイパン方面における陸上の連合艦隊司令部施設は、私が長官に任ぜられた時にはまだ著手はしておらず、その代り「大淀」は東京湾に在泊しておった。当時戦勢は、敵の本格的大規模の進攻作戦が目睫《もくしょう》に迫っており、作戦計画に大きな転換をしなければならず、それに、いろいろな兵力、防備施設の充実再建、——そういう方面にも格別の工夫努力をしなければならず。また司令部の職員は古賀時代の者は参謀が四人残っていただけで、あと二十名近くの幕僚は全滅と来ているので先ず司令部の陣容を新しく整えなければならぬ。そういうわけで、中央との連絡を非常に頻繁、密接にする必要があり、これでは外地に出ておったのでは措置ができない。

それというのは、無線でやれば連絡はつくのだが、連合艦隊長官が直接乗艦から電波を出すということは、旗艦の所在を敵に知らせることになって具合が悪い……。われわれは敵の暗号は読めなかったが敵信傍受は不断に努力して、向うとの通信の系流というか、トラフィックを始終研究しておると色々なことが分る。あの旗艦はどこにおるというような事に、方位測定をやるから位置をロケートすることができる。誰の長官の旗艦には昨日はどこどこから電報がどのくらい行ったとか、そこから何が出たというようなことで、大体敵側がどういうことを意図しておるかの判断がつく。たとえば、次の作戦が起る間近かならば、次の作戦の性格とかあるいは敵の指向方向がどっちだろうかということも、大体想像ができる。このことは我々は非常に力を注いで研究しておった。

そういうわけで、旗艦が自分で電波を出すということは、作戦上極力慎しまなければならぬ。だから、軍艦に乗っており、中央と密接な連絡をとるには、有線電話の連絡のあるところでないと具合が悪いわけなので、私が行く前から第一の所在は東京湾、第二の所在は内海西部ということになっていた「大淀」に乗ることとし、海底ケーブルを敷設して、大本営とは海上から有線電話で直接連絡し、無線を打つ場合にも自分の艦からは電波は出さずにケーブルを使って東京郊外の大和田《おおわだ》や船橋《ふなばし》の送信所のキーをオペレートする、所謂《いわゆる》遠隔管制で電波は陸上から出すということとし、受信だけは直接自分のところでやるということにした。

　それともう一つは、前に述べた機動艦隊ができ、水上部隊だけは機動艦隊長官が自分で全兵力を握って指揮するから、連合艦隊長官は必ずしもその動くタスク・フォースと一緒に行動する必要はない。即ち、太平洋全般に配備してある海軍の作戦部隊全般を指揮すればよい。……こういったことになって、連合艦隊司令部というものは、昔の日露戦争はもちろんのこと、近時のものとも性格が非常に違って来て、ちょうど軍令部と似たような計画指導機関になってしまった。アメリカは早くからこのことに着想して、戦争が始まると間もなくキングは、合衆国艦隊長官であると同時に軍令部長になっておる。合衆国艦隊の司令部と軍令部とが合体してしまった。日本もちょうどそういう状況になって来たわけだ。現に私が行く前から、連合艦隊というものは必要ない、軍令部に纏めてしまったらよいではないかというアイディアを持っておる人もあったくらいだ。が、私は、アメリカと同じ式にするには根本的に軍令部というものの性格を変えて行かなくてはならない。ところが、軍令部は陸軍の参謀本部にちょうど対応したもので、同じ機構と性格を持っておるのだから、海軍だけがそういった全海軍の指揮権を持つという機構に改めることはできないし、陸軍も一緒に道連れにするということは大問題で、到底実現性はないので、私はそういうラジカルな制度改革は望まなかったが、そこまで行かずとも何とかせねばならぬということだけは考えていた。

ところが古賀君が戦死したために約一ヶ月間空白時代ができ、連合艦隊司令部の機能が全く停止してしまった。もっとも、官制上は、連合艦隊長官に事故があった場合には次席の指揮官が指揮を代行するということにはなっており、それによって次席の指揮官である高須がスラバヤにおって連合艦隊を指揮する建前にはなっていたが、あの局地のスラバヤにおって南西方面艦隊司令長官という任務を持っておっただけで、連合艦隊全般の作戦には通じていないので、実質的に連合艦隊全体の作戦指導ができるはずはなかった。また高須司令部の陣容から言っても、それは困難だった。だから、実質的に必要なことは、軍令部から大体指示をして作戦指導をやっておったのが実情だった。もっとも、その一ヶ月間は割合に戦勢が平静で、余り大きなこともなかった。ただ四月下旬に、ニューギニアの北岸ホーランジアに米軍が上陸したが、それ以外は各戦線とも割合に静穏だったので、大した指揮の渋滞混乱はなかったが、何れにしても連合艦隊司令部がもし事故があったときに、重大な戦局に直面していると、大変な間違いが起る。自分はこれから戦況によってはどんどん飛び廻らなければならないし、また海戦の起った場合状況が許せば、戦場近くまで行って激励し、実際の戦闘を指導しなければならぬ。いつ何があるか分らない。そのときには、次席者の指揮代行でなく、作戦全般を最も良く知っておるのは軍令部だから、軍令部総長が臨時に作戦指揮権を持ち得るというような制度を、一つ考えてくれないかという註文を出しておいたのだが、これも前述した軍令部、連合艦隊合体問題と似たような問題で、実現は出来なかった。

この軍令部総長が本質的に作戦指揮権を持たないということは、一般にはちょっと不審かと思われる。現に、私の裁判でも、アメリカ人にそれを了解させるのになかなか骨が折れたものだ。日本の軍令部総長は向うの軍令部長と同じようなもので、全体の軍隊指揮権を持っており、天皇から出た命令を伝達し、自主的に作戦指導をし、連合艦隊その他の艦隊、鎮守府、警備府等の作戦部隊全般を思うように指揮する権限を持っていたのだろうというのが、米人の一般認識だったらしい。これは米国人だけでなしに、日本でもやはりそういうふうに考えておる人があるのではないかと思う。ところが、軍令部の官制から言って、軍令部総長というのはどこまでも天皇に対する幕僚機関なのであって、帷幄の機勢に参画しというような言葉が使ってあるが、国防用兵に関する大命を伝達するという伝達権しかないのである。そして、天皇の大命を伝達する時に、作戦の細項に関しては軍令部総長をして指示せしむという特別の御委任が大命の中に書いてあるのが例で、それによって初めて作戦の細項に関する指示権を賦与されるというわけなのである。しかしこの指示権はどこまでも大命の範囲内で、軍隊に対する総括的の指揮権ではない。従って、それを訂《なお》すということになると、軍令部、参謀本部ができて以来の伝統的の観念を、根本的に改めて行かなければならないことになるので、とうとう私が在任中はもちろんのこと、終戦に至るまでそういうことは実現しなかった。

そういう状況で、当初私は必ずしも東京湾にへばりついておる積りではなかったのだが、中央との連絡を非常に密接にしなければならなかったので、とうとう東京湾から余り離れることはできぬこととなった。ただサイパン作戦のときに、一ヶ月余り内海西部、——広島の南の柱島《はしらじま》水道という大島の北方に行っていたことがある。ここは開戦当初からずっと連合艦隊の基地にしていたところで、山本君なども南洋方面に出て行く前は、連合艦隊の主力部隊はこの柱島水道におった。あすこは外から見えにくい所で、警戒し易く、大艦隊の泊地に最も適しておった所だった。

こんな具合にして「大淀」に乗り東京湾におって余り動かないことにしていたが、東京との通信連絡は必ずしもよくなく、風波があったりするとときどき海底ケーブルが故障して通信が不通になる。また人をやるとなると、船から陸上に上って東京に連絡するには一往復に一日もかかる。これでは艦におる甲斐はないし、また外にも出て行けない。寧ろ陸上がよかろうと、私が行ってから二、三ヶ月経って、連合艦隊司令部は陸上に移ることになり、場所を物色した結果、十九年九月の末に「大淀」を下りて、日吉《ひよし》の慶応の寄宿舎に移った。それからずっと終戦まで、連合艦隊司令部は日吉におったわけだ。

第七篇　サイパン敗戦記

サイパン作戦

私は、連合艦隊長官に就任した日軍令部に行き、関係主要職員の列席の上で、一般戦況と作戦計画の根本方針とを聞き、さらに各戦略要衝の防備あるいは兵力の配備現状を説明してもらったものだ。そのときに、サイパンは難攻不落だ、各戦略要地の中でサイパンが一番堅固だという話を聞かされた。それで私は、そうかと思って割に意を安《やす》んじておったのだが、しかしあとになって見ると、これは飛んでもない間違いで、一向何にも出来ていないことが判った。貼りつけた兵力も、輸送の途中潜水艦の襲撃か空襲かを受けて海没した部隊で、ほとんど手ぶらでようやく着いたというような兵力が大部分だったらしい。海没部隊で、装備も貧弱だし、訓練もできていない。私が聞かされておったのと大変な違いだ。これは非常に意外で、あのときどうしてああいう説明をされたのか、今でも不思議に思っておるくらいだ。この時の陸上防衛担任は無論陸軍だが、作戦全般は海軍の南雲（中部太平洋艦隊司令長官）が海陸両軍を統一指揮していた。陸軍は第三十一軍司令官小畑《おばた》（英《ひで》良《よし》）だった。それが、南雲の作戦指揮下に入っておったのだが、これは南雲が陸上防衛戦の細項まで指揮をするという意味ではなく、海陸両軍の関係を規整するための指揮を限度としたものだった。ところがあとで聞くと、南雲も軍司令官も、敵がサイパンに来るとは全然考えていなかったという話だ。サイパンなんぞに来るものかというような気持ちだったという。……ことに軍司令官は、サイパン戦の始まる少し前からパラオに行っており、敵上陸の直前までサイパンには来ないと言っていたそうだ。これはいろいろな人から聞いた。

このサイパンの防禦工事は、まるで出来ていなかったらしい。やったにしてもほんの旧式な、昔流の貧弱な設備でしかなかった。その二年近くも前に、ガダルカナルの争奪戦で向うの作戦部隊の装備が如何に優秀であるかはよく判っていたはずだから、そんな工事、防備施設ではやってゆけぬということは、充分に判っていなければならぬはずなのに、やはり自分で体験しないと、他人の経験とか中央の意見とかいうものは、ピンと来ないものらしい。やはり自分でそういったことに会わないと……。そこに遺憾があったのだと思う。

これは私が、サイパン作戦のあとで参謀長の草鹿君から聞いた話だが、草鹿は古賀君が戦死したあとでラバウルから引っこ抜かれ、私の司令部の参謀長になって来る途中、サイパンに寄って南雲長官にも会い、いろいろ話をしたと言っていた。そのとき南雲長官は、「サイパンなんぞには敵はとても来やせん」ということを言っておったそうだ。それで草鹿は、「いや、そうとも言えない。いつ何があるか判らない」というような意見を述べておいたと言っておったものだ。そんなわけで、連合艦隊の司令部では、サイパンに敵が絶対に来ないとは考えていなかった。トラックについては、その可能性は余りないと思っていた。というのは、トラックをやったのでは、第一こちらの防備も相当厳重であり、大きな犠牲を払ってそこを取っても、それではいわゆる定石で、一歩々々押して行く、能率の悪い進攻作戦になるわけ。それに、トラックを取った場合、直接日本側としての脅威あるいは損害は、ラバウル方面と内地との連絡が中絶するだけのことだから、敵としてはそれだけでは内地方面に近接、ということにはならない。

マーシャルからトラックを廻って北に上ったのでは、迂回になる。やはりトラックよりもサイパンの方が、敵の進攻の可能性が多い。こういうふうに考えられた。しかしこちらの概観的防備の態勢としては、マリアナ列島以西、カロリン群島の南北にわたる海域を目途としていた。また、二月三月におけるトラック及びパラオの空襲から見て、敵の進攻方向の先端は、フィリピンに達しておる。近い将来の敵の主作戦目標はフィリピンだろうということは、大体考えられていた……。

いずれにしても敵がサイパンにやって来た場合、非常に戦さがしにくいと思って、随分研究したものだった。私は着任後約三週間この作戦研究を守り、さらに次の段階の作戦計画を立てたものだった。が、いろいろやって見たが、サイパンに上陸作戦が起ったのでは、こっちの機動部隊がサイパンまで行って有効な反撃を加えるという計画がどうしても立たない。その一番大きな原因は、艦隊附属のオイル・タンカーが足りないということ。そのためには、僅か数万トンのタンカーがあればその計画は立つのだが、何せ内地の液体燃料は窮迫して、一滴でも余計に南方から送って貰いたいというような状況。ところが艦隊専属のタンカーは、横辷《よこすべ》りでボルネオ方面から油を取っておったが、その輸送行動中に敵潜の襲撃を受けて損耗する。内地からはなかなか船腹を補充してくれないので、サイパン戦が始まると、八万トン以上必要だというのに五万トンくらいしかなかった。そういった状況で、どうしても作戦計画が樹たない。やっとのことでサイパン戦の前にでき上った作戦計画というものは、マリアナ方面に敵の進攻作戦が起った場合、所在兵力でこれに対応するということ。これに肚を決《き》めて、その計画を樹てておった。もっとも、サイパンの防備は堅固だと考えていたことは前に述べた通りだった。ところが、実際はその一番具合の悪い所に敵はやって来たのだ。

それで、サイパンもあっという瞬く間に落ちた。七月上旬まで、約三週間ばかりで。その間、反対上陸とか援軍派遣とか、そういうことをやってサイパンを奪回せよと、元気のよい掛声は頻りにあったが、算は全く立たない実情であった。

兇報来

今でも不思議に思うのは、連合艦隊司令部に陸軍の参謀が常時専属しておったが、これはもっぱら陸軍との作戦連絡、それからいろいろ陸上作戦に関する知識を我々に供給するために、連合艦隊に専属しており、中央の陸軍統帥部や出先《でさき》の軍司令部あたりに始終連絡して状況を提供しておった、――その陸軍参謀が、サイパンの上陸作戦がはじまってから参謀本部に行き、間もなくそこから帰って来て我々に、にこにこしながら、「今度は面白い戦さができますよ。みんな追い落して見せます」と、非常に元気のよいことを言っておる。ところが、どうして実際はとんでもない、まるで赤ん坊の手を捻じるように簡単にやられてしまった……。

あのときは、敵の戦艦が主砲で陸上射撃をやった。戦艦主砲の対陸上射撃というのに直面したのは、日本の陸軍としてはサイパンが初めて。南方のガダルカナル方面ではそういう場面は起らなかった。それで吃驚《びっくり》したわけだ。旧式の貧弱な防禦工事に、十四吋《インチ》、十六吋の戦艦主砲を打ち込まれたら問題ではない。そのときの現地の陸軍部隊から、中央に来た報告は、ほとんど悲鳴に近いようなものがあった。戦艦一隻の砲力は、砲兵六ヶ師団の砲力に相当するといったような……。しかしこれは少し過大な評価で、戦艦が一分間に主砲を何発打つ、そして主砲が何門ある、だから一時間には何発出る。それだけの弾量を砲兵師団が打つには何ヶ師団の砲が何門なければならん、――こういう勘定から割出したのだろうと思うが、戦艦がそんなに、一時間も主砲をのべつ幕なしに打ち続けておったら、持っておる弾はなくなってしまう。だからそうはいかないのだが、とにかく大きな砲を打込まれたものだから、吃驚したらしい。

が、そういう悲鳴を聞かすと作戦部隊に非常に悪い印象を与え、怖気《おじけ》さしてしまうから、連合艦隊からも軍令部に註文した。そういう評価、認識は間違っておる。戦艦というものは、陸上の砲兵師団と同じように弾薬の補給がどんどん勝手にできるわけではない。決してそんなものではない。そんな判定を勝手に下して、外の作戦部隊まで同じような恐怖の念を起さしては大変だから、一つ是正して貰いたい……。といったような註文を出した。しかし、その後レーテでは主砲は余り打たなかったし、リンガエンでも打たなかった。がそのあとで硫黄島、それから沖縄で打たれて、また主砲の脅威を満喫したわけだ……。

要するにサイパンでは、みんな追い詰められて逃げたという状況だった。もう陸上部隊としては、海上の攻略部隊に対する反撃の兵力とか手段は何にもなかったのだ。上陸用舟艇のような小さなものに類するものはあったろうが、援護射撃の戦艦に対しては手も足も出なかったのだ。結局航空部隊より外にないのだが、その航空部隊がまた、サイパン戦の劈頭《へきとう》に我々の予期に反してまずい結果になってしまったのだから、どうにもならなくなってしまったわけだ。というのは、十九日早朝に、マリアナ基地、――主にテニヤン、グアム、サイパンから索敵機が出た。小沢君の機動艦隊からも索敵機が出た。その結果、グアムから出た索敵機が敵の機動部隊を捉まえて、その位置を報告した。その敵情報告に基いて、各部隊が攻撃部隊を出したのだが、肝腎のその敵機動部隊の位置の報告に間違いがあった、何でも、図上で粁《キロメートル》で測ったのを、浬《かいり》〔一八五二メートル〕と打ったのだ。大変な間違いだ。粁が浬ではだいたい倍になる。その結果、攻撃隊がとんでもないそっぽに行ってしまったわけ。もちろんそこには敵はいない。そのうちに時間が過ぎてしまった。基地航空部隊は基地に帰らなければならん。ちょうどその間に、小沢君のところの旗艦の「大《たい》鳳《ほう》」という一番有力な大きな航空母艦と、もう一つ「翔鶴《しょうかく》」というそれに次ぐ有力な母艦が、潜水艦のためにやられてしまった。運が悪いというか、作戦行動に油断があったというか、詰《つま》らないことで作戦劈頭に二隻の空母を失くしてしまった。だから、その飛行機が母艦に帰れず、陸上基地に行く、またその他の攻撃飛行機で、索敵に暇がかかって燃料を使い過ぎ、母艦まで帰れず基地に行ったものもあるというようなわけで、グアムの基地附近に沢山集った、そのところを今度は、敵の機動艦隊の飛行機にやられてしまったというようなわけ……。

とにかくそのときは……今から言えば馬鹿と言えば馬鹿な話だが、朝のうちは索敵機は順調に出た、敵の位置も捉まえた、各攻撃隊が発進したというので、連合艦隊司令部ではいい気持ちになって、作戦は順調に行っておる、今度こそ相当の戦果を挙げ、アッと言わせてやる、今晩は御馳走を作っておけよなんて言っておったものだ。ところが昼頃になって、はたと機動艦隊の連絡通信が杜絶してしまった。おかしいな、どうしたのだろうと思い始める。だんだん時間が経《た》つにつれて不安になる。とうとう夕刻になって、「大鳳」「翔鶴」が沈没、旗艦変更の兇報が続いて来て、すっかり作戦がおじゃんになったのである。

その時私は、「大淀」に乗って、内海西部におった……。

こういうわけで、六月十九日の戦闘には、第一機動艦隊の旗艦「大鳳」、続いて有力な航空母艦の「翔鶴」を失い、同時にその艦載機の大部分、それにマリアナの各航空基地から作戦をしていた第一航空艦隊の飛行機もほとんど全滅に近い被害を受け、他方戦果らしいものとてはほとんど確実なものは見られなかったわけだった。それで、第一機動艦隊長官の小沢中将は部隊を整頓してさらに後図を策する必要があるというので、十九日の夕刻、第一機動艦隊全体に、北西方に一時後退し、燃料の補給、部隊の整頓をして次の作戦を計画するように命じ、一時避退した。ところが翌日になって、敵機動部隊飛行機の追蹤攻撃を受け、こちらは飛行機の勢力も少いしするので充分な反撃もできず、さらにそこで空母「飛鷹《ひよう》」を失ってしまった。あとに残った飛行機は、第一機動としては数十機を超えなかっただろうと思う。

戦勢がそういう状況なので到底大勢を挽回することは困難だと見、連合艦隊司令部は大本営の海軍部——即ち軍令部と相談の上、機動艦隊全部内海西部に引き揚げよという命令を出し、残っておる船は全部六月二十四日に内海西部に帰着した。つまり、内海西部におった旗艦の「大淀」のおる場所に、機動艦隊が全部集って来たわけだ。で私は艦隊の帰着後、ただちに作戦の報告研究会というものを開いた。

サイパンの悲劇

この作戦がどうしてこういうことになったのかというと、いろいろ錯誤もあったが、一番具合の悪かったと思う点は、基地航空部隊と艦隊水上部隊との協同動作が円滑にゆかなかったということ。しかしこれは、事前から判っておることだった。そもそも基地航空部隊というのは、陸上基地から作戦をして水上部隊の決戦に協同する部隊で、水上部隊との通信連絡の密接、円滑、その他兵術上の思想の一致などということが非常に必要で、平常から密接な連繫を保って訓練をやらなければならない。ところが、私が連合艦隊に行った前後の状況というものは、当時の基地航空部隊の主兵力は第一航空艦隊で、主としてマリアナ方面一部の兵力をフィリピンその他南西方面要地に分散配備してあったのだが、水上部隊は私が行く前、トラックの空襲、パラオの空襲というようなことから、前進した位置に待機することができず、前述のように、マレーの南方のリンガ泊地を基地にして、そこで訓練をやっておった。従って、マリアナとは大変懸け離れた所なので、実際に基地航空部隊と協同して機動作戦の演練をやるということは、到底できなかったものだ。これは当時の戦局が許さなかったので、基地航空部隊と水上部隊との協同作戦については、初めから私は少なからざる不安を持っておったわけだった。不幸にしてその不安が現実に戦果に現われて来たというわけだ。この点はサイパン戦だけでなく、そののちのレーテ海戦においても、やはり同じようなことを感ぜられたものである。

次にまた、サイパンの失敗の一原因は、サイパンの陸上防備が極めて薄弱であったことで、これは前述の通り、戦艦主砲の攻撃と敵上陸軍の優秀な装備には一たまりもなくやられ、上陸軍に反撃を加えることができなかったということである。

それからもう一つは、航空兵力に後詰めの兵力がなかったということ。全く、手いっぱいの戦さをした。当時、横須賀及び関東地区に若干の航空部隊があって、これが北方から母島を中継基地にして、マリアナ方面に作戦することになっておったのだが、そのとき不幸にしてマリアナから南方諸島――小笠原群島及びその以北の伊豆諸島方面の天候が悪かったために、硫黄島方面になかなか飛行機が進出できなかった。辛うじて出たものも、やはり天候が悪くて充分の作戦ができなかった、ということ。しかしこの兵力は、余り大きなものではなかったが、それでも、天気でもよく、もっと敏活にやったら、多少の戦果を挙げることができたのではなかったかと思う。すべての条件がわが方に不利々々といったような要素が重なっておったような状況で、左前になって来るとどうにもこうにも仕様のないもので、とうとうサイパンは失陥せざるを得ないようなことになってしまった……。

第一機動艦隊が内地に引き揚げた後、まだサイパンの陸上では防衛部隊が苦戦しておるという状況で、国内ではサイパン奪回とか、あるいは増援軍を派遣するとかいう声も相当やかましく、軍部だけでなしに朝野挙《ちょうやこぞ》って、そういう希望あるいは意見が湧き立っていたようだが、大局を観察すれば、当時としては兵力もないし、海上権、制空権ともに敵側に握られており、兵力増援といっても、それは到底仕様がない。飛行機そのものが、今も述べたように後詰めの兵力を初めから持っていなかった。手いっぱいの戦さをしておったので、手も足も出なかったような次第だった。

私は、六月の下旬に内海西部から東京湾に帰って来た。そして、サイパン戦という私が連合艦隊長官着任第一着の重要な作戦に、非常に大きな失敗を演じたので、私は責任の非常に重大であることを自覚し、自分で手紙を書いて、大臣に進退伺いを出した。小沢機動艦隊長官も進退伺いを書いて私の所に持って来たが、同中将の進退については連合艦隊長官として私は権限を持っていないので、イエスともノーとも言えず、小沢中将には、「実は自分も責任を感じておるのだ。したがって、君の進退については、自分が彼是言うべき職責も持っていないし、現在の立場から言っても何にも言えぬ。ついては、君の進退伺いは大臣の所に私から進達するから……」と言って、私のものを小沢中将の進退伺いと一緒にして、大臣の所に提出した。それに対して大臣は、「作戦がうまく行かなかったことは遺憾だが、その責任を連合艦隊長官に問うという心持ちはすこしもない。時局は重大であるから、一層奮励努力せんことを望む」と、いうようなことで、慰留されてしまった。小沢中将にも手紙で大臣から、そういった慰留の言葉があったということをあとから耳にした。

サイパンの最後は、七月の六、七日頃だったと思う。残兵は山中深く隠遁して、相当後まで抗戦したり、また降服する者もあったようだが、戦力としては考えることのできないような状態だった。それから続いてグアム、テニヤンと、マリアナ各要地に上陸作戦があったが、これに対しては第一航空艦隊の兵力は全然ないので、もっぱら関東方面における航空部隊、――これもごく小勢力のものだが、それを使って散発的に空襲を加えたといったようなわけで、大規模の反撃作戦とか、奪回戦などをやる余力もなく、連合艦隊司令部では、朝に一城、夕に一砦と失陥して行くのをじっと見ていなければならんという、随分苦しい状況だった。それよりも当面の一大事は、すっかり潰滅した航空部隊の再建ということで、その方にもっぱら力を注ぐこととした。それがほとんどレーテ作戦まで続いたわけだ。その間敵側の主な進攻作戦としては、九月の半ばにペリリュー、モロタイ（ハルマヘラの北端にある島）に上陸作戦があったが、これに対しても、附近に残存したごく弱小の航空部隊でときどき偵察あるいは奇襲を加えるくらいのもので、敵の上陸部隊に対する反撃は、全く所在に配備した陸上部隊の敢闘に俟《ま》つより他に策の施しようもなかった次第だった。

そこで連合艦隊も軍令部も、爾後の作戦の計画、兵力の整備ということを第一義的にやったわけだが、次の作戦はずっと防備線を引っ込めて、日本本土から台湾、フィリピン、ジャワ方面を繋いだ線を防衛線ということにした。その前の防衛線は大体、マリアナ、カロリン、ビスマーク群島の線だったから、このサイパン作戦を契機として、防禦線が千浬余後退したわけである。

第八篇　斜陽下の太平洋

捷号《しょうごう》作戦

サイパン失陥直後東條内閣が倒れ、小磯《こいそ》〔国昭《くにあき》〕内閣ができた。数日して、作戦研究のため私は軍令部に二、三日行ったことがある。その機会に新海軍大臣の米内君の所に挨拶に行ったら、大臣が一番に私に聞いたことは、戦局の見通しはどうだ？　今年いっぱい保てるか？　という質問だった。それに対して私は、極めて困難だろうと、ごく簡単に答えたのだが、この質問から見ても米内君が、終戦を第一の任務として海軍大臣に出馬して来たことが判った。そして、同君が開戦直後から何とかして早く終戦をやらなければならんと考えておったと伝えられているが、それは恐らく本当であろう。私は、難しいだろうとは言ったが、連合艦隊長官としては、戦さに勝ち目がない、泥田の中にますます落ち込んでしまうばかりだから、速《すみや》かに終戦に導いてくれと、直截《ちょくせつ》に口を切ることは、立場上ちょっと出来なかった。

しかし私は、前に米内大臣の下で軍務局長をやったこともあるし、その前後にも半公半私的に接触する機会がたびたびあって、お互いの心持ちはよく判っていたので、私の簡単な返事の中に、私としては、作戦部隊の最高指揮官としてとにかく当面持っておる任務に精進する外に方法はない、一生懸命やるから、大臣は大臣として好機を捉まえて終戦に導いて行くように工夫工作をして貰いたいという含意のあることは、二人の間に了解されておったと、私は当時考えていたものだ。いずれにしても、連合艦隊長官としては終戦工作は出来ない、表向きに弱音を吐くわけにも行かない、当面の作戦任務に邁進するより外に仕様がない。それで、兵力の再建、整頓や、次の作戦計画を立てるのに、没頭したような次第だった。

次の作戦は捷号作戦と命名された。捷号作戦というのは、前述したように、大体防衛線を本土から南西諸島、台湾、フィリピン、それにフィリピン以南の要点を結ぶ線とし、そこで敵を邀撃する作戦で、地域によって一号、二号、三号というように区分されていた。即ち、捷一号がフィリピン、捷二号が台湾及び南西諸島、捷三号が日本本土、捷四号が北海道及び千島《ちしま》というふうに。このうち三号、四号なぞというのは当面の急務ではなく、作戦の準備としては捷一号を優先的にやる。結局、敵の次に来る進攻作戦の指向方向は大体フィリピンだという判断に基いた訳だった。

ところが、サイパン作戦で、第一航空艦隊はほとんど全滅し、機動艦隊の航空母艦の艦載機もほとんど全滅に近いような状況で、陸上海上ともに航空部隊としては再建をやらなければならない。それで、陸上部隊としては第一航空艦隊をフィリピンを主要基地として再建する。それから第二航空艦隊を充実する。この第二航空艦隊は、サイパン戦の少し前に編成ができていたが、まだ充分訓練ができていなかったので、サイパン戦にはほとんど使わなかったもので、それを急速に充実し、まず九州方面に主要基地をおいてそこで訓練をして、作戦が始まったならば、台湾、フィリピン方面に急速進出して、第一航空艦隊と一緒に作戦をやる。それから水上部隊――即ち第一機動艦隊のうち航空母艦を根幹とする第三艦隊は、飛行機がなくなったので、内地に残留して飛行機の充実、搭乗員の急速錬成を実施する。爾余《じよ》の水上部隊、即ち第二艦隊は、リンガ泊地方面に進出待機してさらに訓練をする。大体こういうような段取りで兵力再建を行ったわけであった。

ところが捷一号の作戦で、フィリピンに敵が来たときにどういう戦さをするかという問題だが、結局海上の航空兵力、機動部隊の兵力が量も練度も所要に達しないので、堂々と洋上に遠く進出して敵の機動部隊とぶつかって洋上決戦をやるという目算がどうしても立たぬ。それで敵の機動部隊に対しては、もっぱら基地航空部隊、――これは台湾、フィリピン方面を基地にした航空艦隊、即ち第一航空艦隊、第二航空艦隊を以って、機会のある毎に敵の機動部隊に攻撃を加えて、これが減殺、撃滅をはかる。そして、敵が上陸部隊を伴って上陸地点に来た場合には、成るべく敵の機動部隊を外の方に牽制し、同時に基地航空部隊の護衛の下に水上艦艇を敵の上陸地点に突入させて、上陸兵団の殲滅《せんめつ》を図る、――大体こういう作戦の根本方針だったわけだ。これは全く兵術の常道を外れた作戦計画というの外はない。制空権の十分ない所に、洋上決戦の水上部隊の主力を以て上陸地点に突入するというのだから、非常な兵の奇道だ。しかし当時としては、そういう奇道をやらなければどうにも外に手の打ちようがない。もし安全を庶幾《しょき》したならば、後ろに退って退嬰《たいえい》無為《い》に過す、敵の進攻をじっと見送る、という以外に方法がないわけだ。それは到底出来ないので、奇道ではあるが、こういう苦しい作戦計画を立てたものであった。

九月の半ばにモロタイ、ペリリューの上陸作戦があって、上陸した敵は急速に飛行場を整備し、ことにモロタイからは間もなく大型機がどんどんフィリピン各地に進攻して来るようになった。さらに十月初旬から、敵機動部隊の南西諸島及び台湾空襲が始まった。それがレーテ作戦の前奏曲になったわけである。

私はその少し前十月七日に幕僚少数を連れて、マニラに出かけた。それは、次の戦場がフィリピンであることが大体確実だと見られたので、前線各地の状況もよく視察し、それから将兵を大いに激励してやろうと思ったからだった。

マニラには海軍の長官では三川中将が南西方面艦隊長官兼第三南遣艦隊長官、寺岡《てらおか》〔謹《きん》

て大将として陸軍は南方総軍の司令官寺内《てらうち》〔寿一《ひさいち》〕大将と
十四方面軍司令官山下奉文《やましたともゆき》大将がいた。

私は当初、マニラだけでなしにもっと南の方——セブ、ダバオ、タクロバン方面も見たいと思ったのだが、行って見ると敵の空襲が相当激しくて、私の乗った鈍重な輸送機では行動がなかなか困難であり、もし行くとなると護衛の戦闘機を相当附けなくてはならず、私が動くために作戦部隊から護衛戦闘機を取るということは、貧弱な作戦部隊の兵力を殺《そ》ぐことになるのと、もう一つは、行きがけに台湾でちょっと風邪を引き、三日ばかり休んで暇を潰したので、とうとうマニラ附近を見ただけで他の地域を見に行くことができなかった。そして、九日に台湾に戻り、その翌日内地に帰る積りでいたところ、十日の朝から敵機動部隊の沖縄空襲が始まり、翌日は台湾各地に来襲、爾後連日南西諸島及び台湾の空襲が続き、いわゆる台湾航空戦が始まった。私は結局足留めを喰って、台湾で作戦全般の指導に任じたのだが、そのとき私が連れて行った幕僚は、副官を入れて三人だけだった。

その頃連合艦隊司令部は、すでに陸上の日吉に移っておったのだが、どうも日吉と台湾との通信連絡がよろしくない。また台湾における航空艦隊の司令部では通信諜報機関が不充分で、敵側はもちろん味方の方のことについても、よくは作戦全般の状況が判らない。当時日吉の留守司令部から、私のところに航空だけの捷号作戦発動を令してよいかどうかを聞いて来たものであるが、台湾では全般の状況が分らないから判断が出来ない。結局、軍令部と相談の上決定発令してくれということを参謀長に言ってやったような次第だった。そんなわけで、私は台湾航空戦中は台湾におったのだが、作戦全般の推移は、細かいところになるとなかなか分らず、結局留守の司令部に戦局の判断は委しておったようなわけだった。そしてやっと十八日に台湾を発って、真っすぐ日吉に帰ろうと思ったところ今度は九州の天気が悪く、十八日、十九日と二晩大村で泊らせられ、二十日にようやく日吉に帰って来たという始末で、結果から見れば、レーテ作戦の直前に私が二十日近くも司令部を留守にしたということは不適当のことだった。

台湾沖航空戦

この台湾沖航空戦は、大本営発表では相当大きな戦果を挙げたことになっていた。大本営発表をその儘《まま》信用し難いことは前にも述べた通りだが、アメリカが言うように、日本の発表した戦果が全く出鱈目で、荒唐《こうとう》無稽《むけい》だと言い切れるかどうか、その辺はどうも判らないと思う。当時相当の痛手をアメリカが蒙ったことは、確報を得ていた。

しかし、爾後どんどん活潑にやって来たのだから、大本営が発表したような、それ程大きな打撃を向うに与えたということも事実でないことも争われないだろうと思う。しかし、数々の撃沈報告の外に、戦艦が行動の自由を失って曳船で逃走しておるとか、空母は傾いて油を流しながらほとんど停止しておるというような、比較的信頼性の高い情報もあった。前述したように私は、航空作戦の戦果については現地部隊からの報告をそのまま鵜呑みに盲信はしない。その当時においても事後においても、いろいろな情報、状況を参照して、成るべく間違いのないところというので判断しておった。そのためには、大本営発表よりもうんと割り引きして考えなくてはならんということは承知しておったが、結果から言うと、割り引きして胸算用しても、やはりまだ戦果を大きくエスティメートしておったという嫌いはあったと思う。

台湾沖航空戦では第一、第二航空艦隊、それが十月十日からレーテ作戦まで……レーテ作戦は二十四日、二十五日だから、約半ヶ月続いたわけ。この間に、つまりレーテ海戦が起る前までに消耗した飛行機の数は、相当大きなもので、神風特攻隊が芽を出す誘因になっている。

特別攻撃隊

神風というのは海軍ではシンプウと呼ぶ。この神風特攻隊を大本営が発表したのは、二十八日だから、レーテ海戦の直後だ。しかし、その前にもああいう体当り攻撃をやった人もあるし、またやらなければといった空気もあった。ただそれをオフィシャルに声明したのはレーテ海戦の直後だ。同時にまた、航空艦隊としてあれを組織的にやり出したのもレーテ海戦の直後だった。

体当り攻撃を組織的に航空部隊でやり出した直接の動機は、レーテ作戦で第二艦隊がほとんど丸裸であのフィリピンの中の運動不自由な多島海、――シブヤン海を、敵機動部隊飛行機の攻撃圏内で非常に大きな損害を受けながらそれを突破してレーテ突入を試みた、これが航空部隊の者に非常に大きな衝動を与えた。艦隊がほとんど丸裸で、ああいう無謀というか、大胆極まる、言語に絶するような行動をやったのに、航空部隊がこれをただじっと見ておってよいかというような、強いインプレッションを与えて、それで急速に特攻攻撃がほとんど上からの指令ではなくて、部隊の下の方から盛り上って来た。自然の力と意気とで出き上ったというわけで。それは後に軍令部次長になり、終戦時に自決した大西《おおにし》〔滝治郎《たきじろう》〕中将が、当時第一航空艦隊の長官としてフィリピンにおったが、この大西が特攻攻撃を始めたので、この特攻攻撃の創始者だということになっておる。それは大西の隊で始めたのだから、大西がそれをやらしたことには間違いはないのだが、決して大西が自分一人で発案して、それを全部に強制したのではない。もっと遡ってそんな考えを持っていた者は他にも少なくない。現にサイパン戦の直後に航空母艦の艦長で城《じょう》〔英一郎《えいいちろう》〕という大佐が、直属長官に特攻攻撃を主張して、味方は寡勢であり、それに錬度が十分に上っていない。そうした搭乗員で優秀な敵に対処するには、体当り攻撃以外他に方法はない。

どうか自分を特攻攻撃隊の指揮官にして貰いたい、そうすれば部下を訓練して比較的弱兵でも、また錬度不十分でも、戦果を挙げる確信があるから……というような意見書、嘆願書を出したことがある。それと同じような意見を持っておる人は、相当あったようだ。――しかしまだ、組織的に特攻攻撃を命ずるというような空気にはなっていなかった。私がマニラからの帰りに台湾に滞留中、ちょうど大西中将が第一航空艦隊長官になって内地からフィリピンに赴任する途中にそこに来ていて、二日か三日同じ航空隊におったことがあった。そのとき大西の話に、とても今までのやり方ではいかん、戦争初期のような錬度の者ならよいが、中には単独飛行がやっとこせという搭乗員が沢山ある、こういう者が雷撃爆撃をやっても、ただ被害が多いだけでとても成果は挙げられない。どうしても体当りで行くより外に方法はないと思う、しかしこれは上級の者から強制命令でやれということはどうしても言えぬ。そういう空気になって来なくては実行できない……と述懐していたものだ。その大西君がフィリピンに行って実戦を指揮して、いよいよその必要を痛感して、部下の指揮官に内意を言い、同時に搭乗員の気持ちあたりもいろいろ観測して、結局搭乗員の若い者がやろうというようなことを言い出し、その結果ああいうことになったというのが真相だ。

この特攻隊は、初めは相当戦果を挙げたものだが、何しろ護衛機が附いて行くのが建前になっておるのだけれども、実際突込むところまでは見届けないのが相当ある。「われ何々に突入す」といった電信を打って突込む、そうして帰って来ない。それだからと言って、それが果して命中したかどうか、これははっきりは判らない。しかし普通の雷爆をやったのに比べれば、特攻の方が戦果は挙っておると見て然るべきで。レーテ作戦前後の飛行機消耗率は一ヶ月一〇〇％。たとえば、二百機持っておる隊に一ヶ月二百機注ぎ込むが、消耗がひどくて依然として二百機。だから統計上は、内地から進出した者は命が一ヶ月しかないということになる。そういうような状況だから、特攻をやらなくとも死ぬ。それならむしろ、命中確実の特攻の方が余程得じゃないかという考えに、全部が全部かは知らないが、なっていたものだ。

これに対してすぐアメリカでは防禦策を講じた。それは、護衛の戦闘機を殖《ふや》せば、特攻機が突込む前に打ち落せるというのだ。対空防禦ではなかなかいけないからだ。特攻機はサァーッと上から急降下で降りて来るのだから、確実に打ち落すには対空防禦では十分の効果はない。だから先方でも、こっちの飛行機が非常な高空から行くならば高空エヤー・カバーをおくとか、機動部隊の陣形を変えて外周に防禦砲火の強い艦艇をおくとかいうように、いろいろ戦術上の対策は講じておったようだ。それにしても、これは実際自分でやって見なければ判らないだろうが、特攻機が真っすぐ急降下で行きさえすれば外れっこはない、――こういうのだが、急降下をやる間の二十秒、三十秒というものは、とにかく非常に異常な心理状態なんだろうと思う。ことにそれが錬度の低い若年兵だというと、果して計画通りに自分の飛行機を向うにぶち当てることができるかどうか？　これも随分疑問じゃないかと思う。どうもアメリカは、特攻機をそう高くは評価していなかったようだ。スイサイド・プレーン（自殺機）とか、ハラキリ機とか言って……。

レーテ作戦

前述したように、レーテ作戦は二十四日から始まったが、十七日にレーテ湾のすぐ外にあるスルアン島の見張から、戦艦などが近接して上陸する気配が見えるという報告があった。私は台湾におる間に、次にはレーテの作戦――そこに上陸をするということは、分っていた。それで十八日頃だったので、捷号作戦の全体の発動を命令し、ついで上陸地点突入期日を十月二十五日と予定したものだ。

レーテに敵が上陸するときの作戦計画というのは、第一、第二航空隊はフィリピンを基地として敵機動部隊の攻撃及び第一遊撃部隊の掩護に任ずる。栗田《くりた》〔健男《たけお》〕中将の率いる第二艦隊は第一遊撃部隊として上陸地点に突入する。この第二艦隊というのは、戦艦、巡洋艦、駆逐艦を主体にした水上部隊。小沢中将の率いる第三艦隊は、機動部隊本隊として牽制佯動に任ずる（小沢中将は第一機動艦隊長官であると同時に第三艦隊長官を兼務していた）。小沢隊は内地で訓練をやっておったのだが、まだ極めて錬度が低くて、一部は全然実戦に適せず、その他も海上や機動作戦をするだけのステージには達しておらず、敵の機動部隊に正面からぶつかって海上決戦をやるということは、兵力からいっても錬度からいっても、到底物にならないので、結局牽制部隊として使うより外に仕方ない。それで北の方から南下佯動して、敵の機動部隊を成るべく北の方に吊り上げ、その留守の間に栗田中将の率いる第二艦隊をレーテ湾に突入せしめて上陸兵団の撃滅に任ずる。その外に巡洋艦を主幹した第五艦隊があったが、兵力は大したものではない。これは第二遊撃部隊として、やはり北の方から下げて小沢中将の第三艦隊とともに敵を牽制誘致する。なお好機があれば、突入作戦に参加する。――こういうのが大体作戦計画の構想だった。

第二艦隊はスルアン島から敵情報告があってから、リンガ泊地を進発して、ボルネオ西岸のブルネーに待機しておったが、二十二日頃ブルネーを進発してレーテの方に向った。ところが非常に不運なことには、フィリピン、パラワン島の西岸を北上中、二十三日に敵潜水艦の襲撃を受けて、一万噸《トン》巡洋艦二隻は沈没、一隻は大破し、栗田中将は旗艦を「大和」に変更するといったような災厄に遭って、いわゆる出鼻《でばな》を挫《くじ》かれてしまったのだった。それでも予定通り進撃を続け、二十四日には、パラワンの北を廻ってシブヤン海を東進中に朝から敵機動部隊の猛烈な連続空襲を受けた。「武蔵」が大きな被害を受けて落伍し、「大和」も爆弾魚雷を受け、その外巡洋艦や小艦艇にも被害続出という報告を受けた時には、連合艦隊司令部の作戦室では一同悲壮な感に打たれて、多くを語るものもなかった。

昼過ぎになってもまだ空襲がずっと続いておるので、我々はそのときに、これは果して作戦の遂行ができるかどうかを非常に心配したものだった。この儘進撃を続ければ全滅するかも知れない。栗田長官は苦しくなって引き返すかも知れない。しかし今引き返したところで、水上を走る艦隊が飛行機の追撃を免《まぬが》れることは困難だ。進んでも退いても被害は五十歩百歩の差だ。それに、一遍退却をすれば再興は困難で、作戦全般を捨ててしまうことになる。……こう考えた私は、苦慮した挙句遂に意を決して、第一遊撃部隊に対し「天佑を確信して全軍突撃せよ」という電令を出したものだ。が、かけ替《が》えのない海上兵力の根幹と多数の最良の部下をみすみす死地に投ずる決意をするには正に熱鉄を呑む思いをしたものである……。

この突撃命令を出してしばらくしてから、栗田中将から電報が来た。それは、「一時西方に避退し、敵の攻撃を回避して後図を策せんとす」というのだ。その電報を受け取ったときに、果してこっちから出した突撃命令を見てからその電報を出したのか、それとも見ないうちに出したのかどちらだろう？　と、ちょいと判断に迷ったものだが、電報の発信時刻を調べて見ると、明らかに向うの方が後に出ておる。突撃命令の方が先だ。しかしその間の差がいくらもない。三十分足らずだ。三十分では、あるいは通信混乱中で、不達か遅達かも知れぬ。見てないのかも知れない。突撃命令を受けて引き返すということは考えられない。これは多分見ていないのだろうというので、念のためにもう一度、同じ電報を繰返して打ったものだ。ところが後になって調べて見ると、その当時通信がどうしたわけか混乱して、非常な遅達をして、どっちの電報も数時間ぐらい経って届いており、栗田中将は私の突撃命令を入手する前に、一度西方に退避した針路を再び反転して、東方に進撃を続けておったことが分った。結局、突撃命令は打っても打たなくても、同じだったということになったわけだ。それにしても小沢中将の隊は、敵の機動部隊を北の方に吊り上げ、その留守中に栗田艦隊に上陸地点突入の間隙を与える予定だったのだが、牽制がうまく行かなかったわけだ。それは、牽制のために豊後水道を出撃した後頻りに偽電を発信し、電波をどんどん出して敵にこちらの位置、行動を偵知させ、敵機動部隊を誘致するに努めたのだが、送信器の不調か何かで電波が出ていなかった。味方で受信したところが一つもない。そういう詰《つま》らない、実に馬鹿げた……これもやはり物と人との技術上の欠陥と言える事故のために、もともと犠牲球の気の毒な役割も、十全の目的を達することが出来なかった。

アメリカ人の書いた『レーテ海戦』という書物の中に、豊田は非常に大きな錯誤をしておる。それはレーテ海戦の始まる前台湾沖航空戦で小沢隊の飛行機を消耗して、小沢隊が出て行ったときには飛行機の勢力は非常に弱くなっており、機動部隊としての能力を持ってなかった――というようなことが書いてある。

ところがそれは誤解で、台湾沖航空戦で小沢隊の飛行機を使ったのは、海上で機動的に作戦できないような、練度の低い飛行機を使ったので、残ったところのどうにか使えるといったものも練度はやはり非常に低くて、飛び出しは飛び出したが母艦には帰れない、陸上基地に行って着陸するといったものが、大部分という状況だった。小沢隊は、敵の機動部隊に対して互角の作戦をやるといったような期待は初めからなかったので、母艦には乗っておるが、基地航空部隊と大して違わないもので、牽制も飛行機の兵力は余り当にせず、航空艦隊の行動で敵の部隊を牽制誘致できればよい、という計画であったわけだが、いざ実施となるといろいろな齟齬のために作戦がうまく行かず、敗戦ばかり続けたような次第であった。

二十四日に、シブヤン海で栗田の第二艦隊が非常な被害を受けたのは、やはり航空兵力の援護が足りなかったからだ。栗田の隊としては、戦艦及び巡洋艦に水上機数機ずつを持っておるだけで、空中戦をやるような艦上機、陸上機というのは一機も持っていず、空中護衛はすべてフィリピンを基地にして作戦をしておる第一、第二航空艦隊からやるということになっておったのだが、第一、第二航空艦隊も台湾沖、続いてあったフィリピン沖航空戦で兵力の消耗が大きく、十分の護衛飛行機を送ることができなかったという情状ももちろんあるが、その根本はやはりサイパン戦のとき述べたように、基地航空部隊と水上部隊との協同に関する兵術思想の統一と実際の訓練とに欠陥があったことが挙げられると思う。それは、基地航空部隊としては、敵の機動部隊を発見した、また一方では味方の艦隊が敵方に進撃しておるからその護衛をしなければならん、という場合に置かれて見ると、どうしても心持ちが敵の方に惹《ひ》かれてしまう。消極的な護衛よりもまず積極的な攻撃。こういったふうに頭が向き勝《が》ちになるのが自然の人情で、これを是正するのにはやはり、教育訓練以外に途《みち》はないと思う……。

それから、基地航空部隊と艦隊との協同ということについては、私が連合艦隊におった作戦の全期間を通じて、どうも物足らん感じが非常にあった。しかしその物足らなさも、それまでの戦局が応接に遑《いとま》のないようにめまぐるしいのと、色々な制約を受けて、訓練をしようにもするような機会も余裕もなくて過ぎてしまったわけで、どうにも仕様がなかった次第だ。

話はちょっと戻るが、前述の第一遊撃部隊に対して突撃の命令を出したというのは、私が黙っておれば栗田部隊は苦しくなって退却するかも知れない、ところがもともとこの作戦は栗田隊を枢軸として各部隊が協同作戦をやっておるのだから、芯棒《しんぼう》がなくなれば作戦全体が崩壊してしまう、そうなれば敵は大手を振ってレーテ上陸を実行し、あすこを拠点としてフィリピン全体の攻略を着々としてやるに違いない。フィリピンが敵手に落ちれば、日本の内地と南方との交通線は遮断され、南方資源を確保して戦争の持久態勢を強化するという構想は根本から崩れてしまうわけだ。同時にまた、前線にはり付けてある兵力は、内地との交通が遮断されれば戦用資材の補給は受けられないことになる。海軍が栗田部隊を南方に保全しても、結局は栄養不良に陥って自滅するの外はない。それかといって、内地に引き揚げたのでは燃料が得られぬ（当時内地における液体燃料はもっぱら南方からの還送油に依存していたので、南方との交通が遮断されれば、内地では艦船用燃料は一滴も得られない）。結局艦隊を持っておったところで宝の持ち腐《ぐさ》れだ。ただ当面の安全を期するために退嬰無為に過すというのでは、自分の責任を尽す所以《ゆえん》ではない。突進を続ければ全滅の危険はある、しかし成功の算も絶無ではない。多少でも算があればやはり進むより外に途はない。――こう考えて。乱暴と言えば乱暴かも知れぬが、ああいう措置に出でざるを得なかったわけだった。敗戦後に事後判断をすれば、無謀だ馬鹿だといったような批判や悪罵はいくらでも出るだろう。しかし、昔から歴史を見ても、戦勢非なるときに、唯当面の安全を念として、いわゆるフリート・イン・ビーイングで退嬰無為の裡に艦隊を温存し、戦略的または政略的のサイレント・プレッシャーに使った例が沢山あるが、これは兵家としては非常に戒しめておるところだ。私は連合艦隊長官時代に、先輩あたりから、直接ではないが伝言として、大事をとってフリート・イン・ビーイングの汚名を残すことだけは止めろよという忠告を受けたこともある。けだし安易を願うのは人情の常だから、兵力温存の思想が瀰漫しては戦争は出来ぬものなのだ……。

ところが、栗田隊にこの突撃命令が届かぬうちに同隊は一時の退避から反転して東方に進撃したことは前述したが、二十四日の晩栗田隊は勇敢にもサン・ベルナルジノ海峡を突破して、翌朝サマール島の東で敵機動部隊の一隊を捕捉したものだ。これには向うは非常に吃驚したらしい。前日に「武蔵」沈没、「大和」その他が傷《きず》つくという大きな被害を蒙ってておるにかかわらず、翌朝突如として眼の前に大きな戦艦が現れたのだから、非常に遽《あわ》てふためいたものだ。ところが、栗田隊は進撃することはしたのだが、結果においてその追撃が不十分だったので、敵は窮地を脱して余り大きな被害もなく済んだ。しかしそのときはアメリカ側は青くなったらしい。終戦後日本に来たアメリカの調査団から私も聞かされ、外の者にも聞いたのは、「何故あのときにもっと一、二時間追撃しなかったのだ？　あのとき日本がもっと追撃したらアメリカ側は全滅だったのに……」ということだった。私は、実はそんな大きな海戦とは思っていなかった。ところがアメリカでは、ほとんど世界戦史に稀な大海戦だというふうに言っておる、あのレーテ海戦を——。そして暗に、栗田君の追撃——攻撃精神が充分でなかったということを非難しておるのだが、私はそれに対してコメントを加えないことにしておる。ことにそういう局地の戦場におけるタクティックスは、何千哩《マイル》も後方から連合艦隊長官が、追撃しろのどうのと言うべきものではない。それは転瞬の間に戦勢が変化して行くのだから、現地における最高指揮官が判断をすべきものので、私が号令をかけるべきものではない。その前日出した突撃命令は栗田部隊ばかりでなく、全作戦部隊に関連するものだから、それを全体に示したわけだが、このサマール島海戦は現地指揮官が判断すべきものだ。それに栗田君は、追撃出来るのに止めたというのではなくて、そのときにいずれ自隊の危険が予見されたとか、追撃しても充分の戦果を挙げることが困難だと判断したから止めたとか、だろうと思うが、私は栗田君から別に弁明を聞いてはおらない……。

一体兵術全体がそうだけれど、ことに局地における戦術ということになると現象の経過が急速で、判断処置に敏速を必要とするので、事後に判断をすれば、これは相場と同じように、何故あのときは売らなかったとか買わなかったとか言うのだが、その当時においてそれだけの判断ができなかったとすれば、批判は無理だということになるかと思う。もちろん、当然判断できるのに、それを誤ったとすればそれは問題ではないが——。

レーテに上陸してから間もなく、敵は非常に有力な建設部隊で飛行場をすぐ作る。そして陸上機がどんどん活動するようになると、もうマニラ附近、ルソン島の南半分ぐらいは敵の制空権下に入ってしまう。味方航空兵力の減勢に反比例して敵の空襲が激しくなり、十一月に入ると、マニラ湾内には艦船はおれなくなり、中旬までには、大体海軍の水上部隊はマニラからボルネオあるいは仏印方面に退避してしまったものだ。

陸軍は、マニラを輸送基地としてレーテ島に対する兵力の増援をやったが、輸送船団は陸軍で編成し、その護衛は海軍の護衛部隊がやり、その輸送梯団が十二月の上旬頃までに約十回出たが、相当被害もあったけれど、十一月下旬までには約四万の人員と、それに相当する資材とを、マニラ方面からレーテに送り込んでおる。当時連合艦隊司令部から現地に幕僚が行って視察連絡をした報告を綜合すると、敵がレーテに上陸したからといって、あすこですっかり死命を制せられて対抗できなくなるとは考えていない。だから、あすこは相当ちからを入れて、今に敵を追い落して見せるとか、あすこで粘っておれば、レーテ島は大体山地だから——東海岸には平坦地があるが、あとは大体山地で、向うの有力な機甲部隊の行動が余り自由でないので、日本の方には有利だ、もう少し物量さえ輸送できれば決して戦局は悲観するに当らないとかいうような報告が、十一月下旬ぐらいまでは頻々として来ておった。ところが、十二月に入ってから急に悪くなった。それは、敵が制空権を持ち、またあの多島海の中の制海権をすっかり握ってしまって、南の方のスリガオ海峡を通って輸送船団が内海に入り、レーテ島の西岸オルモック附近から上陸し出したからだ。これですっかりこちらの輸送基地を押えられてしまい、輸送船団も累次《るいじ》の被害で輸送が出来なくなり、自然自滅というようなことになって、どうにも仕様がなくなってしまった。

十二月に入ってからの山下司令部の情況判断は、レーテの奪回は到底出来ない。それから、マニラ附近は平地で敵機甲部隊の行動は自由だが、こちらの機甲部隊は貧弱だし、それに平地なので防禦工事ができないから、山地に引っ込んで、成るべく敵の大兵を吸収して、そこで持久態勢を作り、敵の日本本土進攻を一日でも遅滞さしてやろう——こういう作戦をきめたものだった。

フィリピン失陥前後

越えて十二月の十五日だったかに、今度はミンドロ島のサンホセに敵が上陸した。これに対し一時陸軍では、ミンドロ島に逆上陸をやるという計画だけはあったようだが、何せよレーテ島の輸送もできないくらいなので、方面は違うのだが、ミンドロ島に対しても輸送船団を送ることは到底計画が樹《た》たず、結局じっと手を拱《こまね》いて見送るより外に仕方がなかった。当時航空部隊は海軍も陸軍も相当消耗して残存兵力も極めて貧弱となり、敵の優勢な航空部隊を向うに廻して、上陸軍を攻撃するだけの力もなかったのだから、散発的のごく少数機の攻撃をときどき思い出したようにやるという程度で、手も足も出なかったわけだ。

一月早々になると、敵の輸送船団はミンドロ島よりも北に上って、ルソン島の西岸を北上するようになった。ミンドロ島に上った後に、陸軍も海軍も、次の上陸地点はルソン島だという判断はしていた。ただルソンの西岸か東岸か、マニラの南方か、それともマニラより北になるか、その判定はできなかったが、とにかくルソン島に上陸するだろうという判断はしておった。ところが一月早々、大輸送船団がマニラの西方をどんどん北上するようになった。そうすると上陸地点は、スビック湾のオロンガポ附近かリンガエンだ。これで、ルソン島、——しかもマニラ北方の地点に敵が上陸するということが分ったので、一月の四日か五日頃、山下司令部は急遽バギオに撤退することに決定した。

前からの現地協定で、海軍の司令部も山下司令部と一緒に山の中に入ることになっていたので、大川内《おおかわち》司令部（当時三川に代って大川内〔伝七《でんしち》〕が南西方面艦隊長官だった）は、五日の晩急遽マニラの防衛部隊だけを残してこれまたバギオに移ってしまった。あとは一般海上作戦の任務というものはなくなってしまったわけ。マニラ湾内には水上部隊は何もない。唯マニラ湾口の防備だけが海軍の担任として残った。そこには防備用の舟艇が多少あった、その外に機雷の敷設、奇襲兵器が張りつけてあったが、それだけが海軍の任務で、あとはルソンだけで海軍兵力は五万ぐらいおったが、それはかねての中央協定及びこれに基く現地協定（陸上戦闘に関する限り海軍部隊は所在の陸軍最高指揮官の指揮下に入れる）によって、山下大将の指揮下に入れてしまった。ルソン島以外のフィリピン各地でも、所在海軍部隊は敵の上陸が間近かになってから、逐次《ちくじ》に陸軍部隊の指揮下に入って陸上作戦をやったわけだ。

一月の八日頃、敵はリンガエンに上陸したのだが、もうその頃には海軍の航空艦隊はほとんど勢力を消耗し尽したので、第二航空艦隊は解隊し、第一航空艦隊は台湾に移駐した。

前述のように山下司令部はバギオに入ったのだが、間もなく敵がリンガエンに上陸してから一ヶ月も経たないうちにバギオ方面は盛んに爆撃され、到底バギオにもいられなくなり、山の中を転々として逃げて歩いたというような状況で、山下司令官が当初考えておったように、山地に敵を吸収して強靱な消極的抵抗作戦をやるということは全然できなくなったものだ。それは、一つには上陸軍だけでなしに、フィリピン至るところに蟠踞《ばんきょ》するゲリラ部隊に非常に悩まされたのだ。これは開戦当時のアメリカ敗残兵も相当沢山入っておったようだ。それが民兵あるいはフィリピン軍、さては住民を指導し、侵入軍と密接な連絡をとって、飛行機で銃器、弾薬、無線兵器など武器の供給を受ける。また武器を持っていない比島人は盛んにゲリラ的の活動をやってこちらの作戦の邪魔をする、というような有様で、ますます手も足も出ないことになってしまった。いわゆる腹背よもに敵を受けるというような状態で、フィリピンはもうどうしてもだめということになった。そのうちに二月になると、南支那海の制海、制空権は全く敵の手に帰し、南方と内地との連絡が完全に遮断され、フィリピン以南の仏印、マレー、蘭印方面、——あの広い地域に配備してあった兵力は、内地と全然連絡がとれなくなってしまった。それで大本営は、この地域にある海軍部隊を海軍の作戦指揮から引き離して、当時サイゴンにいた南方総軍司令官寺内大将の作戦指揮下に入れてしまったものだ。陸上作戦だけでなしに、海上作戦までも南方総軍の指揮下に入れたわけ。これはもはや海軍としては内地から出先の部隊に対して何も世話も焼けないし、南方から何も期待することも出来ない、結局南方における全兵力は一指揮官の下に統合指揮するのが適当であるということで、二月の上旬に南の方の艦隊は全部連合艦隊から引き離して寺内司令官の指揮下に入れることになったわけだ。

それにしてもフィリピンは、アメリカが四十年も統治した所だけに、この上なく土地案内を知っている。それに、サイパン作戦後前述した捷号作戦（フィリピン作戦）の計画を立てるときに私は、アメリカがやってくる時どこに上陸するかを研究さしたものだが、結論は、どこにでも来れるということになった。ルソン島でも、南方はミンダナオ島に到るまで、どこでも。ことにレーテ島、サマール島、——あの辺にはどこにでも上陸適地がある。そしてすべて飛行場が作れる……。

それに、レーテ作戦の後こちらが海上権を失い航空戦力も弱くなってからは、向うは傍若無人だった。あのスリガオ海峡を、連日百隻、二百隻の輸送船、上陸用舟艇などが、蜿々《えんえん》長蛇の陣を張って、白昼大手を振って通って行くのだから……。

第九篇　暗夜行

沖縄の苦戦

レーテの作戦が十月……、ところがもう十一月の一日には、サイパン作戦後着々マリアナ各地の航空基地を整備したアメリカ軍は、京浜上空に偵察のためB29を飛ばしてよこしたものだった。それが皮切りで、だんだん行動が頻繁になってくる。

ところが、サイパンから東京までは千三百浬ぐらいあるから、すこし遠すぎる。B29で往復はできるが、中間に不時着基地のある方がもちろん有利だ。そうなると南方諸島中でこれに適当の所は、硫黄島以外にはない。がこの島は、その当時B29の発着にはちょっと無理と思われたが、何せよアメリカの作業力と資材とを以《もっ》てすれば飛行場の拡張は容易にできる。どうもこの島を狙う公算が多い。そこで我々は、防衛態勢としては東支那海周辺地区、それから小笠原列島、ことに母島、硫黄島の防衛にもっぱら力を注ぐことにしたわけだ。ところが息つく暇もなかった。

硫黄島の空襲の始ったのが二月十七日、上陸を開始したのが十九日、ちょうどマニラが乱戦に陥っている頃だ。所在の陸海軍部隊は、奮戦大いに努め、海軍の航空部隊及び潜水艦は進攻軍に反撃を加え、相当の戦果を収めたようだが、確実なことは判らなかった。しかし兵力増援は、海上権が全く敵手に帰し、制空権も向うの手にあるような状況だったので、この計画もたたず、結局所在兵力の敢闘に期待するの外はなかった。そうこうして終に三月十日前後には、硫黄島は麻痺状態となり、十七日には全部隊ほとんど玉砕した模様だった。

この硫黄島失陥と間髪《かんはつ》を容《い》れず、この翌日から敵機動部隊の九州、四国方面に対する空襲が連日続き、二十三日には沖縄に空襲があって、いよいよ沖縄作戦が始まったわけである。

沖縄は、かねて重要な敵の予想上陸地点と考えておったので、局地の防衛その他作戦準備にはできる限り尽していたのだが、到底充分とは言えなかった。

前述したように、フィリピン失陥後の戦勢に応ずる判断は、台湾、南西諸島、あるいは南支沿岸と言うような東支那海周辺地区であろうということとなっていたので、沖縄の防備を特別に優先的に強化したというのでもなかったのだが、何と言っても日本本土の近くだっただけに、こっちの作戦はし易かった。私は、沖縄にどのくらいの兵力や戦用資材を注ぎ込んだか知らぬが、サイパンやフィリピンやにこれ等のものを送るのにくらべて余程楽《らく》だったようだ。ことに地域の狭い点はわが方に有利で、フィリピンなぞの防衛強化と違って、重点の決定が大に楽だったと思う。アメリカの戦記なぞ見ても、日本軍がここでは非常によく闘ったと言って褒めているようだが、何と言っても内地に近いので作戦がしやすく、戦力の注入も楽になり、航空基地も内地や台湾に充実していたので、向うとしては敵中に深く入って来れば来るほど作戦がしにくくなって来たわけである。

それに沖縄の陸上兵力は、フィリピンの防衛のために部隊を台湾から引っこぬき、その穴埋めに沖縄から配備兵力を抜いてこれに充てたわけだが、その後埋めができていぬのにあのくらい敢闘できたのを見ても、戦争における地理的要素の価値の大きなことが判ると思う。要するに、所在兵力としては充分とは言えず、頼む主兵は航空部隊ということであった。

ところがこの航空作戦だが、従来とても陸海軍の航空部隊を統合指揮するというアイディアはあったのだが、全般的にまたは大規模にそれを実施するという機会は起らなかったものが、この沖縄作戦に際しては統一作戦を実施することに中央協定ができ、九州における陸軍の第六航空軍（当時陸軍航空部隊の主力）を連合艦隊長官の指揮下に入れ、連合艦隊長官が九州方面の陸海軍航空部隊を統一指揮するように三月二十日発令された。爾後第六航空軍は、私が連合艦隊におる間、連合艦隊長官の指揮下にあったものだ。それから海軍の航空部隊は、当時九州方面に第五航空艦隊があったが、これに比較すると第六航空軍の方は、兵力において量、質ともに弱勢だった。

私は普段は日吉におり、ときどき九州に出かけて現地の状況を見たり作戦を指導していたのだが、航空戦の指揮というものは遠くからではできない。偵察機とかあるいは攻撃隊の飛行機の報告、その他の通信を直接受けて、インスタントにそれに対する処置を講じ命令を出さなければならぬので、実際の作戦指揮は現地最高指揮官がこれに当り、連合艦隊長官としては、作戦の根本方針とか、攻撃目標とか、兵力の異動、分合とか、そういったことを指示命令するだけで、作戦部隊の進退については、一々命令はしない。従って、九州における陸海軍両部隊は私の指揮下にはあったが、現地指揮官としては協同作戦のような恰好でやって行ったものだ。ただ、兵力は海軍の方が量、質ともに優り、ことに海上作戦が主であったので、第五航空艦隊が主動的立場をとり、陸軍がそれに随動するというような恰好で、協同作戦をやっておったわけである。そしてお互いに参謀を交換して密接な連絡をとり、この協同作戦は非常にうまくやっていたと思う。この結果、当時としては相当大きな戦果を挙げたと思っておったのだが、実際はそれ程でもなかったようだ。この作戦は、第五航空艦隊では菊水《きくすい》作戦という名前をつけていたが、菊水作戦は十回ぐらいやったと思う。ともかく随分粘り強くやり、ほとんど終戦までそれが続いた。だんだん兵力が消耗し、弱勢にはなったのだが、最後まで反撃は続けておった。何せ、三月の下旬早々から沖縄作戦が始まって、在沖縄海軍部隊との連絡が絶えたのは六月十二日だから、守備部隊も大いに敢闘したわけであった。

沖縄作戦が始まって間もなく敵が沖縄本土に上陸したのが四月一日。

当時連合艦隊ではもし沖縄が失陥すればいよいよ本土決戦の軒先に火がついたも同様で、海軍としてはありとあらゆる手段を尽さねばならんという考えから、当時健在した戦艦「大和」を有効に使う方法として、水上特攻隊を編成して沖縄上陸地点に対する突入作戦を計画した。即ち、戦艦「大和」に巡洋艦一隻、駆逐艦八隻を附《つ》けてやることにした。ところが燃料が窮迫していたので、内地にある重油をほとんど最後の一滴まで吸い上げて出たものだが、高速では片道の燃料しかない。帰ってはいかんとは言わない、燃料があったら帰って来いということにした。満載、往復の燃料までは出来なかったからだ……。

私は、成功率は五〇％はないだろう、五分々々の勝算は難かしい、成功の算絶無だとはもちろん考えないが、うまくいったら寧《むし》ろ奇蹟だ、というくらいに判断したのだけれど、急迫した当時の戦局において、まだ働けるものを使わずに残しておき、現地におる将兵を見殺しにするということは、どうしても忍び得ない。かと言って勝目《かちめ》のない作戦をして追っ駈けに大きな犠牲を払うということも大変な苦痛だ。しかし、多少でも成功の算があれば、出来ることは何でもしなければならぬという心持ちで決断したのだが、この決心をするには、私としては随分苦しい思いをしたものだった。これは、レーテ海戦のときに、シブヤン海で第一遊撃部隊が敵機の猛襲を受けて被害続出している際に突撃命令を出したあの時よりももっと苦しい、非常に悲愴に堪《た》えなかった。今日第三者からは、随分馬鹿げた暴戦だ、むしろ罪悪だとまで冷評を受けているが、当時の私としては、こうするより外に仕方がなかったのだと言う以外に弁解はしたくない……。

この敗戦の主な原因は、やはり航空兵力の不足と、次には今までたびたび述べた基地航空部隊と水上部隊との協同動作が充分しっくりと行かなかったという点に帰しよう。護衛の戦闘機は出ることは出たのだが、それにずっと終始充分の兵力をつけておくことができなくて、一時引き揚げる、そのあとに敵の機動部隊の空襲を連続受けたというのが、敗戦の原因になってしまった。そして、空中護衛が充分出来なかったのは、航空艦隊が敵機動部隊に対する攻撃に頭を向け過ぎた。即ち協同作戦に関する兵術思想に未熟の宿命的欠陥があったからだとも考えられる。しかしあの計画も、もし天候が悪くて飛行機が充分活動できなかったとしたら、特攻部隊は四月六日夜豊後水道を出て、翌朝大隅《おおすみ》海峡を抜けておったのだから、トップ・スピードで突進すれば、空襲に対する顧慮は昼間一日だけで、翌日の朝、つまり大隅海峡を抜けた一昼夜後には沖縄に突っ込み得たわけだ。しかし現実はそんなに飛行機の行動を障害するような天候ではなかったし、また天気が悪くなるまで待てというわけに行かぬのは、余りに沖縄の戦況が危急で、一日も早くという心持ちが大勢を支配していたからだ。それに、待つにしてもどこで待つかということになる。それに燃料の関係もある。外に出て待ったりすると、燃料がだんだんなくなったりしてしまう……。

燃料で苦しんだのは今述べた通りだが、その他にレーテ海戦あるいはその後の戦闘で艦船の被害がだんだん大きくなってきたが、それを修理するには大変な日数がかかる。手をくう。それに、もう修理したって間に合わない場合が多い。また修理ができたところで、燃料がないのではどうにもならぬので、大きな船は主に呉の附近あるいは内海西部の所々にカムフラージして繋留し、かねて防空部隊にあてていたが、これはほとんど戦力として勘定にいれることはできなかった。

このカムフラージも、いろいろなことをやり、マストとか煙突とか上部構造物などを迷彩したものだが、B29の空中写真は精巧だから、あれでは頭隠して尻隠さずで、みんな判っておっただろうと思う。ついでながら全くこの戦争に対するアメリカの準備は至れり尽せりだった。ほんの一例だが、巣鴨や私の裁判で使う雑用紙に、地図の裏を罫紙《けいし》にしたものがあった。日本全国その他西部太平洋全地域の地図だ。日本のは御承知の通り陸地測量部発行の五万分の一及び一万分の一の地図で、その内一万分の一の方は機密図で、一般には支那事変前後からは売らなかった。場所によっては五万分の一の方も売らなかったときもあった。ところがアメリカでは、みんな地図が、原図よりも立派な複写になっておる。そういう地図をいつの間に準備していたか知らぬが、あの地図ひとつ見ただけでも、機密保持は少々手を尽したところでなかなか思うようにいかんものだと思ったものだ。ミッドウェイ当時の機密保持の手ぬかりもその適例だったと思う。

惨めな航空兵力

沖縄作戦がだんだん進行してゆくと、次は内地の本土決戦以外には考えようがないので、もっぱら本土決戦準備に、陸海軍とも狂奔し、すべてこの兵力の整備とか建てなおしをやった。その当時の状況判断としては、本土決戦については、済州島に来るかも知れないが、九州東岸かあるいは西岸、あるいは四国というのが大勢を占めていたようだ。それから、関東地区はすぐではなかろう、九州方面が先で、その後に関東地区にもやって来るだろう。関東地区は広いので、相模湾か、それとも西の方遠州灘方面は、静岡の附近まで、どこにでも上陸できるが、作戦目標を帝都に置くとすれば、進撃路の難易から見て、やはり九十九里浜《じゅうくり》が一番公算が多い、——という判断だった。

——その通りのようだ。終戦後に続んだアメリカの記録によると、米軍は最初相模湾を上陸地点に狙ったのだが、あそこには人間カタパルトの飛行機を備えてあるので危ないというので、九十九里附近を選んだというのだ。一番狙っていたのは飯岡《いいおか》で、浮ドックを持って来て、それを沖に置き、戦車を上げるという予定だった。それから九州の作戦も考えていたので、

そこに上陸するには四国の沖に予備隊を置かねばならぬというので、その方の準備もやっていたようである。（発言者・木村毅）

ところが肝腎の航空兵力だが、戦争末期に近づくにつれ消耗が漸増して、定数だけ揃うことはほとんどない。航空艦隊が決った定数を充実して、それを全部使えば相当の数になるのだが、実際の可動兵力というものはその半分もなかった。悪いときは四分の一、あるいはそれ以下になってしまうというような状況だった。

九州におった航空艦隊で、一日に使える可動兵力というのが、大きな菊水作戦のときでも二百機に及んだことはないのではなかったかと思う。沖縄作戦が始ってから約一ヶ月間に使用した飛行機の機数が、一回の出動を一機と算《かぞ》えて、海軍は約一ヶ月間に、二千機あまり。九州にいた陸軍のはずっと少く、三分の一ぐらいだった。

それで、本土決戦ということになった頃には、練習部隊を作戦部隊に編入したので、機数が殖えることは殖えたが、本来の作戦飛行機としては兵力はだんだん減って来ておった。

もうひとつ困ったことは、戦争が末期状態になるに従って、生産機数が落ちるだけでなしに、質が悪くなったということ。これには困った。主因は、未熟練工員の数が殖えて行ったのにあると思う。中央当局で飛行機を出せ出せ、今月は必ず何機出せと強制する。月の半ばまではほとんど出来ない。ところが月の終り頃になって、濫造品《らんぞうひん》が急に出る。それでは困るから、常続的にしろというのだが、常続的に来ないのだ。月末にどっと粗製品が出る。それで作戦部隊では、新着飛行機があると却って可動機数の絶対数が減るというような反対現象を起してくる。それは、新しく来た飛行機はそのままでは使えないので、徹底的に整備をしなおす必要がある。ところが整備員の手が在来の保有機だけにも廻り兼ねているので、それも動かなくなる。つまり、今まで百機持っておったのに、さらに五十機来たとして、今までの可動五十機だったのが、今度は三十機乃至二十機になるという始末。当時私は、航空部隊で余りにもひどい飛行機の見本を見せられたことがあるが、それは新型戦闘機で、まるで子供が悪戯に作った玩具のようなもので、一見リベットの打ち方もなってない、実にひどいものだった。これは単に飛行機だけの問題でなく、軍需生産と作戦部隊の兵員の徴集が別々の理念で運営される傾向があり、これが戦争の全期を通じて、軍需生産に甚しい障害を与えたものと言わねばならない……。

本土決戦の肚

本土決戦態勢については、三月だったか、陸海軍の指揮の区分を決め、陸戦はすべて所在陸軍指揮官が指揮をする、海上戦はすべて連合艦隊司令長官が指揮をする、というようにに大本営から命令が出た。即ち、海軍部隊としては陸上戦はすべて陸軍の指揮下に入り、海上戦としては、陸軍の兵力で連合艦隊長官の指揮下に入るのは、海岸要塞と、爆装のモーター・ボートの部隊、こういうことになった。海軍部隊の特攻兵器としては、特殊潜航艇、——これは開戦時ハワイに行ったやつだが、その後だんだん改造して、もう少し能力がよくなったもので、「蛟龍《こうりゅう》」と名づけた。それに、それを小型にしたものがもう一種類あり、それは「海龍《かいりゅう》」といって、飛行機のようにちょっと小さな羽根が附いており、高速ダイヴィングができるもの。さらに、「回天《かいてん》」という人間魚雷。「震洋《しんよう》」という爆装のモーター・ボート。それから「伏龍《ふくりゅう》」という爆薬を背負ったダイヴァーで、潜水夫の服装をして一人で海底を歩いて行き、輸送船を爆破しようといったもの。これらの特攻兵器の一種または数種を要所々々に配備し、特攻戦隊というものを編成し、それに司令官をおいて要地を防衛することになった。しかしいずれも行動力は非常に小さいもので、敵の上陸地点から十浬、二十浬ぐらいは行動できるけれども、特殊潜航艇を除いては余り遠距離に出て行けるものはなく、行動性は極めて貧弱なものだった。

しかし、アメリカがもし本土上陸作戦をやったとしたら、結果はどうだったろうか、こっちの被害はもちろん非常に大きなもので、向うの数倍あるいはそれ以上になったかも知れないが、向う側としても、これまでの沖縄とか硫黄島に較べて余程大きな犠牲を予期しなければならなかったと思う。マッカーサーは、五百万の兵隊を用意して百万の犠牲の出るのを考えていたという話もきいたが、何せよ今度はこっちが内方作戦だから、攻める方も楽ではないはずだった。

この本土決戦の態勢整備を促進し出したのは、私がまだ連合艦隊にいた頃だが、だんだん特攻戦隊を編成して各要地にはりつけたというのは、軍令部に行ってからで、六月以後のことだった。

これより先、四月二十五日に、私は海軍総司令長官に補せられた。海軍総司令長官というのは、一言に尽せば全海軍作戦部隊の総指揮官である。それまで外戦部隊と内戦部隊とあって、連合艦隊長官は外戦部隊を指揮し、内戦部隊は鎮守府長官、警備府長官が指揮をしておった。もっともサイパン作戦ののち、即ち捷号作戦以後は、連合艦隊長官に特定事項に付て、鎮守府、警備府及び連合艦隊以外の作戦部隊に対する作戦指揮権を与えられておったが、それがいよいよ四月になって制度化したわけだ。それは結局戦勢がだんだん内地に動いて来て、もう外戦部隊も内戦部隊も全然区別がなくなってしまい、すべてありとあらゆる兵力を本土決戦に投入しなければならぬ。それにはやはり協同作戦でなしに、一指揮官に依る統一指揮がよろしいというので、この海軍総司令部という制度が作られたわけである。しかしこの司令部は、連合艦隊司令部と同一機関で、ただ長官以下幕僚全部が兼務になったもので、新しく司令部の陣容を拵《こしら》えたわけではなかった。だから、実質的には前からそういう機能は概ね連合艦隊司令部が持っていたのだが、制度として四月下旬にそういうことになったというわけだ。

私は海軍総司令長官になった翌日に、海軍大臣の所に挨拶に行ったら、米内大臣は、

「君に近い内に軍令部に来て貰う積りだ」と言う。私は意外に感じて、「どういうわけですか?」と聞いたが、大臣は別に大した理由は言わず、「もう年寄りはだんだん引っ込んで、若い者に替わって行くのが当り前だから……」と言ったような返事だった。それに対して私は、一年前連合艦隊に行って以来、なすことすること皆喰い違いで、敗戦ばかりを続け、誠に責任を痛感しておるので、お前は指揮官として駄目だから辞めろと言われれば私は謹《つつし》んで今でも引っ込むけれども、この敗残の作戦部隊を捨てて今私が一段高い地位に就《つ》くということは、非常に心苦しい。一つ考えなおして貰えまいか、ということを大臣に言っておいたのだが、その翌日人事局長が、外の用事のあったついでに、大臣の伝言として、「昨日の話は再考の余地はないからその積りでおってくれ」ということだったので、その時は私も折り返しては異議は唱えなかった。というのは、米内大臣が終戦工作をやっておるものと私は考えていたので、私を終戦工作の相棒にする積りだな、というふうに直感したからである。しかしこれは結果においては変なことになって、私が終戦の最高戦争指導会議で戦争継続を強硬に主張したということになっており、米内大臣大いに当《あ》てが外れて落胆した、というように伝えられているのだ……。

この間の消息について、終戦当時米内大臣には私の真意は一応話したが、正当にそれを理解してくれたかどうかは断定できない。この点に付ては、後章「終戦への陣痛」のなかでまた述べるつもりだが、ともかく私にも理由があったのである。ああいうような行動をとらざるを得なかった理由が、私にあったのである。

特攻攻撃

さて沖縄作戦以降は、本土決戦の準備と、頻々《ひんぴん》として本土周辺に来襲する敵機動部隊に対する応酬以外には余り顕著な反撃作戦と言えるものはなかった。ただ、レーテ作戦以後、アメリカ側の前進基地に対して、潜水艦または飛行機をもってする特攻攻撃は数回やったことがあるが、相当の期待を持っていたのであったが、何しろ距離が遠いので、兵力の消耗が多く、十分の戦果を挙げることができなかった。

この潜水艦による特攻攻撃というのは、潜水艦に「回天」、即ち人間魚雷を数基積んで、向うの要地、たとえば狙った所としてグアム、ウルシー、ホーランジア、アドミラルチー、といったような根拠地に侵入して、人間魚雷でやるのだが、これは戦果の確認がしにくいものだ。潜水艦としてはただ、人間魚雷を発進さして、その爆発音を聞くだけだからだ。それだけで、あとどういう戦果が挙ったか、見ることはもちろん聞くこともできない。もっとも、通信諜報で、在泊艦船から警報が出たとか、あるいは通信が混乱したとかいうようなことがあれば、相当の戦果が挙ったのではないかということが想像されるといった程度で、戦果確認の方法とてはなかった。

それから飛行機による特攻攻撃としては、三月中旬内地からウルシーまでの長駆片道攻撃を実施したが、予期した、戦果を収め得なかった。また七月頃大型の攻撃機数十機に特攻隊を乗せて、サイパン飛行場に着陸して、B29を爆破する作戦を計画準備したが、これは遂に実施の運びに至らずして終戦となってしまった。

アメリカの戦略と戦術

——この辺でひとつ、日本側から見たアメリカの戦術、戦略というものについて……？（発言者・柳沢健）

それは物量、——物が良いのと、訓練が行き届いておるということ。結局それは量に帰する。量があるから訓練ができるのだから。ともかく、いつでも彼我の兵力量が比較にならない。マッカーサーはことに堅実周密《けんじつしゅうみつ》な戦さをして、上陸作戦のときには、所在守備兵力の五倍くらいを持って来るのだから、わが方としてはどうも仕様がなかった。

従ってアメリカのやり方は万事正攻法だ。夜戦とか奇襲作戦とか、非常な危険を伴うようなことはやらない。

——ただ日本側で、米軍が南支那海か朝鮮の済州島に上って来やしないかと思っていたのに、ぱっと沖縄に来た。これは戦術としてうまいかどうか？（発言者・木村毅）

大陸方面に上りはせんかという観測は、在支部隊に強かったようだが、私はそうは考えていなかった。というのは、上陸作戦をやるには、向うは必ず機動部隊を一緒に使う。自然この機動部隊の行動が自由に出来る所でなければいかん。ところが支那海の袋の中に入れば、運動をそれだけ拘束される。こっちは台湾が残っておる、沖縄が残っておるということになれば、あの袋の中で支那大陸に上陸作戦をやるということは、アメリカとしては損だ。その上に、支那に上ったところで、それで済むわけではない。次をやらなければならん。それは無駄だ。そうした無駄な作戦はやらない、アメリカ人は合理的だということを、私は考えていた。そこへゆくと我々日本人には潔癖なところがあって、進攻作戦をやると一歩一歩きちっと後ろの方を始末しておかないと気が済まぬ。決して中を飛ばして行かない。ところがアメリカの進攻部隊は、決して一歩一歩やらない。中を飛ばして行く。いわゆる桂馬飛びをやる。たとえばサイパンを攻略して、その次にパラオをやるかと思うと、あすこは手を附けない。抵抗のある所には来ないのだ。フィリピンに来る。その次は、日本人なら台湾に来そうなものだが、台湾は捨ててしまって沖縄に来る。結局日本人が三段やるところを、向うは一段か二段、二段やるところは一段で済ますというように、非常に経済的且つ合理的にやっている。それを向うでは「蛙飛《かえると》び」と言っておる。そのことは我々も理窟の上では知らぬこともなかったのだが、実際となると考えが及ばなかった。しかしこれも、結局兵力があればこそ中間を飛ばしても、これを死地と化することが出来るからだ。

　あのとき台湾に来れば、前から日本側が十分防備しておった所だから手数がかかったわけだが、アメリカ側としては、あらかじめ飛行機で台湾の反撃基地としての機能を撃摧しておけば、攻略作戦をやらずにこれを飛ばして沖縄に行っても安全だという判断が出来たわけだ。しかしこちらとしては、このアメリカ側の判断を必然のものと決めてかかるわけには行かない。防禦作戦が如何にむずかしいかというのがそれなので、孫子のいわゆる「備えざるなければ薄からざるところなし」で、全体が防備正面になって来たら、どこに重点を置いてよいか判らない。ここは要点だと思って防備しておくと、そこに来ないで別のところに行く……。

　またあの頃、アメリカが沖縄を取ったところで補給がうまく行かないから困るだろうということを、日本側では言ってる向があったようだが、何しろ向うは船を沢山持っておる。レーテ作戦からミンドロ作戦、次いでリンガエン上陸作戦の当時、スリガオ海峡に入って来た艦艇というものは実に夥しいもので、今日は百五十隻、翌日は二百隻というように、陸上から見えるだけでもそれだった。補給に関する少々の地理的障碍は、物量で克服して仕舞うのだ。

　――戦前わが海軍では、もちろんアメリカの戦術、戦略の研究はしていたと思うが……？一体海軍の戦略のモデルというのは？（発言者・柳沢健）

アメリカに関する研究は、固よりやっていた。それからアメリカ海軍の戦略の模範と言えばマハンで、マハン以後には戦略として纏《まとま》って公刊されたものを知らない。また大きな戦略、戦争指導といったようなものの研究資料は中々手に入らないもので、陸軍ではそうでもないようだが、第一次世界大戦後は列強海軍皆、兵術と言わず、その他の軍事と言わず、全く門戸閉鎖だった。推察できるのは、局部的な戦術くらいなものだった。演習などに付て極めて概略な発表でもあると、これを基礎にして、その目的とか、兵術思想などを推定するので、研究の範囲も深さも徹底することは中々困難のようであった。

――『秋山真之《あきやまさねゆき》提督』という本に、わが海軍は以前はイギリスの戦術であったが、彼が明治三十三年にアメリカのアナポリスから帰って来て以来、アメリカ海軍の戦術を入れるようになり、それで日本は日本海々戦に勝ったのだということが書いてある……。（発言者・木村毅）

当時の秋山大尉がアメリカから帰って、帝国海軍に海軍兵術の基礎を確立したことは顕著な事実だ。また日露戦争では秋山中佐は連合艦隊の先任参謀だったから、日露戦争にアメリカ海軍の兵術思想が影響あったことも否定できない。

由来アメリカの海軍には、勇敢な闘将が多い。南北戦争にはファラガットなどという著名な勇将があり、また米西戦争では、商船でサンチェゴ港口を閉塞したり、アドミラル・デューウェーが敷設水雷のあるマニラ湾口を掃海もせずに艦隊で乗り切った、というような話がいろいろあり、今度の海戦でも、ハルゼーという機動部隊指揮官なぞは、相当猛将のようだ。ブル・ハルゼーという綽名《あだな》が附いているくらい、見るから勇猛な風貌をしておる……。ハルゼーに、三原則とか三モットーとかいうのがある。"Hit hard, Hit quick Hit often"（「烈しく攻めろ、早く攻めろ、繰返し攻めろ」）というのがそれだ。彼は勇敢だ。ことに、レーテ作戦前後からあとは、傍若無人の随分大胆な行動をしておる。

——アメリカは、陸戦の方でもナポレオン戦術を全然知らぬから、塹壕の中に入って戦ったりしたものだ。あれは南北戦争が初めてで、此はナポレオン戦術の中にはない。要するにアメリカは、伝統を持たないから新しい戦術を考えたのだろう。（発言者・木村毅）

魚形水雷の前駆をなした、爆装艦首で敵艦を衝撃する新戦術も、南北戦争のときだったと思う。やはりアメリカ国民というものは、新世界に行って、ジャングルや茫漠たる曠野であらゆる天象地象の猛威と闘ってこれを克服した、開拓精神と言うか、不撓不屈《ふとうふくつ》の気魄《きはく》が、今日でも残っておる。「何糞《なにくそ》！」といったところがある……。

技術の差・物の差

それからこの戦争で、海軍の立場から見て一番意外に思い、また期待の外《はず》れたのは、潜水艦の戦力発揮の優劣が、全く予想と逆であったということだ。日本の潜水艦は非常に優秀で、ドイツは第一次世界大戦で没落したから、潜水艦戦に関する限りは日本が世界第一だというぐらいに、自惚《うぬぼ》れを持っておった。そしてアメリカ人は、贅沢《ぜいたく》な生活に慣れておるから、あの狭い船の中で、暑い所で、長期の作戦行動をやることは、とても堪えられるものではない、「アメリカ潜水艦怖るるに足らず」といったような盲信を持っておったものも少くなかった。ところが現実は全く逆で、開戦当初から味方潜水艦の戦果が予期に反して挙らないと同時に、その被害消耗が意想外に大きい。元来潜水艦の技術というのは、乗員全体がいわゆる一人一役なので、ことに艦長が上手でなくては、なかなかうまくいかないものだ。ところが、この潜水艦長を養成するには五年も十年もかかる。その堪能な潜水艦長がどんどん消耗して、その補充がつかない。結局戦力の発揮ができない。一方アメリカの方はというと、戦争の初期には余りよくなかった。ことに魚雷の性能が悪くて、一向怖るるに足らなかったのだが、やがて急速に改善して、約一年後には、戦力は予期と全く逆になってしまった。それというのは、やはり一つは技術だ。物が良いからだ。日本の潜水艦がどんどんやられたというのは、向うの対潜兵器がよいからだ。それにこれも物量の問題になるが、対潜兵力が大きい。駆潜艇とか飛行機とか警戒艦艇とかが豊富にあって、潜水艦が向うの輸送船団や艦隊に襲撃して行くと、対潜部隊で徹底的の反撃掃蕩をやって、しかもそれが非常にしつこい。何時間というようなものではなく、甚しいときは二日でも三日でも、いつまでもしつこく追い廻して、止めを差さなければ止めないのだ。ところが日本側では、輸送船団を護衛中敵潜水艦に狙われた場合、その場面に残って徹底的にそれを掃蕩することができなかったのだ。そんなことをやっておれば、先に行っておる輸送船団の護衛ができなくなるからだ。これはやはり、物がものをいっておるということになる……。

とにかく何でも戦策が早い。人口から言ったら日本の倍もない。一億五千万ぐらいしかないが、機械力の活用が発達しているので、アメリカ人の一人は日本人の十人前も働いておると言った具合だから……。

一例として、飛行場の建設を取り上げて見ると、日本では飛行場を作るのに、平坦な畑や田を潰して拵《こしら》えるときはそれ程でもないが、海岸を埋め立てるとか、山を崩して作るという場合は、大変な作業で永いのは一年以上もかからないとでき上らないのだが、向うはこっちが半年もかかるのを一ヶ月も経たぬうちに作ってしまう。日本では、とても飛行場にはならないと諦めるような所を、機械の力でわけなく飛行場に作り上げてしまう。

こちらでも、開戦後若干土木工事の機械化はやった。私は、小さなブルドーザで松林を開拓しているところを見たことがあるが、樹齢二、三十年くらいの松の樹を、苦もなく片っ端から押し倒しては根こそぎに引っこ抜いて行く。そのとき私は技師に、この松一本鶴《つる》嘴《はし》とシャベルで掘ったらどのくらいかかるか？　と聞いたら、八人はかかりましょうとの返事だった。それが機械では、十分間にも足らぬ間に、十四、五本も根っこから引き抜いてしまうのだ。アメリカが、こういう機械力を持っておるということは、ずっと前から判っておったのだが、それかと言って平時日本でそんな機械を使うとなれば、すぐに労働問題が起ってしまう。だから、日本全体がそういう機械を作ったり、使ったりするということは、必要がなかったのだ。逆に、なるべく能率悪く、また人の数を沢山使うように考えなければならぬことになっていたものらしい。が、平時はそれでよかったとして、戦時になって、いざ人が足りない、兵隊も足りない、工場にも人が要るということになり、急に人力を機械に転換しようと思っても、もう間に合わない、これが当時の真相であったと思う。

第十篇　終戦への陣痛

終戦説の胎動

私が連合艦隊司令長官から軍令部総長に転じたのは（昭和二十年）五月二十九日のことであった。前任者及川古志郎大将との間には、その前からも軍令部とは密接に連絡していたので特に作戦に関して詳細な事務引き継ぎというものはなかったが、この時戦争終結の話が出た。

それは最高戦争指導会議の構成員だけで極秘に話し合っていたことであって、要するに外務省で広田弘毅氏を介して駐日ソ連大使のマリク氏に連絡し、日ソ国交調整のためという名目で、特派大使をモスクワに送るというのであるが、真意はソ連に終戦の仲介を依頼するということだった。しかしその当時は広田・マリク両者の連絡がうまくいかずサッパり捗らないということであった。

六月六日に最高戦争指導会議が開催せられ、構成員として鈴木《すずき》〔貫太郎《かんたろう》〕首相、米内海相、東郷《とうごう》〔茂徳《しげのり》〕外相、梅津参謀総長、阿南《あなみ》〔惟幾《これちか》〕陸相と私の六人、他に豊田貞次郎軍需相、石黒《いしぐろ》〔忠篤《ただあつ》〕農商相、迫水《さこみず》〔久常《ひさつね》〕内閣書記官長、秋永《あきなが》〔月三《つきぞう》〕調査局長官及び陸海軍両軍務局長とこれだけが集って、戦争遂行を如何にすべきかという問題を審議した。

しかしこんなに多勢が集っていろいろ話し合うということになると、腹の中に持っている不安とか疑念とかいうものを露骨に口に出して言う人は一人もない。結局最後に話をまとめて文章に綴《つづ》って見ると、不可能を可能にして戦争を遂行しなければならん、国民の士気を大いに振興して一億挙って聖戦完遂《せいせんかんすい》に邁進するを要する、然《しか》らば必ず有終の勝利を得ることが出来るといったような、非常に強いものになってしまって、弱音は一つも出ていない。その日一日中かかって審議したが結果は右のごとく決して、当時の客観的情勢を如実に反映しているものとは云えず、結論も実現の可能あるものとも考えられず、極めて形式的なものに過ぎなかった。もちろん、この有様ではとても戦争継続は出来ないから、何とか終戦のことを考えなくてはならぬというようなことは、誰一人としておくびにも出さなかった。越えて六月八日に正式な最高戦争指導会議が陛下の御前で開かれたが、結局六日の会議の結果を改めて各主務者から陛下に申上げて、決議として一億奮起、聖戦完遂に邁進するを要すということを取り上げたのであった。しかしその時陛下からはそれに対して一言の御下問もなかった。

思うに陛下は心中深く戦争終結のことを考えておられたのであろうが、この会議の内容も結果も御考えとは大分かけ離れており、自然反問をなされるようなお気持ちになれず、単に形式的に聞いておられたに違いない。

これはその年の一月のことであるが、レーテの失陥・比島没落の後は南方諸地域との交通もほとんど遮断されてしまい、敵の日本領土進攻が目睫《もくしょう》に迫っているという頃だから、日本としては手も足も出なくなった場合なのに、大本営なり海軍なりで出した「作戦大綱」とか「作戦計画綱要」とかが私ども出先の者の手に届く。それを読んで見ても、お題目以上の感じが起らない。「一億必勝を確信し、主敵米の侵寇《しんこう》を破摧《はさい》し、あくまで戦争を完遂す」とか、「既成の戦略態勢を活用し敵の進攻を破摧し、速《すみや》かに自主的態勢の確立に努む」とかいったような、いずれもその当時としては現実に遠いもので、希望的感想というよりもむしろ夢に近いような「作文」が多かった。戦争末期になって戦勢悪化するに従いこの傾向は甚しくなったようで、結局ああいう事態になると、一人々々の本当の肚の中を開いて見たらいずれもやはり不安と疑念でいっぱいになっておるのだろうが、多勢の前で所見を述べるとか、文章を書いたりすると、心にもない強がりを言うことになるのだ。戦争を続行している以上あらゆる努力をこれに傾注するのは当然のことだが、余りに現実と離れては、いくら強がりを言って見たところで、通用しなければ何にもならない。ところが、現実に即したものの言いかたをしようものなら、強硬派というか、急進主義者というか、そういう連中にすぐ槍玉《やりだま》に挙げられて、うっかりすれば命が危くなるのだから……。

いま、一月二十日に発布された「帝国陸海軍作戦大綱」の摘要を一例として挙げて見るが、これは単なる「作文」だったと言っていい。

「作戦指導の大綱
陸海軍は戦局愈々《いよいよ》至難なるを予期しつつ、既成の戦略態勢を活用し敵の侵攻を破摧し、速に自主的態勢の確立に努む
右自主的態勢は今後の作戦推移を洞察し、速に先ず皇土及之《これ》が防衛に緊切なる大陸要域において不抜《ふばつ》の邀撃態勢を確立し、敵の来攻に方りては随時之を撃破するとともに、此の間状況之を許す限り、反撃戦力特に精鋭なる航空戦力を整備し、以て積極的不羈《ふき》の作戦遂行に努むるを以てその主眼とす」

こんなものを、米軍リンガエン上陸後間もなく貰ったのだから、ピンと来ない。真剣に取り組んで工夫案画しこれをやらなければならん。——これが第一だとか、第二だとかというような現実的示唆は発見できない。ずっと読んで、えらいこと書いてあるなという印象を受けるだけだ。

次に、フィリピンの防衛態勢だ。

「陸海軍は比島方面に来攻中の米軍主力に対し強靱なる作戦を遂行し、これを撃破して

極力敵戦力に痛撃を加うるとともに、敵戦力の牽制抑留に努め、この間情勢の推移を洞察し、これに即応して速かに自他方面における作戦準備を促進す」

三には、こんなことが書いてある。

「陸海軍は進攻する米軍主力に対し、陸海特に航空戦力を綜合発揮し敵戦力を撃破し、その進攻企図を破摧す。この間他方面に在りては優勢なる敵空海戦力の来攻を予期しつつ、主として陸上部隊を以て作戦を遂行するものとす。

敵戦力の撃破は、渡洋進攻の弱点を捕え、洋上において痛撃を加うるを主眼とし、爾後上陸せる敵に対しては補給遮断と相俟《あいま》って陸上作戦においてその目的を達成す」云々。

どれもこれも、確算の立つものはほとんどない。

これは、終戦前の最高戦争指導会議だってその通り。前述のように、正規の最高戦争指導会議の六人の構成員の外に、幹事役やら関係の国務大臣などが加わるのだから、こんな会議で作った決議は、たとえば六月八日の御前会議で採択されたものでも判るように、不可能を可能にして聖戦を完遂するのだ、これこれのことをやれば必らずできる、というような結論が飛び出してくることになる。それでは、一項目でも本当にその通りにできるかというと、本当にどれもこれもできはしない……。

さらに六月十七日には、私が軍令部に着任してから初めて、最高戦争指導会議構成員だけの終戦に関する懇談会があった。それまでは前述のごとく及川大将から概略を聞いていただけで、六人が集って終戦の話をしたということは一度もなかったのであったが、この日に初めて首相官邸に構成員が参集して、外相からそれまでの経過や現状の説明があった。即ち主に広田マリク会談のこと、及び在モスクワの佐藤《さとう》（尚武《なおたけ》）大使方面の情報、連絡に関することなどで、前者についてはマリク大使が病気だとかあるいは軽井沢《かるいざわ》に引き籠っているとかでよく連絡がとれない。また佐藤大使の情報は一般に悲観的で、日本としてソ連が対日戦に参加するのを防止し得れば非常な大出来で、それ以上はとても望みがないというような話であった。それで、とにかく外相としては今後とも一層努力して対ソ連工作を続け、特派大使を送ることに尽力するという結論になり、次に特派大使を誰にするかという問題もあったが、具体的に誰という名前は出なかった。ただ誰が行くにせよ、どうしても手ブラで行く訳には行かない。相当な土産を持たせてやらなければならない。ところがこの条件については、その後も最後まで具体的にどの程度までのことをするという話までは行かなかった。しかし東郷外相は、大体日露戦争前の状態に帰す程度のことは考えなければなるまいという意向のようであった。そうなればポーツマス条約はもちろん解消で、満洲の利権も関東州も、さらに樺太《からふと》も皆返還する。しかし、千島は全然想像もしていなかった。ヤルタ会談の内容などというものは全然分っていなかったのである。

ところが六月二十二日に突然陛下が最高戦争指導会議の六人を宮中に御召《おめ》しになって、御前会議というよりは、むしろ御諮問があった。この会議の規定からいうと、正式に御前会議を開く場合には、参謀総長と軍令部総長が当の責任者として両人の奏上によって会議が開催されるわけであるが、この時は此方の奏上で開かれたのでなく、御召しになって開催されたのであった。

先ず最初に陛下から御言葉があって、戦争はだんだん長引いて行く状態にあり、今後とも軍部はもちろんのこと国民全般この戦争目的の完遂に努力することは当然のことであるが、それかと言って戦争終結ということを全然考えずに荏苒日を延ばして行くのも考えものではないか、政府も統帥部も終戦のことを考えたことはあるかという御諮問である。この御下問に対して首相から、実はよりより我々六名の間で思召しのような趣旨を体して審議を致しておりますからその経過を海軍大臣から言上するがよろしいと思いますと申し上げた。ところが米内海相は、この終戦工作の問題はもっぱら外交に関することなので、外務大臣が責任を持って処理しておりますから、東郷外務大臣から言上した方が適当だと思いますと言上したのである。これは米内海相の言が正しいのであって、私にも今もって首相がどういうわけで海軍大臣を指名したのか分らない。米内海相が、この内閣において実質的に大きな力を持ち、また特に終戦に熱意を持っていたからなのか、あるいは宮中席次が首相の次だからそうしたのか、とにかく一寸不可解であった。

外相からは既述のような経過と現状を申上げて、結論としては、折角マリク大使に連絡してやっておりますから、現在のところ未だはっきりした話はつきませんが、今後もこの線でやって行きたいと思います、と申上げた。すると、陛下から、それではいつ頃大使を送るようなことになるのか、見通しはどうかという御下問があり、これに対し外相は、七月上旬に英国の総選挙があって内閣が決定するのが七月下旬になるので、ポツダムの会談は英国の選挙が済んでから後内閣が替わるまでの間、即ち七月中旬頃に開かれることと思われるから、出来れば特派大使を送るのはソヴィエト首脳部がポツダムへ出発する前にしたい、つまり七月上旬には話を決めて特派大使を送りたいと思う、——と大体このようなことを奉答申上げた。

次《つ》いで陛下から、各構成員に一々指名があって皆夫々御答えしたのであるが、米内海相は別に詳《くわ》しい具体的な意見は申上げず、外務大臣の言上した点に全く同意で、その線で話を進めるのが適当でありますということであった。次に阿南陸相は、戦局を収拾することには異議はないが功を急ぎ過ぎて我が方の弱味を暴露してはなりません。慎重に考慮を廻らす必要があると思いますと奉答した。結局無条件に、戦争終結には賛成し難いという風に受け取れた。続いて梅津参謀総長は、陸軍大臣と略々《ほぼ》同趣旨を言上したように記憶している。そして最後に私を御指名にはならず、他に意見のあるものはないかと言われた。私は、海軍大臣と同じ意見であって、特に申上げることもないので黙っていた。陛下は、それでは予定の方針で交渉を進めるようにとの御言葉で、それに対して鈴木首相から、思召しを体して十分努力致しますという奉答があって会議は終った。結局ごく簡単なもので、東郷外相がいろいろ経過を申上げ、陛下から御下問があり、さらに東郷外相が言上して終ったのであった。

月がかわって七月に入ると、十日の晩に首相から急に最高戦争指導会議構成員だけの召集があった。首相が説明して言うには、陛下はちゃんと、七月上旬までに特派大使を送りたいという外相の奉答を覚えておいでになって、その期限の切れる今日の十日に首相を御召しになり、その後例の件について音沙汰はないが見透しはどうか、早速送るようにしたらどうかと言われる。つまり首相は陛下から御催促を受けたような恰好で、誠に恐懼《きょうく》の至りであって早速送ることにしようと言うのである。しかし早急に送るといっても未だソ連との話し合いも出来ておらず、また人選も決っていないし、よしんばすぐ行くとしてもこっちの飛行機でどんどんモスクワまで飛んで行くわけにも行かない。先ずソ満国境まで送ってそれから先は向うの飛行機を頼むというような事務的の手続も必要であるし、とても今すぐにという訳には行かないということになった。それでとにかく、何れにせよ至急人選する必要があるので、誰にしたら良いかという話が初めて出た。しかしその件については東郷外相から、まあ近衛さんのような人に行って貰えると非常によいが……、という程度の話があっただけで、立入っての詮議はなかった。後に分ったことであったが、もうその時には近衛さんに内意が伝っていたらしく、十二日には軽井沢から上京して拝謁している。米内海相も、これについては、後で意外に感じたらしく、あの時の話は近衛さんに決定した訳ではなく、外相がたとえとして近衛さんの名前を出しただけだったのではないかという話があった程で、私も銓衡の経緯は全然関知していなかったのである。いずれ陛下と側近との間もそういう取りきめがあったものと思われるのであるが、とにかく近衛さんは十二日に拝謁して翌十三日には特派大使に内定した様子であった。

ポツダムからの飛報

越えて十四日は再び会議があり、その問題を審議した。そしてソ連側から近衛さんのアグレマンが来次第早速派遣することを決定し、続いて外相から、モスクワの状況について話があった。それは佐藤大使が、マリク大使の方はどうしても話がうまく行かぬのでいきなり話をソ連外務次官に持って行った。すると次官の言うには、現在モスクワに正式の特命全権大使がいるのに、またさらに特派大使を送るというようなことはおかしいではないかという次第で、初めは取りつく島もなかったが、いろいろ話しているうちに、結局向うも此方の肚をよんで、それではソヴィエトを仲介として終戦に導くといったような話でもしようというのかと質問して来た。そこで大使がまあ大体その通りだと答えると、次官は、実は今明日中にスターリンとモロトフはポツダムに発たなくちゃならん、どうしてもその前には暇がないから特派大使派遣のことはイエスともノーともいえない。ポツダム会談が済んで帰って来たら何分の返事をしようと、大体こういうことを言って来たと言うのである。この後ポツダム会談後大使がモロトフ外相に会ったのが、八月八日の夕刻で、それが最後だった。

——今のお話の点をさらにハッキリさせるために、佐藤大使自身の所述をここに援用したい〈世界の日本社版『二つのロシア』二〇五頁〜二〇九頁〉。それによると、七月初め同大使が広田・マリク会談の結果についてソ連側の回答を要求すると、先方では全然問題にしない。そのうちに十二日東京から急電があり、日本は無条件降服は到底承諾し得ないが、天皇陛下はこの上流血の惨めさを続けさせて犠牲を増大せしむることは、人類の福祉の見地から誠に不本意に思し召さるるから、この際近衛公を特使としてソ連に派し、ソ連当局と篤《とく》と懇談して、平和克服の方途を見出だすことに努力せしめたいという意味のものだった。ところがこの電報が着いたのは、モロトフ外相がポツダムに向って出発する間際のことで、ローゾーウスキー代理にそれを伝えただけのことであったが、十八日の夜に先方から、日本皇帝のメッセージは概括的で別段具体的提議ではなく、また近衛公特使派遣のことも特にハッキリした目的が示されていぬので、ソ連側としては何ら確定的の回答をすることは不可能だ、という意味の断りだった。ところがさらに二十四日になって、東京から「戦争を急速終結せしめるためにソ連政府の斡旋《あっせん》を求めたい。そのために近衛特使を派遣する」という意味の電報が来た。折柄ポツダム会議開催中だったので、これをロ代理に伝え、大至急ベルリンと連絡を取り回答を貰うてくれるようにも頼んだものであるが、二十六日にはポツダム宣言が発表せられ、さらに八月五日モロトフ外相がモスクワに帰着、八日夕刻五時に佐藤大使に対し、前述の日本の申入れに対する回答の代りに、開戦の通告を手渡したものなのである。（発言者・柳沢健）

その後七月二十日、二十七日の二回に構成員の会議を開いているが、この二回にどんな話をしたか、現在私の記憶は明確でない。あるいは右の外相の報告も、その一部は二十日及び二十七日の会議の時であったかも知れぬ。とにかくこの問題は、ソ連側からすれば、一体日本の言い分を聞いてたっぷりお土産を貰って話をつけた方が得だったか、あるいは聞かずに参戦した方が有利だったかということになるが、ソ連が仲介の労をとったと仮定しても、米英がおいそれと話に乗って来たかどうかは相当疑問だと思うのである。

二十七日の会議は午後開かれたが、その前日の二十六日にポツダム宣言が発表せられていて、二十七日早朝のサンフランシスコ放送でそのことを聞いてはいたが、会議の席上取り上げた訳ではなかった。これは未だ翻訳が出来ていなかったためであろうと思う。

正式にポツダム宣言を議題にして対策を講じたのは、翌二十八日の最高戦争指導会議であって、当時の模様は戦後出たいろいろの記録を見ると、軍部が強いて首相に宣言黙殺ということにさせたようになっているが、その席では誰もポツダム宣言受諾すべしと口に出したり、出さないまでも気配に見せたりしたものはなかった。問題にはならんじゃないかという大体の空気であった。しかし、この宣言は国民に取ってはやはり相当大きなショックであるから、政府としては確乎とした意思表示が必要であるという結論になった。すると迫水書記官長がちょうど今日、前からの予定で首相が記者団と会見することになっているから、その席上で記者団からポツダム宣言を一体どうするかという質問をして貰って、それに対して首相から政府の所信を述べて結局黙殺するということにしようということになった。それで翌日の新聞にそれが掲載された訳である。

この結果、黙殺という言葉がサイレントリイ・キルドというふうに直訳され、ソ連参戦の因となったことは周知の通りである。

これより曩《さき》に、スイス駐在海軍武官の藤村《ふじむら》〔義朗《よしろう》〕中佐が米代表のダレスという人から終戦について申入れを受けておった。当時スイスから来たそれについての電報の内容ははっきり記憶していないが、結局海軍省も軍令部もそんなものは危険だ、第一言って来ているのが中佐で、こんな大問題を中佐ぐらいに言って来るのはおかしいという訳で、真剣にとり上げる者はなかった。当時それに対して海軍が下していた観測は、概《おおむ》ね次のごときものであった。

第一、米国は、日本海軍が開戦前から此の戦争に賛成していなかったということを承知している。日本では軍部が国策遂行の全権を握っているので、日本をして戦争継続を断念させるには軍部の一角である日本海軍を切り崩さなければならないと考えたに違いあるまい。

第二、米代表ダレス氏の提案は、日本海軍が一歩踏出すだけの関心をそそるような具体的な内容を持っていない（単なる抽象的な言辞のみで、内容とか条件とかいうものはなかった）。

第三、ダレス氏は、ドイツの終戦について非常に活躍した人だそうであるが、ドイツの終戦の模様というものは、当時我々の知る限りにおいては日本の模範とするような何物もなかった。同じ手に乗って日本もうまく行くとは考えられなかった。

結論として、この進言は日本の戦意を打診するバロン・デッセエか、乃至は戦意破摧の謀略以外には解せられない。

右のごとき観方は、米内海軍大臣も同意見であったし、その他海軍省、軍令部の首脳部にも、これに関心を寄せるものは一人もなかった。それで藤村中佐に対しては、余り深入りせぬよう、不即不離の態度で応酬するように返電したと記憶しているが、その後は具体的なことは何も発展しなかった。これが私の知る限りでは、向うから働きかけて来た終戦工作の最初にして最後のものである。

その前にシンガポール陥落後、英国から申入れがあったと言われており、また米内大将はシンガポール陥落後に終戦とすべきであったというような意見を述べたと聞いているが、そういうことを米内大将が自発的に考えたのか、あるいはそういったような外交上の経緯があって米内大将がそれに対する所見を披瀝したのであるか、また何時言ったのか、その辺は私は知らない。

右のシンガポール陥落即終戦決意の説は、果して英国から申入れがあったのかどうかは知らないが、国内の戦争反対論者がそのように考えるのは当然であって、過誤をいつまでも続けずに早く悔い改めるのがよいのじゃないかというのは無理もないが、この問題を客観的に見ると、とてもその実現は考えられない。何しろ緒戦の戦果に酔うた軍部の鼻いきは大変なもので、もしこの軍部の強い力を抑えて終戦に導くような大きな政治家とか、あるいは政治力とかいうものが当時あったらば、もっと遡ってこの戦争を始めずに済んだろうと考えざるを得ないからである。

形勢不利の時の終戦は固より難しい。これは自分の方の状況が悪いのだから損をするに決っている。しかし調子の良い時でも、相当大きな犠牲を払って相手の面子を立てて利益を与えてやらなければならない。だからあの場合でも、取ったシンガポールを返すのはもちろん、仏印、中国から撤兵するくらいのことはしなくてはなるまい。

――東條内閣はああして戦争を始めたものの、好機を捉んで何とかして早く終戦に導きたいという気持ちは、濃厚にあったのではないかと思う。これは来栖（三郎）大使の日米交渉回想録『泡沫の三十五年』のなかにも書いてあったと思うが、同大使が野村大使と一緒に十七年の四、五月にアメリカから交換船で帰朝したとき、東條総理は官邸で両大使慰労の午餐会を開いたものだが、食事がすんでから東條は杉山参謀総長と二人して来栖をソット別室に呼んで、これから一つ終戦工作に骨を折って貰いたい、と頼んだということだ。もちろんその頃は、ミッドウェイの敗戦なぞで日本の旗色がぐんと悪くなってからのことだから、その辺の悲観的な気持ちが東條なぞにも強く、働いていたことに間違いはない……。(発言者・柳沢健)

当時終戦に導くということになると、大体開戦前の状態、即ちハル・ノートに近い程度のものに持って行かなければ、米国の太平洋艦隊はやられてしまっているのだから、到底話になるまい。また、連合国側のイニシアティヴは米国がとっていたのだから、シンガポールを返すといっても、うまく終戦に導くという可能性は少なかったろうと思わざるを得ない。

少々余談になったが、七月二十八日の記者会見に首相がポツダム宣言を黙殺すると発表したのは、前述の通りである。それに対する連合国側の反響はすぐには余り現れなかった。

約一週間後の八月六日に落された広島の原子爆弾が、実に最初の反響であったのである。当時これが原子爆弾であるということは、爆撃の結果が異常なものであるという現地からの報告で大体想像したと同時に、原子爆弾をヒロシマに投下したという米側放送で判明した。また直後に調査員を派遣して見ると、被害が今までの爆撃の被害と全然桁《けた》が違う、非常な威力のあるものだという報告が来た。しかしまだその一発の原子爆弾で戦争継続をどうするということを論議する程度には、状況は進んでいなかったのである。

　ところが、八月九日早朝に至って、ソヴィエトが参戦し、赤軍がどんどん満洲に侵入して来るという情報が入った。そこで陛下御自身の御発意か、あるいは側近からの進言に依ったものであったかは知らぬが、九日の朝になって急に最高戦争指導会議構成員六人の召集があり、ポツダム宣言受諾の可否を審議することとなった。会議は午前十時半頃から始まり、首相から、広島の原子爆弾で非常に大きなショックを受けているところへ、今度はソ連の参戦で、四囲の情勢上到底戦争継続は不可能というの外はなく、どうしてもポツダム宣言を受諾せざるを得ないのではないか、皆の意見が聞きたいという提言があったが、とにかく三日前には広島の原爆のニュースがあり、そしてその朝にはソヴィエトの参戦という訳で、皆非常なメンタル・ショックを受けている際だったので、ちょっとおいそれと口を出す者もなく、数分間重苦しい沈黙が続いた。そのうちに米内海相から、黙っていても仕様がない、ポツダム宣言受諾ということになれば、ただ無条件で鵜呑《うの》みにしてしまうか、それとも何か此方から希望条件を提示するか何《いず》れかになるだろうが、もし希望条件を附するとなれば、審議の対象となるのはこんな処《ところ》ではあるまいかといって示したのが、第一に国体の護持、以下ポツダム宣言の中にある主要事項で、戦争犯罪人の処罰、武装解除の方法、占領軍の進駐問題である。これをどうするかという提案があった。

　これに対して東郷外務大臣は、この際ポツダム宣言受諾ということになれば、国体の護持は別としても、それ以外の条件をつけることは交渉の円満な進捗に非常に妨害となるから、やめた方がよいという意見であり、米内海相も大体同じ意向であった。しかし米内海相が劈頭に仮定として条件を提案した点から考えると、当初から無条件受諾を決意していたか否かは疑問である。

無条件か条件附降伏か

第一の国体護持の問題は、ほとんど論議もなく六人とも満場一致で絶対条件としてとり上げることに決定した。会議の最初には多少強気な空気もあり、原子爆弾の惨禍が非常に大きいことは事実であるが、果して米国が続いてどんどんこれを用い得るかどうか疑問ではないか、またソヴィエトが参戦して満洲に侵入しているというが、詳報が入らないので一向戦況が分らない、もう少しソ連の出方を見てからでないと、慌ててポツダム宣言に飛付くというのは考え物ではないか、といったような意見もあった。しかしこれを強いて固執する空気もなく、結局前述の四条件を基礎として審議を進めた。折も折その午前中に、二回目の原爆として長崎がやられたという情報が入って来た。時刻は判然と記憶しないが、とにかく午前中のことであった。

しかし予定通り審議を進めて、第二の戦争犯罪人の処罰について、梅津参謀総長が概ね次のごとく主張した。即ち、ポツダム宣言には、我々（連合国）の俘虜《ふりょ》を虐待した者を含む一切の戦争犯罪人は厳重に処罰せらるべしという規定があるが、それは味方（連合国）によって裁判するということが書いてないから、宣言受諾といっても、戦犯者を日本の手で裁判するか、あるいは一歩譲って連合国側を入れたにしたところで相手側だけで裁判する様な不公正なことにはならない様に、裁判の方法についてもっと日本の立場を擁護するような主張をすべきである、と。

次に武装解除の問題だが、武装解除そのものについては何等異論はないが、ただ、周知のごとく日本の軍隊は今まで公然と降伏ということを許されていないし、もちろん命令されたこともない。陸海軍刑法では、降伏には概ね重刑を以て臨んでいるのである。「降伏という字は日本の軍人の辞書にはなかった」のであって、軍隊教育では武器を失ったら手で戦え、手が駄目になったら足で戦え、手も足も使えなくなったら口で喰いつけ、いよいよ駄目なら舌を嚙切《かみき》って自決しろとまで教えていた。此のごとき教育を受けた軍隊に対して、武器を投じて敵に降伏せよというような命令が出ても、前線で果してそれがうまく実行されるかどうかは非常に疑問がある。ポツダム宣言無条件受諾を通告すれば、時を移さず連合軍はどんどん此方の陣地へ踏込んで来るだろう。そして武器を構えて進撃して来るかも知れない。そうなると、此方がいくら命令を受けていても、指揮官も昂奮《こうふん》しているだろうから、命令は無視されて再びあちこちで交戦状態となる公算が極めて大きい。だから、武装解除の方法としてはまず各戦線局地で両軍が場所と日時をあらかじめ協定して置き、自発的に此方が武器を棄てて向うの指定した場所にまとめ、部隊も指定の場所に集結して武器を引き渡し、その後は先方の指定通りに行動するという申入れをすべきであると、これは梅津参謀総長が主張し、阿南陸相も、私もそれに賛成した。

第四の占領軍の進駐については、阿南梅津両人が、出来るだけ小範囲小兵力で、短時日に制限するように向うの諒解を求めること、という条件を出した。私はこれは現実の問題として、此方が降伏すれば向うが所要と認める軍隊を持って乗込んで来るのは仕方のないことで、泣きを入れてもそれが聞かれるかどうかは分らないと考えたから、反対はしなかったが、支持もしなかった。

従って私が、四つの条件の中で自主的に主張したのは、第三の武装解除の方法を向うに容れて貰いたいということだけだった。以上の諸説に対して、首相海相は余り多くは発言しなかったが、外務大臣の主張を支持して、条件をつけることは到底駄目で、無条件受諾以外に方法はないという固い信念を持っていたようである。

これに対して、阿南梅津それに私の三人が、いろいろ意見を述べて譲らず、午前午後にわたってやったが、うまくまとまらない。私が外相ともっぱら論議したのは、前述の武装解除の方法に対する註文の問題だったのだが、私も執拗に粘ったので、外相も終《つい》には、それは今後機会ある毎になるべく此方の所見や希望を先方に開陳して向うの了解を得ることに努力しようという程度にまで折れて来た。しかし公式の宣言受諾の条件にするということは、何としても承知しない。それに対して私は、「今後機会ある毎に」というのでは遅い。受諾と同時でなければならぬ。受諾を通告すれば、向うは即時落下傘部隊で乗込んで来るものもあるかも知れない、と強く主張したがどうしても駄目であった。途中で閣議もあって、夕方になったけれどもまだ決定しない。そこで一時中止して後刻また続けようということになり、なるべくまとまったところで御前会議に持って行って、陛下の御聖断を仰ぐということにしたい、バラバラでまとまらぬうちに御聖断を仰ぐということは畏れ多いから、出来るだけそのように努力しよう、ということに申合せて一時別れたのである。

第一回御前会議

その時迫水書記官長から、万一夜中にでも急に御前会議を開くようになるかも知れんから、そのときになって両総長の署名を貰って奏上したのでは手数も暇もかかるから、とにかく御前会議の上奏書だけには署名して置いてくれというので、梅津君と私とがサインをした。ところが審議も再開せず、またこれから御前会議を開くからという通告も相談もなしに、その上奏書を使ってしまったのは意外であった。

これは私が粘ったためだけではないだろうけれども、後で分ったことだが、外務大臣から連合国側に宣言受諾の公文と同時に、別に武装解除の問題について連絡電報を出していたそうである。これがやはり物を言ったものと見え、何れの前線でも無断で武力進駐した部隊はなかった。すべて連絡の指揮官が来て打合せをやって、時期と場所を決めて武装解除をやっている。だから私が最後まで戦争継続を主張し、武装解除の方法で無理難題を言ったように言われているが、これは誤解であって決してそうではない。また私一人で言ったのでもなく、梅津君も阿南君も同意見で、三人で主張したのが外務大臣を動かして、外務省からそういう連絡が出ておったものと思う。

さて夕刻そんなことで一時審議を中止して別れたが、何れまたその晩呼出しがあるだろうと思っていたところが、いつまでたっても会議が始まりそうにない。これは今夜は中止になったかと思っていたら、夜十一時半頃になって、突然御前で最高戦争指導会議を開くといって来て、夜中に会議が開かれ、翌日の午前二時半まで続いたのである。

この御前会議には、先刻の六名の他に、平沼枢密院議長、迫水内閣書記官長、池田《いけだ》〔純《すみ》久《ひさ》〕内閣調査局長官、陸海軍省軍務局長が参列し、また蓮沼《はすぬま》〔蕃《しげる》〕侍従武官長が陪席した。そこで首相から、その日の朝から構成員が参集してポツダム宣言受諾の可否を検討したが、遂に全員の意見が一致するに至らず、これ以上時日を遷延《せんえん》するようなことになっても大変なので、甚だ恐懼《きょうく》に堪えぬが御聖断を仰ぎたいという意味の言上があり、議案として甲案と乙案の二つが出された。甲案というのは四つの条件を附する方で、乙案は第一の国体護持だけが条件となっているものである。この何れを採用するかについて、先ず外相から、自分は国体問題ただ一つを条件につけた受諾案を提起するのが最も適当であって、他のいろいろ条件を附したものは問題を円満に妥結する所以《ゆえん》でないという趣旨を、いろいろ委曲を尽して述べたわけである。次に海相は簡単に、外務大臣の所見に全く同意見である旨を言上した。次に陸相が立って、外務大臣の意見には絶対反対であるといったような非常に強い表現をした。少し昂奮していたようだったが、国体問題以外の三つの問題について条件を附することの必要な所以をいろいろ述べて、もしこの条件がどうしても容れられないということになれば、最後まで戦うということもまた止むを得んじゃないかといったような、相当強硬な意見であった。しかし、決してポツダム宣言を受諾すべきではない、ただ条件附帯まで戦うという決意をする外に途はないという程つきつめた意見ではなく、ただ条件附帯を強く主張するあまり、自然に戦争継続もまた止むを得ないという言葉が出たのではないかと私は解している。次の梅津参謀長も、陸軍大臣の意見と概ね同様であったが、語気は陸相程強硬ではなかったように記憶している。

次に鈴木総理も少し昂奮しておったせいか、私を指名するのを忘れてしまって、平沼枢相の意見を求めた。枢相は先ず首相に、宣言を受諾して国内の治安維持に自信があるかといった意味のことを訊ね、軍部に対してはこれ以上戦争を継続して果して勝利を得る確信があるかという質問をした。前の質問に対して首相は、概ね治安維持に確信ある旨を答え、後者については、参謀総長から、必ず勝って見せるという強いことは言わなかったが、いろいろ準備はやっておって内地方面の防備態勢もだんだん進捗しているという程度の答をした。私は、海軍の戦備の状況を大体話して、確実に勝利を全《まっと》うするということについては保証出来ないが、海軍としては出来るだけのことはやっているという返事をした。すると平沼枢相は、余り具体的な言葉は使わなかったが、乙案の一部を修正する意見を出した。原案は、天皇の国法上の地位に変化がないという了解の下に受諾する、こういう文句だったのであるが、平沼枢相は、国法上の地位ではいかん、天皇の御地位というものは絶対的なものであって、国法で決められたものではないと言って修正を提議した結果が、「八月十日附帝国政府の申入れ」中にある「右宣言は天皇の国家統治の大権を変更するの要求を包含しをらざることの了解の下に受諾す」という文句である。後で聞くとどうも原案の方がよかったようである。天皇の国家統治の大権と言っても日本の旧憲法では通るであろうが、国際的には如何なるものか。故に日本の国民に説明するにはよいが、外国に注文するのにはどうも惟神《かんながら》の道ではどうかと思われる。やはり原案の国法上の地位の方がよかったかも知れないというのである。もし原案通りであったら、あの宣言受諾の申入れに対する連合国側の回答の形が変っておったかも知れないと考えられぬでもない。

平沼枢相の発言が済んで、鈴木総理が最後に私を指名したので、私は、もっぱら例の第三の武装解除の手続問題に限って意見を述べ、これだけは是非向うに註文して貰いたい、然らずんば自分は統帥部の首領として終戦を無事にまとめて行くことにどうしても確信が持てないと言ったのであった。

これで発言が終ったので、陛下から、自分としてはこれ以上戦争を続けて無辜の国民に苦悩を与えることは、どうしても忍び得ないから、ポツダム宣言受諾も止むを得ないと考える、その条件としては国体問題だけを条件にした乙案をとると、結論的な御聖断が下ったのである。

なお、それに附け加えて、最後まで本土決戦とか戦争継続とかいうけれども、戦備は一体出来上っているのか、という御詰問があって、陸軍の九十九里浜の新配備兵団の装備が、六月頃には完成するという話だったが一つも出来ていないじゃないかという強い御叱りもあった。御聖断に対しては何人も奉答する者なく、御前会議は翌十日午前二時半終了して諸事唯聖旨を奉じて取り運ぶこととなった。

ここで終戦前後の軍令部内の空気というか、その状況を述べると、私が五月の末に軍令部に行ってから間もなく、米内海相から私に、これで終戦に導いて軍令部の者は騒がずに済むかという質問を受けた。抑も私が軍令部に転じたのは別に作戦上の必要があってのこととは考えられない。私は自分では、米内海相が考えるところがあって、終戦工作の相棒として私を引っ張ったのだろうと解釈していたから、なすべきことは何であるかはよくわかっていたので、この質問には即座に、責任を以て引き受けると確約したのである。ところがその後、ちょいちょい最高戦争指導会議の構成員だけの集りがあるものだから、何かやっているなということが、自然に軍令部の下僚の方まで伝って行くことになった。この六人の間では当初から決して外部には洩らすまい、六人だけの話にしようという固い約束があったのである。従って陸海軍の大臣は次官にも話さない。自分独りの胸に畳んでおく。外務省では出先の大使と連絡があるから、直接事務に携ったものは知っていたかも知れぬが、一般には知らせてはおらなかった。私ももちろん軍令部の誰にも話をしない。ところが軍令部では、本土決戦で血眼になって戦備の促進に狂奔している有様で、とにかく戦争一本で進んでいる。そこへ持って来て、我々が何か秘密に相談をしているとなると、自然疑惑の眼が向けられる訳である。それで私は大西軍令部次長を呼んで、我々が最近集っていろいろ話をしておるのは、全く軍令部総長として豊田一個の責任においてやっていることなのであって、その内容は言えない。また質問もするな。君達は今まで通り作戦計画によって戦備の促進と作戦指導の一途に精進して貰いたいということを、ほとんど一方的に申渡して全然口を入れさせなかった。けれどもやはり自然にどこからか気配は移るもので、たまたま私の耳に入って来たのは、米内海相がもっぱら終戦工作をやっているということだが、そんなことをしていると今に、米内海相の身辺だって決して安全とは言えんだろうなどという不穏な蜚語である。半分脅迫のようなものだが、当時は苦戦の昂奮で皆血眼になっている時なので、私はこれは非常に難しい局面だ、単に対外的の問題に止まらず、対内的に余程うまくやらないと、飛んだ不祥事件が起るぞと感じておった次第である。そのために、第一回第二回の会議を通じての私の言動というものは、当初米内海相が私に期待したところとは大分違ったものがあったと思うが、私が敢てそういう態度をとらざるを得なかったのは、今述べたような四囲の情勢を相当考慮したからなのであって、卑怯と言われればあるいは卑怯かも知れない。しかしあの時私が直截に米内海相と同じ行動をとっておったら、果してどういうことになったであろうか。海軍部内だけはよし押え得たとしても、陸軍対海軍の関係というものは非常に深刻になって何が起るかわからない。海軍が挙げて崩れてしまったということになると、海軍を一つ鞭撻《べんたつ》せねばならんといったような声が陸軍に起らんとも限らない。私の本当の考えは強い言葉でカムフラージして鋭鋒《えいほう》をそらすということに苦心していたのである。これはいささか言い訳のようになるけれども、あの当時としては私の言動はどうも止むを得なかったという風に、今日でも考えている次第である。

三対三の対立

少々脇道にそれたが、八月九日の夜半から十日早朝の御前会議で御聖断が下ったので、これは文句なくその線で進むより他になく、あとは当り前の外交措置で、即日ポツダム宣言受諾を連合国側に申入れ、十二日の晩には外国放送で連合国側の回答が判明した。そして翌十三日の朝から首相官邸で再び最高戦争指導会議（構成員だけ）が集って、正式に四箇国の回答を審議したのである。

会議が始まって間もなく陛下から参謀総長、軍令部総長に御召しがあり、すぐ参内すると、御下問があって、ポツダム宣言受諾の通告を出してそれに対する連合国側の返事も来たというが、この外交交渉をやっている間に、統帥部としては作戦をどういう風にやる積りかと御尋ねである。これは明かに陛下からのサゼスチョンで、外交交渉の間は、戦いをちょっと手控えた方がよいだろうという御心持ちで御尋ねになったことは明かである。そこで梅津総長が代表して、主動的積極的な作戦は手控えて、もし向うから攻撃して来たら、止むを得ない場合には受動的な防衛をやる程度に止める旨を奏上した。陛下から、それならよろしいという御言葉があって退出して、また審議を始めたのである。

この連合国側の回答文のうち、特に重要だと認められたものは、次の二項目である。

第一、日本の天皇及び政府は、連合国最高指揮官の指揮を受け——サブジェクト・ツーという言葉がある。これは会議の始まる前に私は軍令部で研究したが、サブジェクト・ツーというのには余り疑義はあり得ないので、どうしても、指揮を受ける、指示を受けるとか、従属するというような相当強い意義を持っているものと考えられるのに、外務省側ではそれ程強い意味はなく、制限を受ける程度というような解釈であった。戦後の諸記録を見ると、政府側ではこのサブジェクト・ツーを如何にうまく翻訳して、軍部の抵抗や反対を緩和するかに、非常に苦心したことが分るのである。

第二に、日本の窮極の統治機関の形態――ザ・フォーム・オブ・オーガニゼーション云云という点についてであるが、これは周知のごとく、自由に表明せられた日本国民の意思によって決定せられるというのだが、統治機関の形態といえば国体政体両方を含んでいるものなので、国体問題そのものに直接関連があるわけである。それで、国体が人民の自由に表明せられた意思によって決定せられることになると、今までの惟神《かんながら》の国体をすっかり否認することになり、新に国体を決めて行くということになる。これは、天皇の大権に何等の変化がないという申入れと全く矛盾するので、こっちの提議した条件には答えず顧みて他を言うぐらいではなく、寧ろ否認と同じことじゃないかと考えられた次第である。

以上二つの点が国体の護持に重大な支障を生ずる懼《おそ》れがあり、当初申入れの天皇の統治大権に何等の変更を加える要求を包含せずという条件を充足していないから、さらに申入れて向うの説明を求めるか、あるいはこっちから要求を出して了解、保障を求める必要があるのじゃないかという強硬な主張と、この際さらに申出条件を加えるとか註文をつけるとかということは、この話をぶち壊してしまって非常に危険だから、一切何も言わずに向うの回答を鵜呑みにすべきだという意見とが、対立した訳である。

その外に武装解除、保障占領について、第一回申入れの審議のときの主張を参謀総長と陸軍大臣とがさらに繰返したのだが、私は賛成しなかった。この問題は第一回の申入れで御聖断によって除外されたもので、今さらそれを出したところでそれは出来ない。私が主張したのは、前述した二つの問題、即ち天皇及び政府が連合国の最高指揮官に従属するということと、将来の統治機関の決定の方法であった。

前者について私が主張したのは、どうせ戦争に敗れたのであるから、戦勝国が戦敗国に保障占領をやれば、その国が占領軍司令官の指揮を受けるのは、止むを得ないことである。しかし連合国の回答には、「日本国の天皇及び政府は連合国最高指揮官の下に置かれること」という条件があるが、この中で天皇及び政府と言わなくても、日本政府はと言っただけでよいのじゃないか、政府に命令して、政府はもしそれが天皇の大権に属することなら、陛下の御許しを得て、占領軍の指揮官の命令通りに実行すればよいのだから、これは天皇を司令官の下に従属させるような表現を使わないでもよいのではないか。訂正を要求したところでその通りにならないかもしれぬが、言うだけは言っておく方がよいと、まあこういう意味の主張をしたのである。

次の統治機関の形式決定の問題にしても、申入れたところで向うは承知しないかもしれないが、しかし最悪の場合を考えると、占領下の国民の一般投票で日本の国体を決定するということになった場合に、もし占領軍の方でそういう意思があれば、日本の国体を変更するような結果に導くことも余り困難ではあるまい。これでは、最初にこちらから持ち出した天皇の大権に変化がないという申入れを全然無視したことになる。私は外交上のことも、法律上のことも門外漢だけれども、ここで日本が黙っていてよいものであろうか、何か言わなければならないのじゃないかと考えた。少くともこっちの所信だけは述べる必要があるのじゃないか。言った結果はどうなるにしても、将来何か問題が起った時に物を言う端緒もなくては非常に困るであろう。この際たとえ容れられなくとも、此方の意見を述べて置かないと、後で何も言えなくなる。あの時何故黙っていたかと言われれば一言もない。こういう点をいろいろ論議したのである。阿南陸相、梅津参謀総長も、全く私と同意見であった。

最後の御前会議開かる

それに対して東郷外相は、外交交渉でいろいろ註文《ちゅうもん》をつけるということは、交渉を進めて行く上に非常な障碍となるので、折角話がまとまろうという際にいろいろなことを言うと、そんなら勝手にしろと突放されては困る、本当に本土決戦をやるだけの自信がないなら、そういうことは持ち出すべきではないといって、註文をつけることの危険である旨を強く主張して譲らない。

そこで私も、今度の場合は此方から註文をつけたところで、すぐに向うが、それなら交渉を打切ってさらに戦う、徹底的にやるということには絶対にならないと思う、既に日本側は十分に弱味を表明している、向うだってこれ以上戦争はやりたくない、一日も早くやめたいのだから、向うが話を聞く聞かぬはとにかくとして、言うだけは言えと主張したが、どうしても駄目で、ここで外相と正面から対立した訳である。

鈴木総理及び米内海相は余り多くは語らなかったけれども、その主張は終始全幅外相支持であった。

私等三名と外相とのやりとりを、鈴木総理が傍で聴いておったが、耳が遠いのでよく聞えない。そしていらいらして終には、君達はこの問題をぶちこわそうとして故意にそういう無理難題を言っとるのじゃないかという意味に近い言葉を投げたりしたこともある。いや、決してそうじゃないと言って説明するが、なかなかわからぬ。

こんな具合で、この十三日の会議は朝から午後三時までやったのだが意見が一致しない。午後三時に閣議があったので、会議を一時中止して、夕刻閣議終了をまって、七時半頃からまた首相官邸に集った。この時は阿南陸相だけが何かの都合で欠席した。五人で同じことを七時半から繰返して、十一時頃まで論議したが、どうしても結論が出ないので、その晩は打切って翌日まで持ち越した。そして第一回の時の例もあるので、またまとまらない話を正式の御前会議に持って行って、陛下の御聖断を仰いでは畏れ多いから、何とかしてその前に話を纏めたい、是非もう一度会議を開いて貰いたいということを、よく申入れておいたのである。そして最後に書記官長が、御前会議を急に開くようになるかも知れないから、今度は間違いなくその前に必ず連絡するから、会議開催の奏請書だけに署名をしておいてくれというので、梅津君も初めは渋っておったが、開くときには必ず事前に連絡して同意の上でなければ開いては困るという固い約束をして、梅津君と私両名とも署名したのだが、結局第一回と同じように会議再開にはならずに、翌日の午前十一時頃から御召しがあって、最後の御前会議があった訳である。

この御前会議は最高戦争指導会議ではない。従って私達が署名した会議開催の奏請書が使用されたのではないのであって、陛下の特別の思召しで、閣僚全部、平沼枢密院議長及び最高戦争指導会議関係員が召された特別の御前会議であった。蓮沼侍従武官長の陪席は前回の通りであった。

同じ十四日には、この御前会議の前に皇族会議、元帥会議が開かれているが、私は具体的には何も知らない。

午前十一時から、宮中の防空壕の中で、この歴史的な最後の御前会議が始まった。

最初に首相から、その前日の閣議及び最高戦争指導会議の審議の経過概要を述べて、特にその会議で無条件受諾に異議を唱えた最高戦争指導会議構成員三名に発言を御聴許ありたい旨を奏上して、指名によって梅津総長、私、阿南陸相の順に、所信を述べたのである。

閣議の経過の説明では、首相は、無条件受諾を可とするもの何人、条件を附するを可とするもの何人という具合に内訳だけ述べて、誰がどう言ったというような具体的なことは申上げなかった。

梅津総長、阿南陸相両名の言上に付ては、当時私も相当昂奮しておったので、一々具体的に言辞を記憶していないが、趣旨は概ね私のものと大差はなかった。私の言上したことを要約して言えば、連合国側の回答そのままを鵜呑みにするということは到底忍びない。さらに質問をするとか註文をつけるとか、要するに此方の所信をもう一度披瀝することが適当であると思う、ということで、決してポツダム宣言受諾絶対反対、戦争継続一本という主張ではなかった。

御前会議の経緯に付ては終戦後いろいろの発表があるが、これは概ね無条件受諾を主張した側の人々から出たもので、勢い反対の立場に立った者を、強く批判しておるような色彩が甚だ濃厚である。三人の主張は決して戦争継続一本というものではなかった。私はその前日もっぱら東郷外相と論議した点を繰返して、無条件受諾ということは第一回に申入れた趣旨に悖《もと》る、第一回の絶対条件が全員の一致した意見であるならば、それをやはり貫徹するように努力しなければならない。それにはこれだけの申入れをするということは決して不当じゃない、極めて合理的であると思う、そしてそれを申入れたところで話がこわれてしまうとは思われない、またあるいは向うはそれを受諾しないかもしれないが、少くとも効果はあると思う、ということを申上げ、さらに、作戦についてはこれこれの準備はしてある、さらばと言って戦争を続けて勝算はあるかと問われれば、自信があるということは自分では言えない、しかしとにかく一度は一億特攻、本土決戦というような大きな決心だけはした、それだけの決心をした勇気を持っておれば、この際これだけの申入れが出来ないはずはない、また申入れをすることが危険でもないし話はまとまると思うし、それだけのことをした効果はあると思う、と大体こういう主張をしたのである。それを私が終戦絶対反対、最後まで戦うのだと主張したかの様に誤伝されておるのは甚だ心外とする所である。私の心持ちも主張も決してそうではなかった。

我々三人が所信を述べると、あとは誰も発言者はない。結局ここで陛下の御聖断が下ったのであったが、陛下は、自分はこの連合国の回答によって第一回の申入れをした条件は大体充足されているものと信ずる、ポツダム宣言受諾のために自分の股肱と頼んだ沢山の功臣を戦犯者として先方に引き渡し、また陸海軍の部隊に武装を解いて降伏せよと命令するのは実につらい、つらいけれどもこの戦争を継続して、一般国民に悲惨な責苦をこれ以上蒙らせるということは到底忍び得ない、それで日清戦争の時に明治天皇が三国干渉に対して忍び難きを忍ばれたあの御心持ちを学んでこの際連合国の回答をそのまま受諾する決心をした、そして終戦を円満に遂行して行くためには自分はどうなっても構わぬ、必要なことは何でもしよう、詔書も出そう、もし放送が必要なら放送もやろう、どうか皆で自分を助けてくれという様な御言葉であった。この時の陛下は全く声涙ともに下るという御様子で、ために君臣ともに慟哭すといった誠に感激この上もない場面であった。それで約一時間ぐらいで正午頃御前会議は済んだのである。

いわゆる戦争継続論者（私を含めて）に対する非難の一つとして、ポツダム宣言受諾を日本が最初に申入れしたあと、向うの回答に対してなかなか第二回目の返事が行かないというので、連合国側では、一体日本は戦争に敗けて足腰立たんようになっていながら、何を愚図愚図《ぐずぐず》自惚れを考えておるのだろうといった観測を、向うの心持ちとして伝えているが、果してそれ程向うでやきもき待っていたかどうか疑問である。

私が最後の御前会議で本土決戦に言及したのは、結局此方がそこまで大きな決心をしているという意気込みを向うに反映させるとともに、こちらの註文を出し、向うがそれを判断するという具合に、事を運ぶのが有利であると考えたからであったが、これが継戦一本槍の主張に歪曲して伝ったことは、前に述べた通りである。

東郷・阿南のこと

東郷外相は〔東京裁判で〕二十年の重刑を受けたが、これは開戦当初の真珠湾が祟《たた》っているものと思う。だからこれはちょっと皮肉な観測かも知れないが、終戦の時にあれ程外相が無条件終戦一本に突進して、針で突いた程の弱点も作らないように終戦工作をやったというのは、何とかして真珠湾問題の償いをしたいという非常な熱意があったためではないかと思う。私は、東郷外相とは終戦の時随分わたり合ったし、その前は昭和十年の暮から翌年の初めにかけてのロンドン軍縮会議の時にも、彼は欧亜局長、私は軍務局長で、よく連絡をとり、随分議論もした。粘りのある、言い出したらなかなかひかないが、とにかく嘘は言わぬ人だ。外交官が嘘を言うというのじゃないが、東郷氏は背負投げを喰わす人ではない。私はあれ程やり合ったが、悪意も反感も持ってはいない。今度の私の裁判でも、東郷氏は数回法廷に見え、また私が市ヶ谷法廷に二三回行ったことがあったので、たびたび終戦当時の思い出話を交わしたが、東郷氏と私とは通ろうとした道が少し違っただけであって、ともに達成しようとする目標は同じであったことをお互いに良く諒解した。

　東條内閣の出来た時、東郷氏が外務大臣になったと知って大いに彼のために惜しんだ。東條と一緒に抱合い心中をやっては気の毒だという感じがした。東郷氏自身も、後では開戦、次いで真珠湾事件その他でしまったと自覚したことであろう。それで鈴木内閣の時になって、過誤の償いをする意味であれだけやったのだろうと考えられる。

　――東郷外相が特にアメリカ側の心象を害してることは事実のようで、グルー大使なども、東郷のためには一言も弁解の労を取ろうとはしていないときいている。というのは、東郷は当時グルーやクレーギー大使やに対して、「わしが外務大臣でいる間は断じて開戦はないと信じて頂きたい」とハッキリ言明していたということだが、それが辞《や》めもせぬばかりか、彼の口からグルーに日米開戦を宣言している、というその不信沙汰だ。しかもその東郷が後になって大東亜省設置問題という小さな問題で辞職しているのだ。だから東京裁判のキーナン検察総長なぞは、「東郷という男は、個人的虚栄《パーソナル・バアニチー》のためならば辞めもするのだね」なぞと冷罵的な言葉を洩らしていたものだという……。（発言者・柳沢健）

それからいろいろ書いたものや世間の噂に、最後の御前会議の時に阿南陸相が、陛下の御前に身を投げて御翻意を嘆願したとあるが、あれは嘘で、第一回目（八月九日）の時は興奮していて前述のように、「私は外務大臣の意見には絶対反対である」というような強いことを言ったが、最後の御前会議の時は平静で、身を投げてどうこうという様なことはなかった。後で考えれば、当時陸相は既に万事を諦観して、静かに自決の機を待っていたのではあるまいか。

――ついでだが、日清戦争や日露戦争のときの大本営を見ると、ほとんど毎日陛下が御いでになり、陸軍も海軍も一緒に机を並べてやっていたようだ。それが今度は、今のお話しのように、御前会議というものは数えるほどしかない。私はせめてサイパンかフィリピンとかの場合には、親臨の大本営会議が必要だったという気がするが……。（発言者・木村毅）

これはまったく私見だが、天皇御親政の根本精神は当時も今度も変りはなかったのだが、年を経るに従って天皇親から統帥や国務を指導される範囲が狭くなって、もっぱら責任者の輔翼《ほよく》奏上を親裁されるという傾向が多くなったのではあるまいか？　日清、日露の戦争のときには、明治天皇がほんとに万機を総攬《そうらん》――それをしっかり握っておられたと思うが、今は時勢も違い、国務も統帥も昔と比較にならぬほど複雑広汎になってきたので、毎日の作戦会議に、陛下が一々御親臨になるような余裕もおありにならなかったのかも知れない。いずれにしても、未決の事案を陛下の御前で審議して一々宸襟《しんきん》を悩ましたてまつるということは畏れ多いという考えが、後年になると益々強くなったように思う。

終戦有感

話は少し前後して、前に述べた軍令部内の状況に補足するが、連合国の回答が来た時に私は読んで見て、これは具合が悪いと思った。第一にサブジェクト・ツーの問題、第二に統治形態決定の問題。これに付て軍令部の下僚が私のところへ来て、不満の意向を洩し出したので、私は、黙っておれ、私が言う、私にはちゃんと考えがあるからと言って、私が先にこの問題について所信を述べてそれで収まった。もし私が黙っておったら、こんなものは蹴飛ばしてしまえ、戦争一本で行こうと主張する者が続出する可能性が見えた。それで私は先手を打って、俺はこれだけの主張をするからと言って、相当強い言葉で部下の鋭鋒を抑えたのである。

それから、後で聞いたのだが、軍令部総長が頑張っているものだから話がなかなかうまく行かぬという噂が、陸軍の一部でたっているという。私はそれを聞いて、ははあ、これで俺の目的は達したな、危険はないなという気がした。そんな風で、悪く言えば、私は一方では米内海相の期待に背き、他方部下の者には、一億特攻で戦備をやれと言って大いに激励しながら、陰では密かに終戦工作をやっていたという訳で、妙な立場に立った次第であるが、当時としては、終戦の工作をやるにしても、その気配をあからさまに他に示す訳には行かない。どうしても二枚舌を使わねばならぬ。これはもっぱら海軍部内の静穏ということと、陸海軍の関係を何とかして不祥事を起さずにうまくまとめたいという意図に他ならなかった。米内海相はそんなにしゃべる方ではないが、意見を述べる時ははっきり言うから、それがそのまま人に伝わると、反響が大きいのである。

それで当時私は自分のとった態度について、米内海相に釈明したことがあったが、彼は何も言わずに憮然としておった。多分不満だったのであろう。しかしもしあの場合私が米内側につくと四対二となって、参謀総長と陸相の陸軍側だけが反対側に立つことになり、これは大変なことになる。私は何も陸軍に同情を持っているのでもないし、そういう義理もないが、あの最後の土壇場になって内部の動乱が起りでもしたら一大事である。それが陸軍の一部の者、海軍の一部の者が事故を起した程度で収まればよいが、それが波及したら大変なことになる。

その事故の一例として厚木の航空隊では、八月十五日に詔書が出て陛下の御放送まであったにもかかわらず、どうしても言うことをきかない。陛下が日本の軍隊に降伏しろなどという大命を下されるはずはない、これは皆君側の奸臣のやったことだといって、どうしても武装解除をしない。艦隊長官やいろいろな人をやって説得させるが、きかない。これは、止むを得ぬ場合には兵力で討伐する外あるまいとまで考えた。しかも厚木には、間もなくマッカーサー元帥が乗込んで来る予定になっている。結局どうやら八月二十三日になってやっと鎮まった。第一回の御前会議の時、武装解除の方法について、あらかじめ先方と協定することを主張したのも、こういう不穏を憂慮してのことで、それをやらぬと厚木のようなことが他でも頻発したかもしれなかったと考えざるを得ない。

さて、話を本筋へ戻すが、御前会議の後にあらゆる方法を講じて無血停戦をやるようにというので、皇族方を作戦部隊に御差遣になった。また特に陸海軍両総長から奏上して、大本営命令を出して戴いて、今回の終戦に伴い、連合国の指示によって武装を解除したものは、降伏したものと認めずという国内的な取り扱いをした。

結論を述べると、終戦の時の御前会議で我々無条件受諾に反対の立場にあるものが粘ったのが、手前味噌ではないが、終戦を無血に円満に遂行出来た一つの動機になっていると考えている。何も言わずに無条件で行っておったら、何事かが起っただろうと思う。また国内の作戦部隊には、本土決戦のスローガンに刺戟されてどこまでも戦争するのだ、やりさえすれば勝つのだという盲目的な信念を持った者が相当いたのだから、それに政府なり統帥部なりが無条件で武器を棄てろと命じたら、決して平穏には収まるまいと考えざるを得なかった。戦後私に、最後まで戦争継続を主張して下さったそうですが、大いに意を強くしました、というようなことを言った人が相当あった。しかし、それは私の本意ではない。私は黙って苦笑いしていたような訳であった。

第十一篇　無罪になるまで

巣鴨拘置所三年九ヶ月

拘置所などというところにはついぞ縁がなかったので、私がはじめて巣鴨へ入ったときには、不安の裡《うち》にもちょっと物珍らしさに心が惹かれた。

初氷の張った寒い朝で、午前十時を廻っていたろうか——。

身体検査や予防注射を受け、重い荷物を担いで、冷たいコンクリートの廊下を幾曲《いくまが》りかした後《のち》、あるブロックに入ると、長い廊下に沿って各房の扉が両側に並んでいる。成程、監獄とはこんなふうに出来ているのか……とまるで拘置所見学にでも来たような気持ちで、キョロキョロしながら看守のあとについて行く。すべてがまだ他人《ひと》ごとのようで、現実の自分の姿がどうも納得出来ない。いくつかの扉の前を過ぎた時、看守がある房の鍵をガチャンと外して、扉を開けた。三畳敷ばかりの小さな空間がパッと眼に映る。よくビルディングの隅に拵《こしら》えてある、小さな宿直室のような感じの部屋だった。看守が入れというので、何気なく歩を進めると、うしろの扉がドーンと音をたてて閉されてしまった。ついでガチャンと鍵の掛けられる音、それっきり辺りは森閑《しんかん》となった。急に心の芯にまで冷々したものが流れて来た。

予備役編入という通告を受けたのは、巣鴨へ入る半月ばかり前であった。その時も、長い海軍生活と縁が切れたので、ちょっと寂しい孤独感はあったが、心のどこかに、戦局の責苦からやっと放された、という万事を諦観した割合に平静な気分も残っていた。ところが巣鴨の独房で、ガチャリと鍵を掛けられた瞬間の気持ちは、なまじ孤独感などという言葉を使ったところで、とても説明にはならない。たった一枚の扉で、現実の私は完全に世間から遮断《しゃだん》されたのである。至極簡単でもあり、みじんの生温さもない。私は思わず吐息をもらし、しばらくは、虚《うつ》ろな想念の移り行くままに任せるだけであった。考えると実にあわただしい越しかたであった。ことに終戦前後は、わが身の内外にはげしい変転があったはずなのに、この時の回想の中ではおよそ影のうすいものになっていた。

終戦時に軍令部総長であった私にはミズリー艦上の降伏調印後は、実はなすべき仕事は何もなかったのである。終戦に伴う後始末は、一切海軍省の主管であったから、軍令部の側では、ただポカンとして事態の烈《はげ》しく、揺れ動くさまを眺めているに過ぎなかった。十月十五日軍令部は解消され、私は海軍省出仕となったが、これは予備役編入の前提であって、別に新しいきまった職務が出来たわけでもなく、責任もなかった。いよいよ予備役となったのは海軍省解消の前日即ち十一月三十日であった。私は十八歳で海軍兵学校に入り、海軍士官としては比較的恵まれたコースを辿りながら、思い出の種も数え尽くせぬ四十三年間を過して来た私のネーヴィ生活も、これでいよいよ終幕となったわけだが、取り立てて感慨も湧かなかった。責任の地位に立ちながら敗戦という悲惨事に直面して受けた心の衝撃が、余りにも大きかったからである。ともあれ、これで自分の職務は終った。一抹の寂しさもないではなかったが、何といっても「やれやれ」という気分だった。過去の悪夢は払拭してこれからは暇にあかして、戦災の後始末や身辺の整理もやって見よう。――これから先の生活のことも、ゆるゆる考えて見よう。と思ったりした。実際にはそう思っただけで何をする気にもなれず、ボンヤリ日を過していると、それから三日目の十二月三日に、突然ラジオ放送で、戦争犯罪人容疑者として、逮捕指令が発せられた旨を知った。

私は、この逮捕指令に半信半疑であった。どう考えても、自分に戦犯容疑の点があるとは思われなかった。「きっと何かの間違いだろう」と軽く家人にもいい聞かせ、強いて自分の胸にも納得させたが、その夜は安易な眠りは得られなかった。ところが、翌日の朝刊を見ると各新聞が一斉に戦犯容疑者へ逮捕指令の発せられたことが大きく報道されていた。発表された容疑者の名前は六十名ばかりでその中には、元連合艦隊司令長官、軍令部総長豊田副武と、ちゃんと私の名も入っている。この新聞報道を追うように、間もなく第二復員省からも、公式の逮捕指令が私の許に通達された。こうなっては、呑気に構えていた私でも、ことはいよいよ本物だという気にならずにはいられなかった。

「しかし、どうして私が……」

当然の反省が、烈しく頭を擡《もた》げて来た。戦前の二年間を私は艦政本部長の職についていた。戦争がはじまってからは、鎮守府長官、軍事参議官、連合艦隊司令長官、そして最後に軍令部総長の地位を歴任していた。実際のところ、今度の太平洋戦争をはじめるという議については、一度も関係しなかったし、外交的問題についてもいささかも職責はなかった。あるいはまた戦時中の作戦に関連して起った俘虜の虐待とか、戦争法規違反事件などという事態があったかどうかについても、当時私は全然知らなかったのである。ただ一つ、日本潜水艦によって不法作戦が行われたため、連合国側から抗議が来ているということを、終戦後にはじめて聞き知った程度である。しかもこの潜水艦問題も、直接私の作戦指導と関連があるのかどうかも判断が出来ない。第一、戦時中はそうした事柄を全然知らなかったし、自分としてもそのような不法作戦を命令したとか、容認したことも全然なかった。当時の私の気持ちとしては、むしろ部内から不祥事の起らぬことを誇りとし、完全に職責を全うしていると信じていたものである。

あれこれと考えあぐねているうちに、ついに十二月十二日となった。この日は私に指令された巣鴨入所の締切日である。もちろん私は納得のゆかぬ大きな疑いに被われていたが、指令に従って、この日はじめて巣鴨に出頭した。一面の焼跡を通って拘置所の前へ出ると、入所者を見送りに来た人々が大勢集っていた。高い外壁を見上げたときには、監獄に来たなと思ったが、中に入って見ると、建物は近代式のコンクリート造りで、色彩も明るく、漠然と想像していた監獄特有の陰惨な影が少しもないな、と思ったことも今なお記憶にある。

私と同じく逮捕命令を受けた六十人近い人たちも概ねその日の内に入所して来た。間もなく知ったことだが、私の監房のブロックには吾々仲間の他に東條君始めその閣僚連中が数日前大森から移転して来ていた。その後、程なくして木戸《きど》〔幸一《こういち》〕、近衛という人達にも逮捕令が出たことを知った。こういう連中は戦犯容疑者でもAクラスに属する人たちだと考えられていたが、私ははじめからA級ではあり得ない。B級の心当りもない。と言ってC級でもないと自認していたので、A級の人たちと同じような処遇を受けていてもなんだか仲間外れの感を禁じ得なかった。私達は逐次B級C級容疑者が雑居している雑房へ移された。私が雑房に移転したのは入所してからすでに一ヶ月以上を経過していた。が、その頃にはA級容疑者に対する取り調べが頻りに行われていたが、私に対する取り調べは春になっても夏が来ても、一度もなかった。それに私は米国流の司法概念では有罪の判決を受けるまでは無罪であると聞いていたので、私に関する限り、まだ容疑のしみもついていないのだと勝手な自己流判断を下していた。もちろん心の底では、自分はあくまでも無罪であるという信念を堅持していたことには変りはなかった。そのため拘禁されていても、不安はなく、気持ちは始終明るく持ちつづけることが出来た。ただ苦しかったのは食事の味付であった。私は昔から塩辛いものが好きだったが、巣鴨の食事はおそろしく塩分不足で、私だけでなく、大概の人が困っていた。しかし一年後には漸次改善された。所内の規律生活は、長い間海軍で身につけていたので私には何でもなかった。まア、そんなこんなで、うかうかしている間に、巣鴨に移ってから二度目の冬が近づいて来た。ちょうど、市ヶ谷に開かれている東京裁判では、太平洋段階も終っていた。入所以来一年ともなれば、みんな巣鴨生活にも馴れて来た。朝六時起床、部屋の掃除、洗面、それから食事。午後は昼食を終えてしばらく経つと、看守が、「エキササイズ」と呼ばわりながら、各部屋の鍵を外して行く。日課の運動がはじまるのだ。各部屋から顔馴染がニコニコしながら現われてくる。運動は午前中のこともある。また何かの都合でないこともある。午後五時夕食、九時就寝。その間に法廷に出る人は出て行く。検事や弁護人の訊問があればそれに面会する。用事のない者は読書に耽ったり、碁やトランプに興ずることも出来る。これが私たちの当時の一日だった。

その頃の私たちの間で取り沙汰された噂によると、A級容疑者で全然起訴されていない連中は、一部の者を除いては、やがて一つのグループになって審理を受けることになるものと考えなくてはなるまいという観測の方が多かった。そのため大ていの人がすでに一応の予備的訊問を受けていた。ところがその頃になっても私には一向取り調べがない。戸外運動の時、顔馴染から「調べがあったか」と聞かれるので、「ない」と答えると「変だなア」という。そういわれると私も段々変だなアと思うようになり、きっと明日から始まるかも知れんと思って寝に就くが、明日になっても調べはない。今日は始まるだろうと思って眼を醒すが、結局、終日待ちぼうけで暮らす。来る日も来る日も宙ぶらりんな気持ちで過しているうち、またしても一年が経って、やがて暖房も止まり、窓から指す朝陽が暑く感ずるようになった。いろいろと話題になった東京裁判も結審となり、判決のための休廷に入っていた。その頃になってはじめて私は検事の呼び出しを受けた。

忘れもせぬ二十三年六月四日だった。私が巣鴨に入ってから二年と六ヶ月ぶりになる。容疑者としての取り調べだが、私は人一倍その日のくるのが遅れていたので、待っていましたと許り、緊張しながらも自信たっぷりの気持ちで調べ室へ入っていったことを覚えている。しかし、その時の調べは訊問というようなものではなかった。検事は、かって私の部下であった人たちの行動や、私の横鎮長官時代に起った事故などを抜出しては説明を加える。また私が連合艦隊長官着任前に連合艦隊で起った事故や、私と全く指揮関係のない事件にまで発展する。そしてそれに関する私の所見を質すといったやり方だった。つまり私の意見を求めるのが主で、私に直接責任のある事柄についてては一言も触れようとはしない。このようなやり方の調べが約一ヶ月つづいて、その後また私の呼び出しはぱったり止まってしまった。私は「はてナ」と思わずにはいられなかった。いままでの検事の質問、私の答えた内容から推測しても、それだけでは私が起訴される材料にはならない。戸外運動の際、顔馴染にそのことを話すと、相手はまたしても「変だなア」という。人間は自己の運命を常にひいき目に予測するものだが、その時の私もつい甘い予想の方へひかれていた。

「二年半も取り調べがなかったので、自分は起訴されずに釈放されるだろう。この間の調べは、釈放するために形式的にやったに違いない」

笑われるかも知れないが、当時私は本気でそんなふうに考えたり釈放を予測したりした。

何の変哲もない三ヶ月が過ぎて、十月六日の朝、不意に「調べ室出頭」の命令を受けた。釈放されると思い込んでいた私は、ちょっと目算が外れたので「はてな」と考え込んだりした。今度の検事の訊問は、私の責任事項を衝いてきた。前の場合とは大分調子が変っているのだ。担任弁護士のことなどに言及して、明かに訴追の気勢を示した。そして十月十九日になって、遂に十月末頃から裁判にかけられるという通告を受けた。ここで私の心の中に巣食っていた甘い考え方は一ぺんにけし飛んでしまった。そして、妙な話だが、自分が巣鴨に入っていることを再認識したりした。それにしても、四十三年間の海軍生活を、私は私なりに一つの信念で貫き通してきた積りである。いまさらその信念を吹聴する気はないが、何事にまれ、顧みて恥しいと思うことはしていないという確信は持っていた。それだのに私の行為に不法があったとして疑いを掛けられたのは嘆かわしいことだ。私はかくなった上は私の知能と体力の限りをつくして私自身のためでなく、日本海軍のために、世界中に明しを立てよう。そのために知る限りの事柄は残らず、率直にぶちまけよう。私はそういう心持ちで来るべき裁判に対処しようと決心した。

翌二十日の新聞で私は田村《たむら》〔浩《ひろし》〕君（元陸軍中将俘虜情報局長官、陸軍俘虜監理部長）とともにその前日に起訴されたことを知った。もっとも両人はお互いに何も関係のない別個の裁判である。間もなく私が喚問される法廷は、丸ノ内の三菱十一号館であること、裁判は総司令部の管轄下におかれること、官選弁護人として米人ブレークニー、ファーネス両氏が、弁護につくこと、この他には日本人弁護の花井《はない》〔忠《ただし》〕、島内《しまのうち》〔龍起《たつおき》〕、馬場《ばば》〔東作《とうさく》〕三氏が私を担当してくれることなどが知らされた。とに角、事件は公的なものではあったが、私一人の裁判に最も令名ある有力弁護士が五人もついてくれることは望外の幸運として非常に有難く感銘した。

公判開廷

ついに公判は十月二十九日開廷と決った。起訴状の概要は起訴の翌日新聞で承知したが、正式の起訴状を米人弁護士を経て受領したのは開廷の前々日であった。起訴状は二頁余りで市ヶ谷裁判のものとは比較にならぬ程の短文であった。私はそれを受け取ると、すべてを打ち忘れて一気に読み通した。

ここで起訴状の内容を要約して披露しておこう。冒頭の起訴（charge）理由によると、

「豊田は今次大戦中附属の罪状項目書中に掲げた時及び場所において戦争法規並に戦争慣例に違反した」

となっている。さらにこれに附属する罪状項目（specification）によれば、戦争中、豊田は彼の部下が、（一）連合国人に対して虐待、酷遇、拷問、強姦、殺害及びその他の兇行及び犯行を加えること。（二）連合国人の所有する建築物に対して、その家具、造作及びその他の備品諸とも不法に強奪、掠奪、焼却及び破壊を行うこと。（三）各国の教会、病院のごとき非軍事施設を要塞化し、その結果多数の連合国人に死傷者を生じ、戦火の危険を蒙らしめたこと、以上の諸項目を部下に対して命じ、指揮し、煽動し、強制し、許容し、及び承認し且つこれが防止を怠った。（四）大船俘虜収容所で多数の連合国俘虜を不法に抑留し虐待、酷遇し、飢餓に陥れ、拷問し、且つこれを殺害することを命じ許容した他多数の俘虜の苦悩や死亡に寄与した。（五）多数の連合国人を、虐待、酷遇、拷問、殺害その他の犯行を加えることを他の姓名判明または、不明の者どもと共同謀議の上実行し且つ犯跡を隠したというのである。この罪状項目の記述内容は全然抽象的で、そこに述べられ

ている行為が実際に行われた場所とか、時期とか、当事者などの特定事項には少しも触れていない。しかし文意は辛辣そのものである。私は前にもたびたび述べたように、自分に戦争の法規慣例に違反するような考えを抱いたことは露程もないのみならず、部下の非道を許容したり、黙認したりすることは絶対に出来ない性格の人間なので、身に毫末《ごうまつ》の覚《おぼ》えもなく、私はこの起訴状を見て五体の熱血が一時に心頭に奔流する思いをした。しかし私は決して畏怖は感じなかった。否これがために鬱勃《うつぼつ》たる正気の胸中に躍動するのを覚えた。私が十ヶ月に亙る複雑な裁判の難行に微恙《びよう》もなく堪えることが出来たのにはこの起訴状の文句が大きな寄与をしたものと信じている。

公判開始後初めて罪状項目の説明ともいうべき細目（Particulars）なるものが検察側から提出された。これは何時どこで誰が誰に対してどういうことをやったというような具体的な事件が九十件記述されている。これを分類すると大体六つの部門に別れる。

一、フィリピン群島事件——昭和二十年春、米軍が比島に上陸してから後、日本海軍将兵はフィリピン各地で住民と財産に対する不法行為を敢《あ》えてした。事故の起った代表的な場所はマニラ、インファンタ、ダバオ、サンボアンガなどである。

二、病院船に対する不法攻撃——日本海軍飛行機は米軍病院船を不法攻撃し、多数の死傷者を生ぜしめた。この事件は全部で三件あげられていた。

三、潜水艦による不法行為——日本潜水艦は連合国商船を撃沈したのち、その生存者に対して機銃掃射やその他の残虐行為を加えて多数を殺傷した。これは二件あげられていた。
四、連合国の俘虜や非戦闘員に対して前線各地の日本海軍将兵は虐殺その他の残虐行為を加えた。この種の事件は三十数件記述されている。
五、大船俘虜収容所の虐待——日本海軍の手で捕獲した連合軍俘虜を拷問、虐待した。
六、共同謀議
大体、以上のようなものが罪状細目とされたのである。第五項の大船俘虜収容所というのは、海軍が捕えた俘虜を陸軍側に引き渡すまで、臨時に収容しておくために設けたもので、東海道の大船に仮設してあった。ここでは軍令部や、関係部局が、それぞれ俘虜から情報を得ていたので、その際に拷問や虐待が行われたといわれたのである。

十月二十九日、いよいよ軍事裁判開廷の日。私は定刻に起床し、何時ものように部屋の掃除を済ませてから食事を終えたが、その後は看守の指図のままに居室で裁判所行の着物に着換えて監房を出た。田村君と同行である。玄関に市ヶ谷で予て顔見知りのケンワージー中佐が、ジープで迎えに来てくれたのは嬉しかった。晩秋としてはうすら寒い朝だったので出がけに特に外套を取り寄せてくれた。これも同中佐の心入れであった。

街頭の秋風をつっきって進んだ。街はしっとりとしていたが、それでもさすがに秋らしい色どりが眼についた。

矢のように走りつづける車の上から、私は飛びゆく街の顔を見守り、耳を聳《そばだ》て、何かをまさぐるように全神経を緊張させていた。ジープが春日町から神田を抜けてお壕端に出ると、昔のままのあの風光だった。こみ上げてきた懐しさで、私はもう胸が一ぱいになっていた。丸ノ内のオフィス街へ入ると、車は急に徐行しはじめた。そこはまた何と違った光景だったろう。昔は広々していたその舗道には、綺麗な新型の自動車が一ぱいに道端を埋め、けたたましいサイレンの音がひっきりなしに起っている。往き来する人たちの衣裳にも、赤や緑のケバケバしい原色を溶し込んだ外套だのネクタイなどが散見される。長い間浮世を離れていた私には、ここへきて突然アメリカの何処かの街へ飛び込んできたかのような錯覚を起させた。

三菱十一号館、赤レンガのこの建物を私は見覚えがあった。ジープはその前で停り、私はすぐとMPに附添われて建物の中へ入った。控室で椅子に腰を下すと、いよいよくるところまで来たという気持ちだった。

法廷の設備がまだ一つしか出来ていなかったので、午前中は田村君の公判があり、私の公判は午後となった。定刻より十分前に、私はMPに促されてはじめて公判廷に入った。狭い廷内は内外人の傍聴者や係官で満員になっていたのには驚いた。私の事件に関心を持つ人々がここに犇《ひし》めいているのだと思うと、急に下腹に力が籠るようであった。公判廷における私の席、つまり被告席は窓際に指定されてあって、私を取り巻くようにして五人の弁護人が座を占めた。私はいまや、この人たちによって護り防がれているという感じだった。私は一度も傍聴人席の方は見なかった。家の者に対しては、公判第一日は何もないから、見せものになりにくるのはよせといってあったので、傍聴席を見る必要もなかった。

間もなく裁判官入廷、裁判長のオブライエン准将を中央に七名、いずれも軍服姿で定位置についたこの人たちを、私は一眼で眺め廻して何かホッとしたものを感じた。ここには非人間的な冷たさというものは微塵もなく、威厳と寛容とが適度に按配《あんばい》されて、被告側の主張も、必ずある程度は聴き入れて貰える、といった安心感が湧いてきたのであった。検察官や弁護士の態度や応酬振りのなごやかさを見るに及んで一層この感を深くした。あれを思いこれを考えている間にも、法廷手続はずんずん進み、絶えず私の方を狙《ねら》っていた新聞社のカメラさえもほとんど気づかなかった。

実をいうと、私は軍事裁判というものには噂話で想像していた以外には一向知識もなかった。とくに私についている二人のアメリカ人弁護士は、今後どういう風に仕事をして行くのだろう。この人たちは総司令部からの指命による官選弁護人であるし、検察官とは同じ国籍を持った人々である。これが旧敵国人の私を、一方は弁護し一方は罰しようとしている。この対立した仕事をどうこなして行くのか、表面と形式には基より疑問はないが、正味のところになると、何だか割り切れない感じが残るのをどうすることも出来なかった。ところが、公判第一日から、私のこうした不安は一ぺんにけし飛んでしまった。というより、むしろ驚きに似た感銘を受けたのだった。ブレークニー氏もファーネス氏も、その仕事の上には全然国境というものがなかった。被告の立場からする二人の主張は、常に正々堂々としており、確固たる信念と職務に熱心なさまも驚き入るばかりだった。

開廷最初の日に、何よりも私をして意を強うせしめたことは、ファーネス弁護人が提起した裁判官忌避の動議であった。その時の主張を要約すると、豊田事件を審く裁判官の構成は、准将が一人、大佐が四人、中佐と少佐が一人ずつで、裁判官の階級はいずれも被告である豊田元大将より下位にある。事件の主体が最高指揮官の責任問題にある以上、そうした職責に経験のある上級将校が裁くのでなければ公正を欠く。それに被告は海軍々人であるにもかかわらず、裁判官の中には海軍士官は一人もおらぬ。これも公正な裁判を行う上に支障ありと考える。——まア、こういう意味の異議申し立てであった。これに対し検察官の反駁があったが、裁判官側はこの申し立を素直に受理して、裁定を留保すると宣言した。もっともこの申し立は、その後になって却下となった。

十月二十九日に始まった公判は、最初の予想から半年近くも延びて、結局翌年の九月六日に判決となった。その間、開廷日数百四十五日、公判三百余回に及んでいる。この長い審理の経過を回想していたらきりがないので、ごく概略を述べて見よう。

審理経過

細目書にあげられた第一の部門は、比島における残虐行為である。訴追事項によると、マニラにおける残虐事件に関係した部隊は主として海軍であった。陸軍部隊も少しはいたが、それは全体の一割にも満たぬ。しかもそれは海軍の指揮下にあった。それ故あの事件の最高責任は海軍の長官にあるというのである。ところがあの当時、比島にあった海軍部隊はすべて陸上作戦に関する限り陸軍の指揮下に編入されていた。正確に言えば陸軍第十四方面軍司令官である山下奉文大将の統率下にあったわけである。このことは予ねて大本営の陸海軍部の協定で決っていた事項で、比島で陸上戦が起った場合は、海軍部隊はすべて陸軍指揮官の命令を受けて作戦する。但《ただ》し海上作戦は海軍の最高指揮官が指揮をとる。こういう協定になっていた。当時の実状をはっきりいうと、米軍がリンガエン湾に上陸してきた頃、すなわち二十年一月上旬には、すでにマニラ附近の海軍には海上作戦兵力というものは全然なかった。そのため海軍は一月上旬には、すでに現地協定に依《よ》って陸軍の指揮下に入っていた。従って二十年二月に起ったマニラ市内の残虐事件は、海軍部隊が全部陸軍の指揮下に入ってから後のことである。現にマニラ裁判で宣告された山下大将の判決中には、このマニラ事件が大きく取り上げられているし、当時、海軍将兵を直接指揮下に持っていた振武《しんぶ》集団長横山《よこやま》〔静雄《しずお》〕中将も、二十四年初めに同じくマニラ裁判で有罪を宣告され、東京裁判では山下大将の参謀長であった武藤《むとう》〔章《あきら》〕中将がやはりマニラ事件の責任を問われている。然るに現地海軍最高指揮官であった大川内中将は訴追も受けていない。これによっても判るように、当時のマニラにおける指揮系統が陸軍と海軍の双方にあったことは考えられぬ。もともと二重の最高指揮というものがあるはずはない。こうした理由から、私はこの問題については正々堂々と無罪《むざい》を主張する根拠があった。インファンタ、ダバオ、サンボアンガ事件も概ねこれと同様であった。

次の部門の病院船不法攻撃の問題については、実際に攻撃した飛行機が海軍のものかどうかについての証拠がない。もちろん海軍側としては、そのような不法攻撃を命令したり、攻撃を許容したりした事実は全然ない。そこで実際問題としては搭乗員の錯誤によって引き起された椿事《ちんじ》と考えるより仕方がない。そこで弁護側としては、この種の事件がアメリカ側にもあったという事例をあげて立証した。これは飛行機による攻撃が如何に難しいものかということ、即ち目標の識別が上空からでは非常に困難であるということを証明するためで、別に他意があったわけではない。実は同じ問題が米軍側にも発生したという反対証拠を提出するまでは、あるいは検事側から関連性なしとして強硬な異議が出るのではないかと危惧していた。ところが案に相違して、検事側からも裁判官側からも何の異議も出ず、弁護側で集めたこの種の証拠が全部受理されて、むしろ意外の感に打たれたほどだった。

第三部門は潜水艦による不法事件である。撃沈した商船の生存者に対して機銃掃射その他の残虐行為を加えたという。これは前の飛行機による病院船攻撃の場合と違って、決して錯誤によって遂行された不祥事ではない。明らかに故意によって為されたものである。検察側では、この問題についてはとくに慎重な立証方法をとり、ベルリンで行われたヒットラー及びリッペントロップと大島《おおしま》〔浩《ひろし》〕大使の会談記録まで提出した。それによれば、ヒットラーの意見はアメリカの戦闘力を殺《そ》ぐには、物よりも人を消耗させるにありという主張である。つまり豊富な資源を持っているアメリカに対しては、いくら商船を撃沈しても、あとからあとからとそれを作り出す。ところがそれに乗組む人員というものは、おいそれとは養成できない。それ故に商船を撃沈し生存者が残っていたら、必ずこれを、みな殺しにせよというのが、ヒットラーの命令である。ドイツの潜水艦はヒットラー命令に基いた行動をしているから、日本でもこうした潜水艦作戦を実行して貰いたいというのがヒットラーで、これを聞いて賛意を表し、早速日本へ進言しようと答えたのが大島大使であると、検事側証拠のヒットラー大島会談記録が述べているのである。さらに別の証拠では、あの戦争中ドイツ潜水艦が二隻日本に贈られ、日本側からは三回も潜水艦がドイツに向けて回航したことが立証されているが、これに関して検事側では、ドイツが日本に贈った潜水艦は、ヒットラー式の潜水艦作戦を日本が実施するための代償であり、日本からドイツへ派遣した潜水艦は、ヒットラー戦法を習うために出向いたものだと主張した。あの戦争の最中に、いくら何でも日本の潜水艦がドイツへ作戦技術を習いに出掛けるはずはない。実際のところ、当時、ドイツから二隻の潜水艦を貰ったことは事実だし、日本から三回ばかり潜水艦をドイツに派遣したことも事実である。しかし危険を冒して長途の回航をあえてしたのは、双方の戦略物資を交換するのが唯一の目的だった。つまり日本からゴム、錫、タングステンなどを送り、ドイツから精巧な機械類や新兵器などを持ってくるのが主任務であった。結局、検事側が私に向けて行った主張は、潜水艦による不法作戦というものは、必ずや上層指揮官から下命されているに相違ない。この種事件は十八年十一月頃から、十九年十月頃にかけて十数件も発生しその内最後の二件は豊田の連合艦隊長官時代に起ったが、これは豊田の前任者がヒットラー、大島会談の線に沿って不法な作戦を実施していたのを豊田は承知しながら、それを続行したか黙認したものに違いないと主張していた。しかし、私に関する限り、この問題は全然知らなかったし、従って命令したこともなければそれを許したこともなかった。まして報告を受けたことなどは無論ない。私の想像では、出先部隊のある者が、かかるヒットラー式の不穏思想を抱き、一部指導の地位に在る者がそれに共鳴したか、または知って断乎たる処置を執らなかったために発生したものだと思う。しかもその当事者は、彼らの行為が明らかに戦争法規違反であることを知っているので、上司へは一切報告せずにいたとも考えられる。それ故、中央の上級司令部へは噂ですら入ってこなかった。検事側はこの問題の立証には非常に努力した様子だったが、結局、私の身辺または上級司令部と関連する証拠というものは何一つなかった。上級司令部関知せずという点については、弁護側ではあらゆる方面から立証に努めたが、その結果は私たちの主張が認められて、判決は無罪となった。

第四の部門は外地における俘虜及び非戦闘員虐待問題で、これはトラック、ラバウル、ニューギニア、アンボン、ジャワ、セレベス、ボルネオ、マレー、アンダマン、石垣島など、各作戦地に散発的に起った事件である。主として不時着機の搭乗員を虐殺したというのが大部分で、毛色の変ったところでは、ボルネオ、セレベス方面で、原住民が叛逆の陰謀を企てたため、それを裁判にもかけずに処刑したという事件もあった。またアンダマン諸島にあったことだが、食糧が非常に窮屈になったため、一部の原住民を附近の無人島へ移住させた。ところがその島へ異種族の土民が襲撃して来て移住民を大量に虐殺した。とにかくそこの住民に大量の死亡者を出したのは日本海軍部隊の責任であるとして、現地裁判は責任者に有罪の判決を下した。ところが私を起訴した検事団では、こうした事件は一切私にも責任があるという主張である。この部門にあげられた事件は非常に多かったが、私の統率下に属していなかったものが多数あり、属していたものも事件の性質が軍政に関することで、その責任の所在は海軍の命令系統から見れば極めて明白のはずである。

審理の難関

第五の部門、すなわち大船俘虜収容所に発生した俘虜虐待事件については、検察側はこの収容所の直轄者は横須賀鎮守府長官であり、収容中の俘虜から情報を取ったのは主として軍令部である。豊田は横鎮長官でもあったし軍令部総長でもあったから、双方の職責から責任はまぬがれぬと主張した。この大船収容所の問題については、横浜裁判にも多数の関係者が起訴された。起訴され審理された経緯を見ると、収容所以外の上級指揮官は誰も所内にどんなことが起ったかについて何も知ってはいない。むしろ順当に運営されていると思っていたくらいである。ここの俘虜を虐待したのは、軍令部で情報をとろうとしても、俘虜の方で協力しなかった者に収容所員をして懲罰的処置をとらせたのだという検察側主張もあったが、真に情報をとるのが目的であったら、絶対に相手をいじめてはならない。それは情報をとる際の常識である。騙したりすかしたりして、相手の歓心を買うように仕向けなければならぬ。それを殴ったり減食させたりするような指示を、軍令部の者が出すはずがない、というのは弁護側の主張であった。判決ではこれまた弁護側の主張が認められた。

最後の部門の共同謀議については私にいささかの覚えがないばかりでなく、検察側で何等の立証も出来なかった。

大体、以上のような経緯で、裁判は終始検事側の攻撃と弁護側の防禦とが鎬《しのぎ》を削ったわけであるが、裁判が終末に近づくにつれて、私は私なりに一つの結論を下し得るようになった。つまりこの裁判に訴追された諸事件については、私が実際に指揮命令したという証拠が全然あがっていない以上は結局、私がそうした事件を知っていたかどうか、知っていながら、黙認して部下に不法行為をやらせたかどうか、問題の焦点はそこに懸っていると判断した。知ってたか知らなかったかということは、つまりイエスかノーで決ることである。中途半端はあり得ない。従って刑の量定も中途半端はあり得ず、無罪か然らずんば相当の重刑である。まア、そんな風に予想していた。

この裁判中、私が証人として立ったのは七月中旬であった。自分の証言は一応口供書の形で提出したが、実は口供書に書きたくない問題もあったので、それは故意に削除《さくじょ》しておいた。もしも訊問中それを証し立てねばならぬ際には、止むを得ず答えたという風な形にしようと考え、結局これは成功して、私は証人台から言おうとしていた主要点は残らず証言することが出来たので、それからは気分がさっぱりして心に掛るものは何もなかった。というのは、私は当初からこの裁判を私一個人だけに対するものと考えてはいなかった。日本海軍の歴史の最後の頁に歪曲された記録を止めたくないと熟慮したことが弁護団のご努力と私自身の率直な証言で、この目的を達成することが出来たという確信を得たからである。私は最後の断罪については一切考えないことに努力したためか余り焦燥不安の感に悩まされることもなかった。かといってもちろん手離しの楽観も出来なかった。

弁護人の方ははじめから概ね楽観論であった。ただ大船収容所問題が少し不安だという程度だった。実は私も大船問題は始末に困ると思っていた。理論上からは横鎮長官としても責任があり、軍令部総長としても関連性がある。そうした面から推論してくると責任なしとはいい切れない。ただ判決のときには当然情状が酌量されるものと予測していた。というのは、横鎮長官は戦時中は七名更迭《こうてつ》している。そのうち私の前任者だった古賀が戦死しただけで、あとは全部健在者である。しかもこの生存者のうちで、大船問題で起訴されたのは私の外に誰もない。軍令部関係から見ても、大船収容所に俘虜がいた期間中軍令部総長の職にあったのは、永野大将、次が嶋田大将、その次が及川大将で四人目が私である。嶋田大将は東京裁判で俘虜問題については無罪となっている。及川大将もこの問題について取り調べを受けたことすらない。こういう例を並べてみると、俘虜問題でとくに私にだけ罪をきせるということは常識上から言ってもおかしい。そう思って私は余り心配もしなかった。

そうこうしているうちに、ついに九月六日を迎えた。九月六日は私に対して判決の下る日なのだ。途中で言い落したが、この裁判は丸ノ内の三菱十一号館を法廷にして開かれたが、四月下旬から法廷は青山の旧青年会館に移されていたのである。ここは建物が大きいので、傍聴席は一ぱいにつめれば二千人ぐらいも収容が出来よう。ところが青山会館で公判が開かれてからは、傍聴人は極めて少く、一人もいない日などもたびたびあった。大体私の事件は聞いていても少しも面白くない。軍令部の作戦指揮がどうであったとか、命令系統がどうだとか、およそ斬ったり張ったりからは縁が遠かった。それでも判決の日はさすがに傍聴人は多かった。日本人と外人とが半々ぐらい詰めていたように思う。その人たちは大体において私が相当の重刑を受けるものと予想していたらしい。

傍聴人席には私の家族の顔も、親戚の人たちも見えた。私は裁判の進行中に、家族の者には心配させても無駄だと思ったので、「俺は無罪だよ、無罪にきまっている。さもなければ死刑さ」と戯談まじりにいいきかせていた。この私の言葉から、家の者たちは希望的観測を織り交ぜて、本人がそういうのなら無罪の方が可能性が多いという印象を受けていた。ところが元の海軍の連中は、時折り家内などに、

「余り楽観してはいけません。結果が悪くなった時がっかりしますから……」

と注意していたらしい。

彼らも実は私が無罪になるなどとは考えられなかったのだろう。

無罪判決の日

九月六日はＭＰの警戒が厳重だった。巣鴨と法廷の送り迎えは、普通ならばジープ二台で、一方にＭＰの指揮官が乗り、一方に私と警戒員一、二名が乗っている程度だが、判決日には十トン積位の大型トラックをオープンにしてＭＰ八名が乗込んで私を警戒した。重い判決が下って私に万一のことが起るのを顧慮しての非常措置だと思う。

判決公判は午前九時半に開かれた。開廷とともにオブライエン裁判長がただちに判決文の朗読をはじめた。東京裁判の時のように、イヤホーンのような便利なものがないので、私は通訳から日本語に翻訳されたものを借りて眼を通していた。だんだん読んで行くうちに、内容がまるで弁護側の最終弁論のようなものであるのに驚いた。検事側の主張は一つも通っていない。これなら有罪にはならぬ――私はそう直感した。気になっていた大船事件も「被告の道義的罪過ではあるが、それは、微細且つ末梢的なもので、罪ありと断定出来ない」と論述されてあるので、私は思わずホッとして、もうこれで大丈夫だという確信を得た。判決文の朗読には一時間あまりかかった。軍事裁判では判決文の朗読が終ってから、有罪か無罪かの判定が下され、最後に刑の宣告がある。ところが判決文が終ると、オブライエン裁判長は、弁護士と私を自分の前に呼出して、

「被告は何か言いたいことがあるか」

と訊ねた。私は前もって今日のプログラムをブレークニー氏から聞かされており、その積りで、判決文朗読中に腹案を作っていたので、

「裁判長はじめ裁判官各位に、一ことお礼を申上げたい」

と切り出した。私はこの法廷が非常な公正と寛容とを以て弁護側の立証に望外の便宜を供与せられ、ために自分の最も危惧していた日本海軍特有の複雑な指揮系統その他諸制度法規に関する法廷の諒解が遺憾なく得られたことを感謝し、その結果間違った記録が日本海軍の最後の歴史のページに残されずに済んだことに無上の満足を感じている旨を述べ、

「たとえ私が法律的に罪過がなかったとしても、私の分身であった海軍の一部に伝えられるような不祥事が発生したことは洵《まこと》に遺憾とする所で、茲《ここ》に旧日本海軍を代表して連合国に対し深く陳謝の意を表する次第である……云々」

と結んだ。すると、オブライエン裁判長は急に調子を改めて、

「起訴理由及び全罪状項目につき、被告は無罪《むざい》とす」

これが最後の宣告であった。裁判官はただちに退廷した。初めは遠慮がちだった歓声が、だんだんと廷内にどよめき渡った。

「……ナット・ギルティ（無罪）……」

オブライエン裁判長の声は、いつまでも耳に残って消えなかった。自分の信念では無罪

であった。それが現実に無罪となると、妙な反対の錯覚を感じたりした。目頭が熱くなって、ちょっとでも身体を動かすと、涙があふれ落ちそうになったのも初めての体験だった。ついにブレークニー氏の大きな手が最初に私の手を固く握った。それからファーネス氏、花井さん、島内さん、馬場さんなど弁護に当った人々は喜ぶよりも泣きそうだった。

ブレークニー氏はすぐと総司令部へ行って釈放命令書を貰ってくるから、私にすぐ巣鴨へ帰れという。ケンワージー中佐に促されて、私は晴々とした気持ちで、初めて表玄関から外に出た。見渡すと立派な乗用車が沢山横付けになっているが、今朝方私を護送してきた大型トラックは見当らない。同中佐に尋ねると、

「もうトラックじゃない。私の車で送って上げます」

私は導かれるままにピカピカした新型フォードのクッションに落ち込んだ。走りながら、

「いろいろお世話様になりました」

とお礼を述べると、ケンワージー中佐も大御機嫌で、

「私はマニラで山下将軍の護送を受け持ち、東京へ来てはA級被告連中の護送に当っていた。しかし無罪の人を送るのは今日が初めてだ」

と、さも嬉しそうだった。

巣鴨へ戻ったのは正午一寸前であった。ブレークニー氏はすぐに釈放命令を貰いに行くと言ったが、巣鴨から無罪宣告即日釈放は前例を知らない。無罪と決まれば、処遇は同じ

でも気持ちは全然別だ。二三日逗留してゆるゆる三年九ヶ月の鬱気を吐きだして、帰るのも乙だな、などと呑気に構えていると、その日午後二時ごろ、ブレークニー氏の斡旋通り新記録の釈放命令が発令された。

そしてやっぱりこの方が好かったと考えなおした。

終戦の年の十二月十二日から教えて見たら、この日までちょうど一千日と丸一年になった。一生忘れられない日数である。

この裁判で私の最も感銘を禁じ得ないものは弁護団の活躍であった。ブレークニー氏、ファーネス氏両弁護士が全く人種、国籍を超越して、一意被告私のために尽瘁《じんすい》されたことは前に述べた通りであるが、花井、島内、馬場三氏を含む弁護団が、終始緊密なスクラムを組んで、文字通り寝食を忘れて、真理と正義の糾明、貫徹に知能と体力の限りを傾注されたには、親身の親兄弟でも、これ程には出来まいだろうと、ほんとに涙の出る程嬉しかった。

弁護団との連絡打合せは公判中の休憩時間中に私の拘禁室で行われた。従って私は弁護団の執務の具体的内容については、知るところ甚だ少いのであるが、見たり聞いたりした事実から二三の例を挙げて見ると、本裁判記録八千頁の多分三分の二以上を占める弁護段階立証のために弁護側で調べた他の裁判記録は実に厖大なもので、その頁数は恐らく万を以て数えたことであろう。弁護側証人は九十名に達したが、調べのために出頭《しゅっとう》を求めた人数はその倍を越えたとのことである。いうまでもないが、証人を喚んで、いきなり証人台に立たせられるものではない。これなら大丈夫と見極めのつくまでには、表からも裏からも、検討して見なければならない。邦人弁護士は法廷の弁論には立たなかったが、この証人調べに払われた努力と苦心とは大変なものであった。邦人弁護士の調べが済んだ上で、さらに米人弁護士が再調査をするので、一人の証人で法廷通いを十回以上もした人々も少くなかった。立証のためには法規、命令、部隊編制などの公文書証を沢山必要としたが、戦災や終戦当時の混乱で滅失散逸したものが極めて多く、これが蒐集、探索に費された邦人弁護士の労苦も甚しいものであった。

何よりも弁護側の直面した困難は準備に十分の余裕を得られないということであった。裁判は予想を越えて十ヶ月にも及んだが、これは事件そのものが広汎、複雑であったからであって、裁判所としては驚くほど勉強して、弁護段階に入る前の三週間を除いては、ほとんど休廷というものがなかった。合同裁判ならば、担当被告に関連の少い公判には出廷せずに自分の仕事も出来ようが、私の裁判では、そういう便宜は少かった。弁護団が定時閉廷後直に退出するなどということは全くなく、特に弁護段階に入ってからは日曜も休日もなく、また終電車で帰ることもたびたびであったとか。自動車を持っている米人弁護士はなお居残ったり、自宅でほとんど夜を徹したことも珍らしくなかったとのことである。この頃は連日焼くような酷熱であった。それなのに本人の私は閉廷後は即時巣鴨に連れて帰られ、夜はいや応なしに九時には就寝しなければならないので、この弁護団の奮闘を聞いて常々相済まぬことだと心の中でお詫びをしていた。

弁護士だけでなく十数名のスタッフを加えた弁護団が長期に渉《わた》る裁判中終始こんな苦難に堪えたということは全く驚異に値するものであるが、弁護士方々のたびたびの述懐に依ると、今まで私の裁判ほど、弁護団が一致戮力《りくりょく》して愉快に仕事をしたことは前例がないとのことであった。人の組合せもあったであろうが、主因は上に立った弁護士方々の人格才能と不屈不撓の熱誠とであると断ぜざるを得ない。私はまことに仕合せであった。

私の感謝は日を経てもなお深くなるばかりである。

後　記

柳沢　健

「顔叢書」の第五冊目に、なぜ前連合艦隊司令長官・軍令部総長の豊田副武元大将をえらぶことにしたか？　その経緯を書くことは、読者のためにも、豊田氏自身のためにも、ふたつながら必要なことのように思う。

　この叢書が、わが国のあらゆる層の第一人者と目せらるる人々の生涯とその事業とを通して、昨日と今日とのわが国の社会なり文化なりの「顔」を――「姿」を明らかに示そうとする企図から生れ出たものであることは言うまでもないとして、今次の敗戦沙汰で新らしい日本は昨日までの日本と完全に絶縁し、また絶縁することが正しいというがごとき、早まった考えを多くの人々が持ちがちな今日は別して、過去の数々の文化遺産のなかから大きな意義と生命とを汲みとることが、新らしき世代をより大きくより逞ましく育てて行くことだということを、誰よりも強く信じる予としては、この輝やかしい名士群像のリストのなかから、わが陸海軍の大きな存在であった人を特にはぶかねばならぬ理由とては見出し得ぬものなのである。

　しかし、それをこんなにも早く取りあげようと思わなかったことも事実である。現に予は、池田成彬《いけだしげあき》氏の『財界回顧』と『故人今人』とに続くものとして、田中耕太郎《たなかこうたろう》博士の思想的自伝『生きて来た道』の編集に取り掛っていたし、また急にわが地上から奪われたために計画を中絶せぬわけには行かなかった六代目尾上菊五郎《おのえきくごろう》の舞台回顧録にも既に取り掛っていたのである。

　それなのに、九月六日の夕刊紙が挙って報道したこの豊田元海軍大将の無罪釈放は、予をして即座にこのリストの順位を変更させ、豊田氏にこのお願いを持って行かせることとしたのだった。

　もちろん予のこの決意の動機のなかに、ジャーナリズムの誘惑の一片すらもなかったとは強弁しない。しかし、そんなことよりも予を何よりも動かしたものは、この人が真にわが海軍の代表的な武人としてその人格と識見とを内外から謳われていたということ、アメリカのニミッツ提督がしばしば口にしているように、日本の海軍だけは最後まで侵略戦争に反対だったということは別としても、特に豊田氏があくまで日米開戦には反対し続けて来た人であるということ、それなのに運命は彼を敗残の日本海軍を率いて最後の戦いを戦わざるを得ぬ悲劇中の最大人物とするに到ったということ、しかもその末期において海軍部内の事態を終戦まで無事に導くを得た大いなる功績の持ち主であったということ、それを何よりもよく連合国の法廷は理解して、ここに彼を晴天白日の身となしたということ、――こうした時代の大きな「顔」を予が取り上げぬことには、折角の叢書の使命にもそむこうと、心から考えたからであった。

まったく四年近くも氏を戦犯容疑の被告として、縦からも横からも調べに調べぬいた総司令部軍事裁判の判決くらい、氏の肖像を正当に描き出したものとてはないであろう。その判決の前文によれば、氏こそは、今次の戦争の主謀者東條に反抗せる唯一最大の存在でもあったのである。

そこに言う。――

「……彼（豊田）は、太平洋戦争には決して賛成していなかった。この戦争の実際の主謀者であった東條に、彼は強硬に反対し、頑として譲らなかった。東條はこのために、その日本の指導権を握ろうとする野望――それはとりもなおさず世界の半分を支配せんとする企図――を放棄するか、一時延ばすという手段を敢て選んだ。即ち、手腕力量海軍の内外にうたわれていた豊田を、この野望を実現するための内閣に列席させるよりは、政権を握る時期を一時待つ方が得策であると、東條は考えた……」

しかも太平洋戦争にあくまで反対だった氏は、あだかも山本五十六提督がそうであったように、世にも皮肉な運命で対米英戦の矢面に立たせられ、それぞれ連合艦隊司令長官として、好まざる敵に対して死闘を敢えてせざるを得ぬ破目に置かるることとなったのである。それも豊田提督の場合は、戦勢はもはや挽回の余地が寸分も残されていない絶望的な悲境においてであった。

判決文はそれを言う。——

「……我々がここで審理しているこの被告（豊田）は、国家的存在であった。彼が連合艦隊司令長官としてその職に就いたときは、彼は救国の象徴として全国民の衆望の的であったという証言があった。彼こそは、圧倒的な敵の大兵力に対し、必勝の算の立ち難いことは承知しながらも、彼自身がその『口供書』で述べているように、『祖国の存亡が全く私独りの双肩に懸っていた』のを自覚し、断乎たる決意の下に全力を尽し、今は歴史となった大海戦を決行した人である。戦局の前途既に望みなしと知りつつも、一意独立国家民族の存在というただ一つ残されたる途に向い、なお敢然と戦い続け、その間絶えず終戦の好機を捕捉せんと努力していたという彼の言葉に対し、我々は疑いを懐く理由を見出せない……」

しかもこの判決は、氏が戦争指導会議構成員の一人として、終戦に決定した御前会議の召集される数ヶ月前に、既に終戦工作のために努力していたという、何人も知らなかった事実を裏書きして、今日誇りがおにおのれの終戦時の手柄噺《てがらばなし》を吹聴しつつある皮相極まる終戦物語の類を一蹴《いっしゅう》しているのは、時節柄必読の要ある部分であろう。即ち判決が裏書している氏の言葉を、ここに引こう。——

「……構成員（註＝総理大臣・陸海軍大臣・参謀総長・軍令部総長及び外務大臣の六名。氏は軍令部総長であった）以外の顧問達やその他の者を加えたそれらの会議においては、論議は常に国運を賭して最後まで敢闘しようという線に動いて行った。蓋《けだ》し多数の前では、内心の弱気を吐露する者がないからである。……陸海軍が最終段階の本土決戦の計画準備に狂奔している頃、我々最高戦争指導会議構成員六名は、他に何びとをも加えず、終戦工作を画策していた。この工作は昭和二〇年の四月から始められていたものであったが、軍令部総長として着任間もなく米内海軍大臣から私に対し、終戦に導いて軍令部は騒がずに収まるかとの質問があったので、私は責任をもって引き受けると答えた……」

こうした開戦から終戦にかけての一貫せる氏の思想と行動というもの、——それがわが海軍の第一人者であり、かつ戦時におけるわが国の最高指導者の一人であったということは、世に有り得ぬ事とすら世人に見えよう。しかし事実は正にそうだったのだ。それだからこそ国際軍事裁判所は、氏が戦時捕虜の虐待酷使等で責任があるのみか、戦争開始に関する共同謀議に与《あずか》っているとして有罪の論告を進めて来た検察官の意見を採用せずに、氏を晴天白日の下に置くに到ったということも、この大きな背景無しには考えられぬことなのである。

このことは、固より氏にとって当然極まる名誉恢復《かいふく》に過ぎないと目されていいものではあろうが、同時に、今日まで日本人各自の心の上に重々しく蔽いかぶさっていた戦争の責任感というもの、罪悪感というもの、さては卑屈感というものを、あわせてどれほど見事に快く吹き払うことにしてくれたか？　氏に対する判決は、また憂鬱な心境に彷徨していた多数の日本人に対する正しき判決でもあったと言えると、予には感ぜられるのである。

さらに判決文は、当のアメリカ艦隊と戦いぬいたわが海軍、——一時はあれほど我々同胞の誇りと希望であり、それが今は、むしろ侵略戦争に国民を誘いこんだ、憎むべき存在であったかのように見做されがちのわが海軍に対して、以下のような言葉を附け加えているのを忘れないのを見る。——

「……日本の海軍はその道義に基く観念行動において、決して他の文明国の海軍に比べて、優るとも劣る標準にはなかった……」

旧敵国の軍事裁判官からこれだけの讃辞を貰っているのに、当の日本人がそれを無視し恥辱としているような卑屈さを、予は心からあき足らなく思う。

○

それにしても、豊田氏を予の企画する「顔叢書」のなかに是非《ぜひ》とも誘い入れなければならない巨人と思った理由を、何よりも雄弁に説明してくれている観のあるのは、同じ判決文のなかの描写である。そこで連合国の裁判官は言う。——

「……第一にこの被告（豊田）は日本人である。この長期にわたった裁判において、ほとんど毎日彼を観察する機会のあった当裁判所としては、彼こそは、日本という国が存在した第一日目から現在に到るまでの、日本の文化と国家的性格の発達と成長の結果とを、最も優秀に具現している一人であると認めることに、いささかの躊躇も感じない……」

それかと言って軍事裁判所は、氏が日本人として、もしくは日本人なるが故に、裁かれたものではない点を指摘している。

その点について判決は言う。——

「……日本の文化は、近代の数十年をのぞいては、西洋の文明のそれとは全く連繫《れんけい》なく別個に成長して来た。かくのごとき別個の途を辿って来た日本が、我々西洋人の承知しているようなものとは相当に異《こと》なった国民性、国家的文化を持つに到ったということは当然である。しかしながら、もちろんこの被告は日本人として、もしくは日本人なるがために裁かれているのではない。彼が裁かれているのは、実に両文明に共通した立脚点においてである。彼が裁かれているのは、人道の命ずるところとして世界に認められている道義観念と、数多くの国際的に認められている戦争法規に遵守《じゅんしゅ》することを約した彼の祖国の、干《かん》城《じょう》として占めた、高い地位を占めた、職業軍人としてである。……右の一般的に認められた標準によってのみ、即ち西洋とか東洋とかのおのおの特異な国家的性格、もしくは民族性などという考慮から、全く切りはなされた判断によって、彼はもちろん、その典型的産物であった日本の海軍とともに、立つか倒れるかという審判を受けなければならない……」

この「審判」は、正に、あらゆるわが国の層の指導者に対して向けられたる審判であるべきはずだし、それはまた次の世代の日本を荷うべき人たちに対してはことさらにそうであると思う。予が、この叢書の企画のなかに「最も優秀なる日本人」の一人である氏と、この「審判」に言う日本と西洋との対立とその関連性とについての問題を、生きた姿で一杯に取り入れないとしたら、予の企画も単なる回顧趣味以外の何物でもないとの批評を甘受せねばならぬことになるであろう。

こうした大きな理由と動機との他に、ひそかに彼の口から親しく語ってほしい一事が、最初から予の胸のなかにあった。それがなおさら予をして、この仕事に対する彼への折衝を急がせることとしたのである。それは、レーテ湾頭の花と散った神風特攻隊その他の若人たちを、誰が、また何が、あそこまで追いやったのか？　さては、見す見す自殺行為と判っていながらなおも沖縄の戦場へ残存の船艦と乗組員とを送り込まねばならなかったのは、どうしてなのか？　――こうした疑問をいまに心の底ふかく蔵しながら口に出しては言えずに、氏の無罪釈放の事実すら素直な気持ちで受け取れずにいる幾多の人々がいやせぬかと、予はおぼろげながら感ぜずにいられぬからである。

しかし、この周到な判決文は一つの手抜かりもなく、氏が裁判所に提出した「口供書」を特に援用して、次のように述べているのを見る。米英の裁判官は、ここでかかる悲痛な